Das Buch von T(H)ale

Roman

von
Thomas Helgerth

Das Buch von T(H)ale, Original, 2017
Limitierte Sondereditionen, 2017/2018
Das Buch von T(H)ale, überarbeitete Fassung, 2019
©2017, ©2018, ©2019 by Thomas Helgerth, Autor

ISBN
978-3-7482-6402-6 (Paperback)
978-3-7482-6403-3 (Hardcover)
978-3-7482-6404-0 (e-Book)

Fotos (Cover etc.): Barbara Späth, 67487 Maikammer
Skizzen: Thomas Helgerth ©2018
TH-Logo: Thomas Helgerth ©1988
Verlag & Druck: tredition GmbH, Halenreie 40-44, 22359 Hamburg

Bibliografische Information der Deutschen Nationalbibliothek:
Die Deutsche Nationalbibliothek verzeichnet diese Publikation in der
Deutschen Nationalbibliografie; detaillierte bibliografische Daten sind im
Internet unter http://dnb.d-nb abrufbar.

DANKE

Danke
meinen Testlesern, meiner Familie, meinen Freunden und Gefährten

Danke
meiner Tochter Katharina und meiner Cousine Alexandra

Danke
Balbala, I.D., Maria-M.G. und Pfr. Matthias

Danke
Baby und all' den anderen Lebensgeistern und Weltenwanderern

Danke
Mutter Erde, der Schöpfung,
dem Vater, dem Sohne und dem Heiligen Geist

für

Glauben, Kritik, Mut, Vertrauen, Zutrauen

Erfahren, Tränen, Lachen, Geduld, Erkennen, Gaben

Freude, Freiheit, Frieden

Leben.

INHALT

PROLOG REFLEXION	7	bis	11
TEIL 1 „MINIMUS"	13	bis	50
TEIL 2 „ANULARIS"	51	bis	82
TEIL 3 „MEDIUS"	83	bis	124
TEIL 4 „INDEX"	125	bis	180
TEIL 5 „POLLEX"	181	bis	218
EPILOG PROJEKTION	219	bis	221
FIGUREN UND ERKLÄRUNGEN	223	bis	226
THOMAS HELGERTH „SERVUS"	227	bis	229

PROLOG   REFLEXION   7   bis   11

TEIL 1   „MINIMUS"

KAPITEL 01:	HAINBUCHE UND EULE	15	bis	16
KAPITEL 02:	KENNENLERNEN	17	bis	18
KAPITEL 03:	UNRUHE	19	bis	19
KAPITEL 04:	SILVER	20	bis	20
KAPITEL 05:	BLAU	21	bis	22
KAPITEL 06:	STILLE	23	bis	23
KAPITEL 07:	WASSER	24	bis	25
KAPITEL 08:	LEBENSFREUDE	26	bis	26
KAPITEL 09:	BEDROHUNG	27	bis	28
KAPITEL 10:	LEBENSELIXIERE	29	bis	30
KAPITEL 11:	LIEBE	31	bis	32
KAPITEL 12:	ERFAHREN	33	bis	34
KAPITEL 13:	ERKENNEN	35	bis	36
KAPITEL 14:	ULME UND OTTER	37	bis	39
KAPITEL 15:	GOLD	40	bis	42
KAPITEL 16:	VERTRAUEN	43	bis	44
KAPITEL 17:	GEFÄHRTEN	45	bis	46
KAPITEL 18:	NORDWÄRTS	47	bis	48
KAPITEL 19:	YGGDRASIL	49	bis	49

TEIL 2   „ANULARIS"

KAPITEL 01:	FLIEGEN	53	bis	56
KAPITEL 02:	ZUVERSICHT	57	bis	57
KAPITEL 03:	AKZEPTANZ	58	bis	59
KAPITEL 04:	REVIERGESANG	60	bis	61
KAPITEL 05:	AL-GURAB HOTAH	62	bis	65
KAPITEL 06:	SCHMIEDEN	66	bis	68
KAPITEL 07:	DER SPÄHER	69	bis	72
KAPITEL 08:	NEBELLEBEN	73	bis	77
KAPITEL 09:	FORT!	78	bis	78
KAPITEL 10:	BESTIMMUNG	79	bis	79
KAPITEL 11:	TRÄUMEN	80	bis	80
KAPITEL 12:	ERWACHEN	81	bis	82

TEIL 3	„MEDIUS"			
KAPITEL 01:	STURM	85	bis	87
KAPITEL 02:	ANFLUG	88	bis	90
KAPITEL 03:	VERFÜHRUNG	91	bis	93
KAPITEL 04:	HINGEBUNG	94	bis	96
KAPITEL 05:	GROTTENDÄMMERUNG	97	bis	98
KAPITEL 06:	AUFFÜHRUNG	99	bis	101
KAPITEL 07:	END/TFÜHRUNG	102	bis	104
KAPITEL 08:	STRANDMÜLL	105	bis	108
KAPITEL 09:	VERMITTELN	109	bis	111
KAPITEL 10:	FRIEDEN AUF ERDEN	112	bis	117
KAPITEL 11:	ALLEIN	118	bis	124

TEIL 4	„INDEX"			
KAPITEL 01:	PARADIES	127	bis	128
KAPITEL 02:	RANSON	129	bis	130
KAPITEL 03:	SONNENBRAND	131	bis	135
KAPITEL 04:	PILGERN	136	bis	138
KAPITEL 05:	LEBENSWERT	139	bis	140
KAPITEL 06:	LEBENSGABE	141	bis	144
KAPITEL 07:	VIERBEINERSPIELE	145	bis	148
KAPITEL 08:	LEBENSKINDER	149	bis	151
KAPITEL 09:	LEBENSGEISTER	152	bis	155
KAPITEL 10:	LEBENSHILFE	156	bis	159
KAPITEL 11:	LEBENSRETTUNG	160	bis	170
KAPITEL 12:	LEBENSLOS	171	bis	180

TEIL 5	„POLLEX"			
KAPITEL 01:	WELTENFLIEGER	183	bis	188
KAPITEL 02:	RANGKOR	189	bis	191
KAPITEL 03:	DA	192	bis	197
KAPITEL 04:	TECHNICHT	198	bis	200
KAPITEL 05:	FALKENVERSENKEN	201	bis	202
KAPITEL 06:	UMLEITUNG	203	bis	209
KAPITEL 07:	TALE	210	bis	218

EPILOG	PROJEKTION	219	bis	221
FIGUREN UND ERKLÄRUNGEN		223	bis	226
THOMAS HELGERTH „SERVUS"		227	bis	229

PROLOG

REFLEXION

Gehetzt. Verjagt. Gejagt.

Er durchstreifte mit seiner Familie und den Rest seiner Gefährten die verbliebene, übriggebliebene natürliche Vegetation.

Was war aus diesem Stück Erde geworden?!

Glaspaläste, Betonburgen.

Wohin man sieht, Hektik, Machtgier, Besitzzurschaustellung, Events. Leblose Zweibeiner, beschäftigt mit virtueller, nicht realer Kommunikation.

Nichtreale Existenz. Kein Leben. Kälte, Konsum, Kapital.

Erlebnistage, Computerchecks, Soundchecks, Moneychecks, Lovechecks, Lifechecks.

Strukturiert, organisiert, systematisiert.

Dieses schwarze Utopia!

Er wurde geschlagen, geächtet, verfolgt.

Er, seine Familie, seine Sippe, seine Gefährten.

Es fing wieder an.

Man duldete keine Wesen wie ihn.

Man duldete keine ungezwungene Freude, keine Freiheit.

Man ließ ihnen keinen Frieden.

Nahezu seinen ganzen Stamm hatte man ausgerottet, aufgespießt, abgeschossen, zerlegt und gehäutet.

Nur er mit seiner Familie und einigen Gefährten waren noch übrig.

Diese Welt, diese so fortschrittliche Welt, dieses Utopia, wollte ihn nicht und ließ ihn nicht zu.

Versteckt in den noch wenigen lebenden Wäldern ruhte er nun.

Nacht, Mond, Sterne.

Er blickte zum Himmel hinauf.

Dunkel war die Nacht, dunkelblau.

Voll war der Mond. Voll war er und strahlte ihn an.

Die Sterne glitzerten und blinkten.

Die Sterne begannen sich zu bewegen, zu tanzen, zu kreisen. Sie wurden zu einer hellen Krone.

Die Krone wanderte zum Mond.

Sie wurden eine Einheit. Sie wurden zum gekrönten Haupt.

Und er vernahm eine Stimme.

„Breche auf! Nimm deine Familie, deine Sippe, deine Gefährten und flieht! Brecht auf! Wandert weit weg von hier. Ihr seid in Gefahr!

Ein schwarzer Drache wird emporsteigen.

Mit grellen, gelben Augen und einem blutroten Diadem auf der Stirn. Er wird aufsteigen und Feuer speien. Er wird euch suchen. Dich, deine Familie, deine

Gefährten, deine noch ungeborenen Söhne. Er wird Verderben und Schrecken über diesen Erdteil bringen. Flieht! Weit weg! Nach Norden. Geht auf den höchsten Berg und harret der Dinge. Dieses Land, wie ihr es heute noch kennt, wird schon bald so nicht mehr sein. Doch übrig wird bleiben eine Insel. Euer neues Revier. Vielleicht gar eine Heimat. Ein neues Leben!"

Und er floh mit seiner Familie und seinen Gefährten.

Er kam an einem Baum vorbei. Einen großen, mächtigen Baum, der alle anderen Bäume um ihn herum überragte. Stolz, edel, fest stand der Baum auf seiner Anhöhe.

Ein starker Ast senkte sich, berührte ihn und streckte seine mit Nadeln besetzten Zweige von sich nach Norden. Der Baum wies ihm den Weg, seinen Weg.

Dann nach einer langen mühevollen Reise sah er ihn, den gesuchten Berg.

Da hinauf musste er! Da hinauf, vorbei an dem weißen Feld, wo Feuer so klar ist wie Wasser, und, wenn es an der Oberfläche erlischt, es wirkt, als sei der Boden schneebedeckt und mit weißen glitzernden Kristallen überzogen. Durch die Wolkenkette hindurch, hinein in die goldene Halle, hin zum Thron Oldolengos.

Und er stieg auf, mit seiner Familie und seinen Gefährten.

Von hoch oben, vom Gipfel des Berges sahen sie herab.

Und sie sahen, was geschah mit Utopia, diesem Land der Zukunft.

Sie sahen, was geschah mit den Pflanzen und Tieren.

Sie sahen, was geschah mit den Zweibeinern, deren Reichtümern und deren Zukunft.

Der schwarze Drache flog über die Landstriche hinweg. Grelle gelbe Blitze entluden sich aus seinen Augenschlitzen. Seinem aufgerissenen Rachen entfuhren Schwalle von Rauch und Hitze.

Der Drache schickte seinen verderbenbringenden Gehilfen, schickte Tsurnam. Turmhohe dunkle Wassermassen voller Schlamm und Geröll überzogen das Land. Drangen vor, immer weiter, drangen weit vor.

Und dann begann der Berg, begann Oldolengo zu kämpfen.

Oldolengo entsandte aus dem weißen Feld seine brennende, frohlockende Macht. Er warf Tsurnam sein Innerstes, seine Leidenschaft, sein Feuer entgegen. Sein glühendes, flammendes Lebenswasser.

Und Tsurnam wurde getroffen und erstarrte in Dampf und Rauch.

Zurück blieb schwarzes Gestein, unbeweglich, zermahlen, gekörnt. Die Fluten wichen zurück und ließen den verbliebenen Rest des einstigen Utopias frei.

Zurück blieb eine Insel. Geboren aus dem Kampf der Urgewalten, aus einem Kampf zwischen Gut und Böse.

Und als Mahnmal dieses Gefechtes blieb an der Küste dieser Insel, am sogenannten dunklen Strand, ein smaragdgrüner See zurück, angereichert mit dem Salz dieser neuen Welt.

All das sahen und beobachteten er mit seiner Familie und seinen Gefährten. Und sie sahen sich an und besahen ihr neues Revier, ihre neue Heimat und ihr neues Leben.

Und sie begannen zu singen.

Ein leichter Nordwind kam auf und mit ihm erklangen die Lieder Tales. Voller Hoffnung und Zuversicht, voller Leben und Liebe, voller Freude, Freiheit und Frieden.

Seine Augen erstrahlten.

Das eine orangefarben, das andere blau.

TEIL 1
„MINIMUS"

KAPITEL 1:
HAINBUCHE UND EULE

Es war einmal in einem fernen Land namens Tale.
Eine Hainbuche stand in ihrer Blätterpracht auf einer grünen Lichtung und überschaute so das Ganze um ihr herum.
Sie war zufrieden mit sich selbst und strahlte durch ihre Erhabenheit eine angenehme Ruhe aus.
Aber sie war auch ein zentraler Ort auf dieser grünen Wiese, wo sich gerne Hase und Igel, Reh und Hirsch begegneten, um sich zu unterhalten, vor Unwetter Zuflucht suchten oder sich im Schatten der Buche ausruhten, um neue Energien zu schöpfen.
So stand sie nun da und lächelte die Welt an, zufrieden mit sich und erhaben zugleich.
Eines Tages kam ein leichter Nordwind auf und es erklangen Töne von Liedern aus uralten Zeiten. Sie klangen sanft und schreiend zugleich, sie waren laut, umgarnend und weich. Sie erzählten von Trauer, Freude, Hoffnung und Liebe, der Sonne und der Nacht, dem Mond und den Sternen, fernen Ländern, Hügel und Wäldern.
So stand sie nun da, die Hainbuche. Ihre Blätter und ihr erhabenes Geäst begannen langsam vor Aufregung, vor Neugier und natürlich vom leichten Nordwind berührt, sich zu bewegen.
Allzu gerne würde sie sich nun strecken und über die Lichtung um die anderen Bäume und Berge herum blicken, um zu erspähen, woher diese wunderbaren Klänge kommen. Doch ihre Wurzeln waren tief, ihr freier und zentraler Platz auf dieser grünen Wiese so bedeutsam, dass die Hainbuche nun in ihrem Zwiespalt überlegte, was zu tun sei.
So wendete sie sich an ihre Eule, die schon ewig in/bei ihr wohnte und somit die beste Freundin war.
„Oh du liebe kleine Eule, du mein starker und weiser Drache, hörst du sie auch, diese zarten Klänge, die wunderschönen Worte? Spürst du auch diesen erregenden Lufthauch?"
„Ja, wohl war, seit Tagen bring ich von diesem Getöne kein Auge mehr zu! Wird Zeit, dass es endlich aufhört, ich meine Sinne beisammen habe und wieder ruhig schlafen kann!" So sprach die Eule leicht trotzig, etwas in ihrer Eitelkeit gestört, aber auch ähnlich neugierig wie die Buche, wenngleich sie dies ungern zugeben wollte.
„Kannst du nicht erkunden, woher die Lieder erklingen?" fragte die Buche ihre beste Freundin. Denn die Eule war weise, klug in ihren Abenteuern, mutig und

stark wie ein Drache, und vor allem sie hatte Flügel, um so gerne zu wandern von einem Ort zum andern.

„Hm", meinte die Eule, „mal schauen. Was bietest du mir dafür? Kann ich vielleicht einen größeren Bau im Schutz deiner Äste und deinem Laub haben? Vielleicht etwas mehr oben, so dass auch ich die Wiese besser überblicken kann?"

Natürlich war auch die Eule nun vollends neugierig geworden und ihr Gefieder zum Fliegen schon längst gereizt. Doch in ihrer Art war sie auch etwas berechnend und eitel und wollte nicht so ohne weiteres kleinbeigeben.

„Das ließe sich schon aushandeln", erwiderte die Hainbuche ebenso zögernd und – ohne sich aufgrund ihres Laubes keine Blöße zu geben – etwas trotzig. Denn Hainbuche und Eule waren in ihrem Wesen nahezu gleich.

Schließlich einigte man sich auf einen größeren Bau, hoch oben im Geäst, wobei natürlich dann die Eule der Hainbuche ihre Krone besser sauber halten und von Schädlingen befreien konnte.

So flog die Eule los gen Norden, woher der Wind leicht wehte und die Lieder erklangen.

Die Sonne ging langsam unter.
Doch das Lächeln der Eule auf ihren Wegen blieb.

KAPITEL 2
KENNENLERNEN

Unbeirrbar, mit weit ausgespannten Flügeln, ließ sich die Eule durch die Nacht treiben, geleitet von den Sternen am Firmament, den Gesang und den Wind von vorne spürend.
Langsam brach ein neuer Morgen an und die aufgehende Sonne ließ den Tau erglänzen. An diesem ruhigen Morgen, denn der Wind hatte sich gelegt und schlief noch. Auch der Gesang war seit einiger Zeit verklungen.
Die Eule wurde müde, etwas hungrig und durstig.
Da sah sie, von einigen Felsen und Hügeln umgeben, einen kleinen Bachlauf. Das Wasser darin war eigenartig blau und in den angrenzenden Gräsern tummelte sich allerlei Nahrung.
„Was für ein herrlicher Platz für eine Rast, um sich zu erholen und neue Energien zu tanken!" frohlockte die Eule. „Jetzt fehlt nur noch ein passender Baum, worauf ich mich in dessen Schutz niederlassen kann."
Und da entdeckte sie ihn auch! *Und was war das für ein Gehölz!* Gewohnt war die Eule auf jeden Fall was anderes! *Sehr ungewöhnlich!*
Der Stamm und die Rinde im Laufe der Jahre etwas angekratzt und leicht bemoost. Die Blätter zwar schön und groß, doch im Gegensatz zu ihrer Freundin bei weitem nicht so dicht.
Und die Äste!
Nach allen Richtungen weisend, mal nach oben und ... mal sogar nach unten! *Bei weitem nicht so sauber, erhaben und rein wie ihre geliebte Hainbuche. Fast schon rebellisch!*
„Ach was soll's, besser als im Gras zu sitzen ist er allemal, dieser Kunsthaufen!" seufzte die Eule und flog in Richtung Baum.
Da ihre Augen am Morgen nicht mehr so scharf waren wie noch in der Nacht, und auch ihre Sinne sich bereits ein wenig ermüdet hatten, bemerkte sie nicht den Falken, der schon länger über ihr kreiste.
Kurz bevor sie sich auf einen dieser krummen Äste niederlassen wollte, kam der Falke von oben herab im Sturzflug auf sie zugestochen. Doch in seiner gierigen Hast, stach er von Richtung Sonne auf die Eule zu.
Diese – trotz ihrer nur noch 5 statt 7 Sinne – spürte den drohenden Schatten von oben kommend, machte mit letzter Kraft einen Federschwung und landete so unter einem krummen Zweig.
Der Falke jedoch, in seinem wilden Übermut und nur auf die Eule fixiert, übersah den krummen, aber elastischen und harten Zweig, blieb an ihm

hängen, wurde von ihm gepeitscht und schließlich nahe dem Bachufer zu Boden geschleudert.

Hier wurde er bereits von einem Otter erwartet.

Dieser hatte die Szene länger beobachtet, dachte über deren weiteren Verlauf nach und freute sich schon auf sein bevorstehendes, abwechslungsreiches Dinner, dem „Falken to Go" ☺ Mit dem hatte er nämlich noch ein Hühnchen zu rupfen. Denn der Falke stahl regelmäßig die Fische aus Otters Bach.

Blitzschnell, gleichzeitig geschmeidig wie eine Katze sprang er den Falken an, riss ihm 3 Flugfedern aus und schrie: „Lass dir das eine Lehre sein, du dummer Falke, du! Hau´ ab und gib Ruh`!"

Verwirrt und beindruckt vom Mut, der Tapferkeit und vom Kampfgeschick des Otters, packte sich der Falke bei seinen restlichen Federn und entschwand mit wütendem Gekreische auf Nimmerwiedersehen.

Die Eule unter ihrem rettenden krummen Zweig sah dem Ganzen gespannt mit weit geöffneten Augen zu.

Der Otter wischte sich nach diesem kurzen Zwischenfall lässig mit seiner linken Pfote die letzten Wasserperlen aus seinem Kopfhaar. Stolz schritt er mit einem leicht spöttischen Lächeln zum Baum und rief: „Danke für den Fang, meine kleine Eule. Danke für die lockende Versuchung. Danke auch dir, du meine Ulme, du treuer Jagd- und Spielgefährte."

Irritiert durch die Gestik und die Worte des Otters reagierte die Eule taktlos und voller Eifer (*der kleine Drache*): „Wer bist du denn, du arroganter Otter?! Willst du mir, der allseits weisen und umsichtigen Eule, etwa erzählen, dass du und diese Ulme Gefährten seid? Und dass ich Mittel zum Zweck war, diesem dämlichen Falken eine Lehre zu erteilen? Und wie kommst du darauf, dass ich mir nicht selbst ohne dich und deiner Ulme geholfen hätte? Denkst du etwa, ich habe diesen krummen Zweig nicht schon vorher gesehen und habe mir deshalb den Ast darunter zum Niederlassen ausgesucht?" Nun fühlte sich die Eule in ihrer Ehre - und natürlich in ihrem Stolz – gekränkt, und natürlich auch etwas überrumpelt. Was sie beides ja überhaupt nicht mag.

Der Otter aber antwortete ihr charmant und mit ruhiger Stimme:

„Wohlan, meine Prinzessin *auf der Erbse*, du kannst McCloud, den Highlander, den Zeitreisenden, zu mir sagen oder mich O`Connor, den Braveheart, nennen. Ich bin der Hüter des Blaus und des sprudelnden Wassers.

Der Bewahrer von Freude, Freiheit und Frieden. Und das ist Ulme, ein Kunstwerk, nicht jedermanns Geschmack, doch immer aufs Neueste interessant. Ein Helfer in der Not mit Rat und Tat."

KAPITEL 3
UNRUHE

Auch auf der immergrünen Lichtung war der Morgen angebrochen.
Die Sonne stieg langsam hinter den fernen Bergen und Wäldern empor und ihre Strahlen erleuchteten die Krone der Hainbuche.
So stand sie nun da in ihrer Pracht und die ersten Wiesenbewohner tummelten sich bereits munter um sie herum.
So ließ sich eine Gruppe Spatzen auf sie nieder und zwitscherte aufgeregt im Pulk. Bienen kamen herbei, um sich an ihren Früchten zu laben, und unten am Stamm liefen friedlich Reh und Hirsch, Hase und Igel einher.
Und je weiter der Morgen voranschritt, desto mehr glänzten die zarten, dicht gewachsenen Buchenblätter, fast so, als würden sie das Grün der Lichtung mit all ihren Blumen, Blüten und Gräsern aufsaugen und widerspiegeln.
Ein ruhiger und friedlicher Tagesbeginn, dachte die Hainbuche bei sich und betrachtete zufrieden ihre Umgebung.
Doch je weiter der Morgen gegen Mittag zog, desto nachdenklicher und unruhiger wurde die Hainbuche.
Noch summten die Bienen, noch trällerten die Vögel, noch standen die Gräser und Wiesenblumen aufrecht, noch glänzten die Blätter der Hainbuche.
Aber je mehr die Sonne ihren Höhepunkt erreichte, desto mehr senkten sich die Gräser und die Blumen, desto weniger glänzten die Buchenblätter, desto mehr begann alles unwirklich still, träge und durstig zu werden. Sogar einige Zweige in der Krone der Hainbuche beugten sich vor Müdigkeit.
Denn es wurde sehr heiß.
Es hatte nichts geregnet und selbst der Wind war nur ein stiller Lufthauch.

So dachte die Hainbuche mit Sehnsucht und Sorge an ihre beste Freundin, die Eule. Und an den Nordwind, der sanft über die Wiese und über ihre Blätter streift, der die freudige Frische, die erquickenden Regentropfen und die wunderschönen Lieder mit sich bringt.

KAPITEL 4
SILVER

Am weit entfernten Bachufer indessen hatte sich die Eule von der Ulme zum Otter herabgeschwungen und stand nun neben ihm im Gras, um den Otter genauer in Augenschein zu nehmen. Und Angst hatte sie auch nicht vor ihm, zumal er nur knapp größer, wenn nicht sogar nur gleichgroß war wie sie. Zwar hatte er Kampfgeschick bewiesen, doch ihre Krallen waren auch nicht ohne. Und sie hatte einen spitzen und scharfen Schnabel.

Im Übrigen machte dieser Otter nicht gerade den Eindruck eines reißenden Raubtiers. Doch wie hatte ihre Mutter schon gesagt: „Trau schau wem." Und der erste Eindruck kann auch täuschen.

„So Silver..." Bewusst nannte sie ihn nicht McCloud oder O`Connor. Außerdem fielen ihr die feinen Silbersträhnen im Fell auf, so dass er trotz seines Temperaments nicht mehr der Jüngste sein konnte. „So so Silver, der Hüter des Blaus und des sprudelnden Wassers, der Bewahrer von Freude, Freiheit und Frieden, und ein Zeitreisender zugleich, mit einer Ulme als Jagd- und Spielgefährten. Schöne und galante Worte, mit der du vielleicht andere betören kannst, aber bestimmt nicht mich, die Eule!"

Zuerst war der Otter erbost über diese Zurechtweisung, doch ihm gefiel die unbekümmerte, mutige und selbstbestimmende Art dieses Federviehs, welches, so musste er zugeben, wenn man diese Augen, dieses schillernde Gefieder und die angenehmen Formen betrachtete, durchaus einen gewissen Reiz auf ihn ausübte.

„Ay, so komm und sieh, fühle und höre, lass dir zeigen, das Blau und das Sprudeln des Wassers, die Freude, die Freiheit, den Frieden, die Zeit. Betrachte die Ulme und du wirst erkennen, warum ein Gefährte auf ewig Freund bleibt."

KAPITEL 5
BLAU

„Lass uns mit dem Blau beginnen. Sieh in den Himmel und sage mir seine Farbe."

Die Eule dachte in diesem Moment: *Der spinnt total, der Otter. Na toll, ein völlig durchgeknallter Tagträumer. Am besten noch Wassermann (was ja nahelag). Na, das kann was werden. Ich hab´ wirklich was Besseres zu tun als Löcher in die Luft zu werfen. Ich muss ja noch weiter, um zu finden, woher diese Melodien aus dem Norden kommen, wie ich es meiner geliebten Hainbuche versprochen habe. Doch ich will nicht so sein, schließlich hat er mir geholfen und ganz so undankbar ist eine Eule nicht. Was soll`s, tu`ich ihm halt den Gefallen.*

Also machte sie gute Miene, bewegte ihren Kopf leicht und zugleich ihre Augen nach oben und schaute zum Himmel.

„Blau", wollte sie eigentlich, fast schon automatisch und gelangweilt, antworten. Doch die sonst so umsichtige Eule war müde vom langen Fliegen in der Nacht. Ihre Augen waren zwar scharf, doch eher an die vertraute Dunkelheit gewohnt. Und sie hatte nicht daran gedacht, dass die Sonne vor kurzer Zeit aufgegangen war und wo diese nun stand.

„Orange, leicht Gelb, grell!" schrie sie auf, blinzelte aufgeregt mit den Augen, wendete ihren Kopf sogleich ab, direkt nach Süden und nach Westen und stammelte weiter: „Hellblau, Graublau, Dunkelblau, Grau … Weiß." Denn einige Wolken waren auch dabei.

Das war ihr nun doch zu viel des Guten!

Sie, die doch so rational und klar denkende Eule, fühlte sich plötzlich irritiert. Ihr Gefieder sträubte sich und sie begann sogar etwas zu schwitzen. Beim Menschen, dem Zweibeiner, sagt man hierzu, man bekommt einen roten Kopf.

Dem Otter entging dieser kleine Gefühlsausbruch nicht.

Er wollte die Eule aber nicht bloßstellen und sprach mit einem souveränen und aufmunternden Tonfall, einem leichten Lachen ohne Spott:

„Ay, nun gut, ich merke, jetzt bist du wach. Und nun schaue dir den Himmel nochmals genau an. Und zu deiner Beruhigung, auch mir wurde diese Erfahrung nähergebracht. Schau` zuerst nach Westen, lass deine Augen langsam wandern nach Süden, nach Osten und schließlich nach Norden. Höre auf deine innere Stimme und nenne mir die Farben."

Durch die freundlichen Worte ermutigt, wissbegierig, all` ihre Sinne zu hören, begann sie, die Farben des Himmels aufzuzählen:

„Dunkelgrau, Graublau, Hellblau, Gelb, Orange, Gelb, Hellblau, Blau."
„Was ist nun Blau?" fragte der Otter und fuhr fort, „Blau ist Vergänglichkeit und neues Leben. Blau ist die fremde Weite, die milde Wärme, das ersehnte Ziel. Blau ist die Kühle, das Endlose, das Ungewisse. Blau kann das Rationale sein, das Berechnende, die Träume, die Hoffnung und der Schmerz. Blau kann der Himmel sein, deine Augen und dein Herz, je nachdem welches Feuer in dir brennt und welcher Stern dich erleuchtet."
Und die Eule begann zu denken, zu spüren und zu fühlen.
Nun nahm sie der Otter behutsam an die Krallen und ging mit ihr ans Bachufer.
„Schau` in das Wasser, es ist klar und im Sonnenlicht erscheint es blau. Sieh` hinab in die Tiefe. Die Steine am Grund sind ebenfalls von blauer Färbung. Es sind Steine aus einer längst vergessenen Zeit. Man nennt sie Aquamarine. Sie geben dem Wasser sein dauerhaftes Blau. Auch in der Nacht, wo der Mond scheint und die Sterne leuchten. Gleichzeitig sind sie reinigende Steine mit einem kristallenen Kern, um das Wasser klar und sauber zu halten. Diese Steine gilt es zu hüten, vor Neid, vor Gier und vor falschem Besitz, um somit auch das Blau mit all` seinen Facetten zu hüten."

Und die Eule sah in das Wasser, sah ihr Spiegelbild, sah ihre Augen, und sie waren blau.

KAPITEL 6
STILLE

Auf der Lichtung war es Nachmittag geworden.
Der Himmel über ihr erschien der Hainbuche grell und bedrohlich hell.
Verschwunden war das frohe und verheißende Blau.
Die glühende Hitze hatte immer mehr zugenommen und die Sonne warf
immer noch unablässig ihre verzehrenden Strahlen auf den nun flimmernden
und dürstenden Wiesenboden. Die Gräser, noch am Morgen im satten Grün
stehend, wirkten nun matt und ohne jegliche Energie. Selbst die kraftvollen
Farben der Blumen verblassten zunehmend. Die Stiele mit ihren Blüten hatten
sich längst gesenkt, fast so als wollten sie in ihrer letzten Hoffnung am
trockenen Boden nach verbleibenden Wasserresten vom Frühtau graben oder
im Schatten der Gräser Schutz vor den unerbittlichen Sonnenstrahlen suchen.
Einzig die Hainbuche stand fest und aufrichtig inmitten dieser inzwischen
mehr und mehr trost- und lebenslos gewordenen Lichtung.
Zwar hatten sich auch bei ihr vereinzelt Zweige in der Krone und am Äußeren
geneigt. Ebenso hatten die Blätter nicht mehr das frische Aussehen wie noch
am Morgen. Doch waren ihre Wurzeln tief genug, um von Mutter Erde die
nötigen Lebenselixiere zu empfangen. Desgleichen war ihr Blattwerk so dicht,
um ausreichend tröstenden Schatten zu spenden und lindernde Kühlung zu
verschaffen. Und dies nicht nur ihrem Stamm und ihrem Geäst, sondern auch
den bedürftigen Wiesenbewohnern und Gästen der Hainbuche.
Inmitten dieser trostlosen Lichtung dösten so die Vögel in den Zweigen, als
auch Hase und Igel sowie eine kleine Herde Rotwild im Schatten der
Hainbuche, in Erwartung der abkühlenden Dämmerung friedlich vor sich hin,
wohlwissend um ihre energie- und freudenspendende Gastgeberin.

Und es war still.

KAPITEL 7
WASSER

Am Bachufer war es Frühnachmittag, und auch hier war die Temperatur merklich angestiegen, so dass sich Eule und Otter unterhalb der Ulme ins Gras legten und sich von der Mittagshitze ausruhten. Zwar hatte die Ulme kein so dichtes Laub wie die Hainbuche, jedoch erzeugten ihre ausladenden Äste mit ihren größeren Blättern, durchsetzt mit einem feinen kaum wahrnehmbaren Luftstrom, eine großzügige und befreiende Schattenwirkung.

„Gar nicht mal so übel diese Buche", bemerkte die Eule.

„Ulme", verbesserte der Otter, „das ist eine Ulme."

„Natürlich Ulme", entgegnete die ja so weise und kluge Eule.

„War nur so dahingesagt aus Macht der Gewohnheit."

Und schlagfertig ist sie auch noch, diese kleine Eule, grübelte der Otter vor sich hin.

Nach einiger Zeit des Ruhens begann die Eule ihre Federn aufzustellen, diese eifrig mit ihrem Schnabel zu bearbeiten und sich immer wieder aufzupusten. Der Otter schaute diesem Treiben interessiert zu und sagte schließlich:

„Was hältst du von einer kleinen Erfrischung? Ich für meinen Teil werde jetzt das kühlende Nass aufsuchen, um neue Lebensgeister zu tanken."

„Ja du tust dir leicht reden, du Otter. Du bist ja schließlich mit dem Wasser groß geworden. Aber ich bin ein Wesen der Lüfte, der Bäume, der Berge und der Erde, und ziehe es vor, eher festen Boden unter meinen Krallen zu haben."

„Auch ich bin kein Fisch und bin, wie du siehst, gerne an Land. Doch ich habe gelernt, trotz scheinbar unsicherem Grund, mich mit festen Pfoten zu bewegen und so allen Wellen und Widrigkeiten standzuhalten.

Aber sag`, was hältst du von den Enten und Störchen? Sind sie nicht auch Federvieh wie du? Und sieh` hinüber zum Bach! Was siehst du? Sie bewegen sich auf dem Wasser, stecken ihre Köpfe in das kühlende Nass, tauchen ab und auf, und gehen doch nicht unter."

Aufmerksam verfolgte die Eule mit wachen Augen das Planschen der Wasservögel.

Der meint doch nicht allen Ernstes ich soll … Andererseits, etwas Abkühlung täte mir sehr gut. Aber Schwimmen, auf keinen Fall!

So willigte sie ein, mit zum Bach hinüber zu gehen, um dort am Uferrand in einer Pfütze die verlockende Abkühlung zu genießen.

Ein guter Kompromiss, ein feiner Schachzug, grinste die weise Eule verschmitzt in sich hinein. Und somit hatte sie ihm gegenüber keine Schwäche gezeigt, was Eulen äußerst ungern tun.

„Komm`, hier ist eine geeignete Stelle für dich", rief der Otter und führte die Eule, seine Pfoten leicht um ihre Federn gelegt, rücksichts- und vertrauensvoll hin zum erwähnten Badeplatz.

Und was er ihr anbot, *musste sie wohl oder übel zugeben*, beeindruckte sie doch einigermaßen.

Es war eine kleine Einbuchtung vom geraden Bachlauf, umgeben von nicht allzu hohen grünen Gräsern und Farnen sowie bunten Kieselsteinen unterschiedlicher Größe.

Hier war das Wasser ruhig und das Ufer verlief einladend über einen kleinen Sandstrand zum Bach hinab.

Fasziniert und neugierig zugleich ging die Eule erst etwas zögernd, dann bestimmender zum Strand hinunter und schaute noch etwas verhalten ins Wasser. Es war so seicht, dass es gerade mal ihre Krallen bedeckte. Und es war klar. So klar, dass man die einzelnen Aquamarine am Grund sah. Und es war blau, vertrauensvoll und willkommen.

Magisch angezogen stand die Eule bereits mit ihren Krallen im erfrischenden Nass. Voller Freude tauchte sie nun wieder und wieder ihren Schnabel in das Wasser, trank und bespritzte ihre Federn.

Sie reckte und streckte sich, blies ihr Gefieder auf, drehte sich im Kreis, machte die Flügel auf und zu, ohne abzuheben, wiegte sich nach vorne und hinten, ließ sich auf ihren Rücken gleiten, so dass ihre Krallen über die Wasseroberfläche herausragten, und schwamm.

Der Otter hatte es sich derweil auf einem nahen Stein oberhalb des Badeplatzes bequem gemacht, von wo aus er der Eule zur Not – *aber das glaubte er nicht* – beistehen konnte.

Erfreut über ihr nasses Glück und über ihre wiederkehrende Lebensfreude winkte er ihr von oben zu: „Na gefällt's dir meine kleine Eule? Oder soll ich lieber Entchen zu dir sagen?"

Jetzt erst bemerkte die Eule, da sie rücklings auf dem Wasser direkt in das Gesicht des Otters blickte, jetzt erst bemerkte sie, dass sie schwamm! Sie spürte wie sie behutsam vom Wasser getragen wurde und sich ein freies, wohliges, entspanntes Gefühl bei ihr einstellte.

„Wunderbar" frohlockte sie. „Wie nennt man diesen herrlichen Ort?"

„Die Blaue Lagune am sprudelnden Wasser."

KAPITEL 8
LEBENSFREUDE

Nachdem die Eule. ausgiebig ihr Bad genossen hatte, nahm sie der Otter mit seinen kräftigen Pfoten behutsam aus dem Wasser und setzte sie neben sich auf den Stein.

„So hier kannst du deine Federn trocknen und dich wieder etwas erwärmen. Inzwischen werde nun auch ich meine nassen Runden drehen", sprach er und war schon elegant hinabgeglitten – und zwar direkt in den Bach.

Verträumt saß sie nun da, die weise Eule, und besah ihre Umgebung, und genoss sie.

Und sie blickte zur Blauen Lagune mit ihrem beruhigenden Wasser.

Sie beobachtete Silver, wie er vor Vergnügen im Bach schwamm und mit den Enten um die Wette auf- und niedertauchte.

Und sie sah wieder hinunter zur Blauen Lagune, wo das Wasser an der Scheide zum Bach aufsprudelte und sanft gläserne Perlen an das seichte Ufer trug.

Angetippt von hinten wurde die Eule jäh aus ihren Träumen gerissen.

Sie erschrak so sehr, dass sie beinahe in den Bach gefallen wäre.

Doch starke Pfoten hielten sie rettend zurück.

Überrascht drehte sie sich um und wäre gleich nochmals vor Schreck umgefallen.

Bacchus, der Wassergeist! Jetzt ist's um mich geschehen!

Auge in Auge stand ihr jedoch Silver mit einem riesengroßen Fisch zwischen seinen funkelnden Zähnen gegenüber.

„Ay, meine kleine Eule", lachte Silver nachdem er ihr den erlegten Fisch vor die Krallen gelegt hatte. „Du scheinst nach dem vielen Schwimmen etwas entkräftet und wie ich etwas hungrig zu sein. Hier habe ich uns was für das Abendessen besorgt. Greif zu und lass es dir schmecken."

Und gemeinsam genossen sie das leckere Mahl unter der Ulme nahe dem Bach mit dem sprudelnden Wasser während die Sonne im satten Rot unterging, die Dämmerung anbrach, einzelne Wolken noch ihre bunten Malereien präsentierten, die Sterne am Firmament begannen, nach und nach aufzuleuchten, der Mond sich zeigte und auf Eule und Otter herabschien, und die Nacht zum Leben erwachte.

KAPITEL 9
BEDROHUNG

Auf der Lichtung war es immer noch drückend schwül.

Doch urplötzlich bewegten sich die einzelnen Blätter der Hainbuche.

Aufgeweckt aus ihrem Dämmerschlaf blickte sie hoch zum Himmel und herum zu den Wäldern, die die Lichtung umgaben.

Wolken zogen auf und die Wipfel der umliegenden Bäume krümmten sich bereits. Wind kam auf. Aber es war nicht der ersehnte Nordwind.

Die Wolken kamen vom Westen über die Berge herüber und schoben sich bereits massiv vor die untergehende Sonne. Die Wolken hatten nicht den von der Sonne erleuchteten roten Glanz. Nein, sie waren von unten schwarz und dunkel und breiteten ihre tiefviolette Farbe nach oben immer weiter aus, als wollten sie den Himmel aufsaugen.

Der Wind nahm stetig zu und blies bereits gewaltige Böen über die Berge, die Wälder und die Lichtung. Weit über den Bergen waren erste Donnergrollen und das Heulen wie von einem ungeheuren Wesen aus dunklen Zeiten zu hören.

Die Herde Rotwild unter der Hainbuche war bereits ins Dickicht des angrenzenden Waldes geflüchtet. Einzig Hase und Igel am Stamm und die Vögel im dichten Geäst harrten noch dort Schutz suchend aus.

Besorgt um ihre Mitbewohner, legte die Hainbuche ihre Äste mit all` ihrem dichten Laub um die Vögel, und selbst um den Stamm, und errichtete so ein Bollwerk gegen das drohende Unheil. Verängstigt, aber auch dankbar für die bekommende Obhut, schmiegten sich Vögel, Hase und Igel mehr und mehr an das starke Holz.

„Habt keine Angst", sprach sie ihren Schützlingen mit beruhigenden und zuversichtlichen Worten zu. „Mein Holz ist hart wie Eisen und lässt sich nicht so leicht erschüttern. Solange ich stehe bleibt auch ihr bestehen. Und selbst, wenn ich gekrümmt am Boden liege, bieten euch mein Stamm, mein Geäst und meine tausend Blätter noch reichlich Schutz vor Sturm, Regen und Hagel."

Nun zeigte die Hainbuche ihre wahre Größe und Stärke.

Nun hatten auch Vögel, Hase und Igel keine Angst mehr, sondern sahen trotzig und voll Mut der drohenden Gefahr entgegen.

Aber die Hainbuche konnte weiter sehen als ihre Mitstreiter und im Innersten wurde ihr entgegen ihrer fürsprechenden Worte doch sehr bang.

Aber was war dies?!

Kurz nachdem sie die tröstenden Worte ausgesprochen hatte, begannen sich ihre äußeren Zweige und ihre Blätter in Richtung Westen zu bewegen, als wollten sie die Böen aus dieser Richtung mit aller Macht abwehren.

Der Wind hatte sich gedreht.

Nein! Nicht der Wind hatte sich gedreht, sondern es kam ein Gegenwind auf, anfangs von Norden, dann von Osten. Er stemmte sich gegen die violett gefärbten Wolken aus dem Westen und trieb sie zurück, so dass sie hinter den Bergen verschwanden. Der Himmel riss auf und zeigte seine Sterne funkelnd gegen den abgedrängten Sturm. Aufgehört hatte das Grollen und Heulen.

Das Untier war gewichen. Geblieben war der sanfte, kühlende Nordwind.

Der Mond kam hervor und schien freudig auf die Lichtung herab.

Die Nacht war wieder zum Leben erwacht.

KAPITEL 10
LEBENSELIXIERE

„Das Essen war wirklich ausgezeichnet, Silver, vielen Dank", putzte sich die Eule zufrieden ihren Schnabel.

Das war das erste Mal, dass sich dieses Federvieh bedankt, dachte der Otter bei sich, aber auch freudig überrascht über die netten Worte.

„Ja, war Ok. Nicht schlecht für eine Forelle", erwiderte er lässig, denn allzu viel Freude ihr gegenüber wollte er dann doch nicht zeigen. Schließlich war er ja ein Otter und war es gewohnt, dass er der Spielleiter war.

„Sag´ Silver", fing die Eule an.

Was ist das denn?! War was in der Forelle? Woher diese Redseligkeit?
Überrascht blickte der Otter zur Eule.

„Sag` Silver, lebst du hier alleine? Woher kommst du? Und was soll das mit den Sprüchen des Behüters des Blaus und des sprudelnden Wassers, und des Bewahrers der Freude, der Freiheit und des Friedens? Ich kann keine Gefahr erkennen. Und Freude, Freiheit und Frieden zu bewahren, ist doch selbstverständlich. Oder bist du etwa doch so einer von diesen weltfremden, idealistischen Romantikern, die ständig vom Leben träumen ohne ihre Träume gelebt zu haben, und irgendwann aus ihrem süßen Schlaf erwachen, um zu merken, dass es zu spät ist, um wach zu sein?"

Nun hatte die Eule wieder ihre typische Seite gezeigt. Zum einen war es Nacht und die Eule hatte schnell bemerkt, dass sie jetzt weitaus besser sehen konnte als der Otter. Zum anderen war sie klug und weise (*zumindest vertrat sie dies nach außen hin*), neugierig und bisweilen taktlos.

„Nun gut, meine kleine Eule", um diesen Zusatz konnte der Otter nicht umhin, und er fühlte sich herausgefordert in seiner Ehre, und vor allem in seinem innersten Selbstverständnis (*und dies können Otter überhaupt nicht leiden*).

„Nun gut, meine kleine Eule, so sollst du jetzt die Antworten auf deine Fragen bekommen."

Und er begann.

„Das Blau habe ich dir gezeigt, und du hast es gesehen und gespürt.

Das sprudelnde Wasser ebenfalls.

Warum nenne ich mich nun Behüter?

Dieser Bach entspringt einer magischen Quelle weit oben im Norden.

Die Quelle ist so rein und voll solcher Energie, dass der Bach aus ihr all´ die Elixiere des Lebens in ihrer ureigenen Form beinhaltet, die alle Lebewesen und die Natur benötigen, nämlich Freude, Freiheit, Frieden.

Deshalb gilt es, das Blau und das sprudelnde Wasser dieses Baches vor allen Gefahren zu behüten."

„Edel, edel, mein tapferer Einzelkämpfer", unterbrach die Eule vorlaut. Schnell merkte sie jedoch, dass sie sich im Ton vergriffen hatte und fügte kleinlaut hinzu: „Entschuldigung, war nicht so gemeint. Aber du allein behütest diesen Bach?!"

„Natürlich nicht ich allein. Ich habe nur eine gewisse Führungsrolle. Am Bachlauf entlang, nach Norden wie nach Süden, gibt es genug Otterhelfer und Ottergruppen, die ebenfalls diese Aufgabe wahrnehmen. Denn du musst wissen, dass es genug Wesen gibt, die sich die kostbaren Aquamarine und das sprudelnde Wasser zu eigen machen und verunreinigen wollen. Diese gilt es, mit List und Umsicht, mit Kraft und Geschick, in der Gemeinschaft von Ottern und anderen Gefährten, abzuwehren und fernzuhalten. Und somit die Elixiere des Lebens zu bewahren: Freude, Freiheit, Frieden."

KAPITEL 11
LIEBE

„Was bedeuten die wahren Elixiere des Lebens?" wollte die Eule nun merklich wissbegierig wissen.

Der Otter sprach: „Freude, Freiheit, Frieden!

Jedoch lass uns mit der Liebe beginnen, denn es heißt ja auch so schön, durch Liebe entsteht neues Leben."

„Na ja, pragmatisch gesehen braucht man bestenfalls einen Miterzeuger, um seine Nachkommenschaft zu erhalten", entgegnete sofort die Eule auf ihre rationale Art.

„Womit du im Kern recht hast", redete der Otter ruhig weiter.

„Doch die Liebe ist weit mehr als das.

Du kannst einen kleinen verkümmerten Kirschbaum finden, pflanze ihn neu ein, gib` ihm klares Wasser und guten Boden. Sieh` wie er wächst, vielleicht etwas krumm. Ein zweiter Trieb bricht von ihm ab und es bildet sich eine offene Stelle am schmalen Stamm.

Gib´ jedoch den Baum nicht auf. Sorge weiter für ihn. Freue dich daran wie er weiter wächst und allen Unannehmlichkeiten standhält. Sieh` wie er im ersten Jahr austreibt, Blätter und bereits drei Blüten bekommt. Erfreue dich an den weißen Blüten. Freue dich über die Bienen, die den Baum besuchen. Und wenn er dann zuerst nur eine einzige Kirsche hat, freue dich über sie. Freue dich über den krummen Baum. Lass´ ihn weiter so wachsen wie es ihm gefällt. Lass´ ihm seine Freiheit und lass´ ihm seinen Frieden. Und im zweiten Jahr hat er fünf Kirschen und so weiter. Freue dich und liebe, erlebe diesen krummen Baum. Und er gibt dir Liebe, gibt dir Leben zurück, indem er dir dankbar Kirschen schenkt. Und sage Danke zum Leben für all´ die Freude, die Freiheit, den Frieden."

„So, das war nun wohl Romantik und Poesie pur!

In Wirklichkeit schaut´s doch so aus: Ein Eulerich kommt herbei, erzählt dir allerlei und am Ende sitzt du da mit kleinen Eulen, in der Regel drei.

So schaut`s aus!

Du musst dich um alles kümmern und der Herr Eulerich ruht sich auf seinen gewonnenen Lorbeeren aus!

Er amüsiert sich weiter und sorgt bestenfalls dafür, dass du in deiner Höhle bleibst, dich um deine kleinen Eulchen kümmerst, und ab und zu, wenn er sich mal wieder als Familienvater und ach so tollen Eulerich aufspielen und dich vor seinen Kumpanen präsentieren will, mit ihm zur Jagd darfst.

Doch alles unter seiner Kontrolle, und wenn er will, wohlgesagt, wenn er bestimmt, dann geht er und lässt dich in deiner Höhle sitzen.

Danke meine Liebe, danke!"

So ließ die Eule ihren Unmut über die vorige, ach so romantische Geschichte, freien Lauf.

Der Otter musterte die Eule.

In ihrer Gereiztheit und in ihrer Offenheit erschien sie ihm mit ihren leicht aufgestellten Federn noch interessanter, aber sie wirkte auch müde und desillusioniert.

Und so begann er eine zweite Geschichte zu erzählen, voller Bitterkeit.

Und er blickte hinauf zum Mond und zu den Sternen.

KAPITEL 12
ERFAHREN

Es war einmal ein Otter, geboren in einer anderen Zeit, in einer Zeit der Zweibeiner, Jäger, Sammler und Händler.

Er hatte seinem Elternhaus Lebewohl gesagt und zog aus, stromabwärts, um sein Glück zu suchen.

Er kam an einen See und entdeckte an den Ufern ein Otterweibchen, allein, sich putzend und ihn mit dunklen Augen anblickend. Ihr Fell glänzte Bronze in der Sonne. Angezogen von ihrer Erscheinung schwamm er zu ihr hin, zumal er auch Hunger hatte und sie gerade einen Fisch aß. Er fragte, ob sie ihm etwas abgeben könne, und sie lud ihn ein.

Nach und nach freundeten sie sich an und er kam öfters zu ihr zum Essen. Anscheinend hatte sie eine reichliche Vorratskammer. Wie sich aber im Laufe der Zeit zeigen sollte, war dies nur eine Art Belohnung für weit größere Fänge. Schließlich fand er heraus, dass sie diese Belohnung (*er versteht diesen Begriff bis heute noch nicht*) von den Zweibeinern erhielt, dafür, dass sie im Fluss nebenan Fische für die Händler jagte, sie von diesen einen Anteil als Lohn bekam und sich am See frei aufhalten konnte. Anfangs verwunderte dies, doch nach und nach gewöhnte er sich daran, machte bei der Jagd mit und fand sogar Gefallen an diesem Tun. Doch je besser die Jagd ausfiel, desto mehr Fische wollten die Händler, und desto mehr musste er jagen ohne eigentlich zu wollen.

Vielmehr genoss er, sich friedlich auszuruhen, sich im See treiben zu lassen, mit den Enten zu spielen und die Natur zu besehen. Längst schon betrachtete das Otterweibchen ihn mehr als Jagdgehilfen und nicht als Gefährten. Längst schon verglich er sie mit den zweibeinigen Händlern.

Da sagte er zu ihr:

„Bist du denn überhaupt noch ein Otter, der frei ist, das Schwimmen und Tauchen im Wasser genießt, mit den übrigen Wasserbewohnern spielt und nur dann auf Jagd geht, wenn er Hunger hat?"

„Was willst du denn!? Bist du nicht zufrieden, täglich ein Essen zu bekommen und deinen eigenen See zu haben?" keifte sie ihn an.

„Du magst ja Recht haben, aber ..."

„Nix aber!" brach sie das Gespräch ab und ging wieder auf Jagd.

Eines Tages kam sie zu ihm. „Die Händler verlangen noch mehr Beute stromabwärts. Außerdem müssen wir von diesem See weg und bekommen weiter unten zwar einen neuen, aber nicht so großen Teich."

„Nun reicht´s! Komm` lass` uns verschwinden und unsere eigenen Reviere finden!"

Sie war ängstlich, unsicher und nicht gewohnt, frei zu reisen, denn sie war von den Zweibeinern als Jagdotter hochgezüchtet worden. Doch mit viel Überredung gelang es ihm, sie mitzunehmen.

So schwammen sie einen anderen Bach entlang, stromaufwärts gegen Norden. Da gelangten sie an einen Platz am Seitenufer eines blauen Baches, umgeben von Gräsern, Steinen und Farnen.

Ermüdet vom langen Schwimmen ruhten sie sich dort am Ufer aus.

Das Otterweibchen schlief sofort ein. Der Otter aber sprang nochmals zurück in den Bach, um für sie und sich einen Fisch zu besorgen.

Ach wie er hier das sprudelnde Wasser und die Freiheit genoss!

Geschmeidig ließ er sich mit der Strömung gleiten, vergaß Zeit und Zwänge, machte die eine und andere Wendung und hatte schon – flugs – eine herrliche Forelle geschnappt.

Nun rasch zurück und die Überraschung präsentieren.

Er schwamm, mit der Forelle fest zwischen seinen Kiefern, zurück ans Ufer, stieg aus dem Wasser und lief freudig zum Otterweibchen.

Wollte laufen, doch halt! *Was war das?!*

Starr vor Schreck blieb er im seichten Wasser stehen, ließ die Forelle los, die sofort davonschwamm, und starrte mit aufgerissenen Augen und blitzenden Zähnen hinüber zum Sandstrand. Das Otterweibchen lag immer noch da, doch irgendwas war anders an ihr.

Und über ihr gebeugt, mit schäumendem Maul und langen blutigen Hauern, stand er, Rangkor, der Höllenhund! Groß, schwarz, mit zerzaustem Fell und glutroten Augen.

„Nein!" schrie der Otter und warf sich auf Rangkor.

Dieser aber schlug ihn mit seiner gewaltigen Pranke so sehr, dass der Otter in weitem Bogen zurück in den Bach fiel, dort ans andere Ufer getrieben wurde und betäubt liegenblieb.

Als der Otter aus seiner Ohnmacht erwachte, sah er sofort zur anderen Seite des Wassers hinüber.

Rangkor war weg. Geblieben war nur das tote Otterweibchen.

Schließlich begrub der Otter das Weibchen unter bunten Kieselsteinen von verschiedener Größe am Bachufer.

„Ruhe in Frieden", sprach er leise und zitternd.

Dunkle Tränen rannen über sein Gesicht.

Müde, leer und traurig schlief er dann unter einer Ulme ein.

KAPITEL 13
ERKENNEN

Die Eule sah Silver traurig, verwundert und interessiert an.
Kann es sein, dass dies ein Teil seiner eigenen Geschichte, seines eigenen Lebens ist?
Doch sie wollte nicht so direkt sein, denn Silver hatte sich im Laufe des Erzählens verändert. Kaum wahrnehmbar. Doch sein Blick war während des Redens in die Ferne gerichtet und seine Augen begannen ein Abbild der Blauen Lagune zu werden. Still, wässerig, blau. Mit braunen, gelben und grünen Rändern um die Iris.
„Die Geschichte einer unglücklichen Liebe, es gibt sie tausendfach.
Sag` willst Du aus Verzweiflung diese unglückliche Liebe bewahren?!"
„Nein!" widersprach nun Silver energisch. „Nein, keine Geschichte einer unglücklichen Liebe! Sondern die Geschichte eines unglücklichen Lebens!
Der Otter, jung an Jahren, suchte Vergnügen und das Glück, wobei er es doch hatte, das Leben! Er sah einen glänzenden Edelstein in Form des Weibchens und etwas in seinem Innern entzündete sich. Die Herzkerze begann zu lodern. Und der Docht war lang und frisch. Dieses Gefühl bewirkte bei ihm sogar, von seinem weiteren Lebensweg, seinen Lebenszielen abzuweichen, sesshaft zu werden und dieses Leben dem Blendwerk zu opfern. Das Weibchen wusste aufgrund ihrer Aufzucht bei den Zweibeinern sehr wohl Bescheid darüber, wie man einen geeigneten Jäger auswählt und bindet. Ausgestattet mit der Berechenbarkeit der Händler und an entsprechende Entlohnung gewöhnt, machte sie den Otter ihr untertan.
Ein wirklich freies Otterweibchen empfindet so nicht! Danke ihr Zweibeiner! Und die sogenannte Freiheit wurde eingegrenzt. Das Erleben und somit das Leben selbst auf ein Minimum reduziert.
Der freie Otter spürte die Unruhe, spürte den drängenden Willen auszubrechen, aber noch nahm er Rücksicht – aus Liebe!
Doch dies war ein Fehler.
Liebe bedeutet Leben, und der Otter lebte schon längst nicht mehr voll und ganz. Und andere Gedanken über Liebe sind Zwänge in einem, gegen einen, für einen, gegenüber anderen. Jedoch nie Freude, Freiheit, Frieden und das ursprüngliche Leben.
Am Ende konnte der freie Otter nicht mehr und musste ausbrechen.
Doch er wollte das blendende Gefühl der Liebe nicht verlieren und weiter besitzen. Mit aller Macht nahm er seinen Besitz und floh aus dem Gefängnis der Händler.

Er machte sich nicht die Mühe, sein Gegenüber richtig wahrzunehmen.
Hauptsache er hatte seine Liebe, seinen Besitz bei sich.
Und so hegte und pflegte er seinen Besitz.
Er war ja der Freigeborene, er war ja der Beschützer und Versorger!
Doch er vergaß, blind vor Liebe, das Leben um sich herum, und er vergaß, auf
sein Innerstes, seine Instinkte zu hören.
Und dann erlebte er inmitten des Baches die Freuden und die Freiheit. Und
diese Lebensfreude, die eigentlich immer da sein sollte, kam so plötzlich und
übermannte ihn so sehr, dass er nahezu alles um ihn herum vergaß. Die Sinne
waren trunken und er vergaß auch, dass es eine andere Seite des Lebens gibt.
Und diese Seite kehrte nun genauso plötzlich bei ihm ein!
Er wurde geschlagen für das, was er bei anderen kritisierte und verurteilte,
doch selbst ebenso in gewisser Weise tat.
Und er erlebte die Schläge des Lebens. Er spürte, er fühlte, er schrie, er heulte.
Und er schlief unter der Ulme ein. – Frieden -."
„Und?" fragte die Eule voll innerer Spannung. „Geht die Geschichte weiter?"
„Ja, hab` nur Geduld, sie geht sofort weiter." Der Otter schluckte kurz, atmete
tief die Nachtluft ein, schaute wieder zum Mond und den Sternen.

Sein Blick war nun wieder klarer und seine Augen blau wie die Aquamarine.
Und er fuhr fort.

KAPITEL 14
ULME UND OTTER

Lange schlief der Otter.

Er hörte nicht die Vögel, die frohlockend den Anbruch des Tages ankündigten.

Er hörte nicht das leichte Rauschen des Baches.

Er schlief tief und fest, ausgezehrt von den Qualen des letzten Tages.

Nur bruchstückhaft bewegt von wirren Traumfetzen, wand er sich unter der Ulme. Und schlief. Er schlief bis zum frühen Nachmittag.

Ein großes grünes Blatt fiel von der Ulme ab und auf sein Haupt.

Irritiert durch diese Berührung wachte er schließlich auf.

Langsam und zwinkernd öffnete er seine getrübten Augen.

Und er schaute nach oben.

Er sah Arme aus Holz und Finger aus Zweigen, deren Nägel aus grünen Blättern ihn streichelten.

Er sah in die Sonne.

Grell, Gelb, fast Weiß wie ein offenes lichtdurchflutendes Tor.

Er sah zum Bach, zu den bunten Kieselsteinen.

Er stand ruckweise auf und ging mit leicht wankenden Schritten hin zu den Steinen, worunter er seine Liebe begraben hatte.

Nun stand er da.

Seine Augen kreisten langsam über den Platz.

Diesen stillen Ort, wo das Wasser ruhig, klar und blau war. Diesen stillen Ort, wo die verschieden großen Kieselsteine in unterschiedlichen Farben glänzten.

Wie still, friedlich und schön doch dieser Ort ist, dachte er. *Wie wunderschön und traurig zugleich.*

Und die Erinnerungen kamen zurück.

Wieder rannen dunkle Tränen aus seinen graublauen Augen mit braunen, gelben und grünen Rändern um die Iris.

Und die Tränen fielen auf die Kieselsteine.

Und die Kieselsteine glänzten im untergehenden Sonnenlicht.

Gelb, Braun, Grün, Rot, Blau, Grau.

Und der Glanz verging.

Und der Otter schlich tief gebeugt zur Ulme und schlief unter ihr ein.

Und so ging es Tag für Tag bis der vierzigste Tag anbrach und ein sanfter Nordwind aufkam.

Abgemagert und völlig gebeugt wollte der Otter wieder zu den Steinen kriechen. Er hatte bisher kaum Nahrung zu sich genommen und seine Kräfte begannen zu schwinden.

Da wurde er von den Ästen und Zweigen, die sich im Nordwind bewegten, berührt. Die grünen Blätter fuhren über sein Gesicht und seine Augen.
Und er nahm leise Töne wahr, die zu singen begannen.
Und er hörte eine ruhige, eindringliche, fast raue Stimme:
„Wer bist du, Otter?
Woher kommst du, Otter?
Wohin willst du, Otter?
Was willst du, Otter?
Wie bist du, Otter?
Wer bist du, Otter?"
Erstaunt blickte der Otter zur Ulme.
„Komm´ her zu mir. Hab` keine Angst. Berühre meinen Stamm, versuche ihn zu umarmen und lass` dein Herz sprechen. Rede solange du willst, und spüre, und lass` die Tränen heraus, lass` sie fließen an meinem Stamm entlang, hinab zu den Wurzeln."
Und so geschah es.
Der Otter schluchzte.
Worte brachen aus ihm heraus, wirr und zusammenhanglos.
Immer fester umklammerte er den Stamm, immer weiter umspannten seine Arme die Ulme. Tränen strömten wie ein sprudelnder Bach den Stamm hinab zu den Wurzeln. Er vergaß Raum und Zeit. Einzig fühlte er die starke Rinde der Ulme. Er fühlte wie sie den von Schmerz, Trauer und Gefühlen gepeinigten fiebrigen Körper kühlte und beruhigte.
Längst war der Tag vergangen, die Dunkelheit wieder eingekehrt und die Sterne aufgegangen.
Der Mond schien auf den Stamm und in die Augen des Otters.
Und die Augen waren blau und einzelne silberne Tropfen traten aus ihnen.
So schlief der Otter, den Stamm der Ulme eng umschlungen, friedlich ein.
Er sah die Regenbogenbrücke über dem Bach, und er sah das Regenbogenland.
Vom Nordwind leicht angehaucht, stiegen kleine Wolken auf und es begann milde zu regnen.
Am nächsten Morgen wachte der Otter auf.
Geweckt vom kühlen Nass und dem Frühkonzert der Vögel.
Er blickte zur Ulme empor. Er besah seine Umgebung.
Er entdeckte die einzelnen Gräser, die grünen Farne, die blühenden Blumen, die Blätter der Ulme. Bedeckt mit einem kristallenen Schimmer, und wie sie alle im sanften Nordwind tanzten.
Er schaute in den blauen Himmel des Nordens und in die aufgehende Sonne des Ostens. Gelb, orange. Zuversichtlich, hoffnungsvoll, warm.

Er sah wieder um sich und sah das Leben.
Er dankte der Ulme und er verstand.
Er stand aufrecht, er hatte Energie, er verspürte Freiheit und Freude, er hatte Hunger auf das Leben.
Er lief zum Bach und blickte in das Blau.
Er sah seine Augen. Sie waren blau.
Er sprang in das sprudelnde Wasser, durchleuchtet vom Blau der Aquamarine.
Er tauchte auf, sah die Enten, lachte, tauchte unter, schwamm mit den Forellen um die Wette.
Er holte sich ein Mahl, aß es auf einem Stein und betrachtete die Blaue Lagune.
Vergangenheit ist vergangen. Sieh` das Jetzt und Heute! Schau` nach vorne!
Er hatte ein Revier gefunden, heute, vielleicht auch morgen.
Er wusste, wofür er lebte, wofür es gut war zu leben.
Und er erkannte den Wert seines Lebens.
Er fühlte die zwei Seiten. Er spürte die Elixiere. Und er nahm das Leben an.
Mit Freude, Freiheit und Frieden.
Die Ulme strahlte über ihn.
Mächtig, souverän und glücklich wirkte sie. Ihre gekrümmten Äste mit den Zweigen und Blättern bewegten sich im Nordwind.

Die wenigen Wolken ließen vereinzelt klare Regentropfen auf die Ulme, auf den Otter, auf die Natur und auf das Leben nieder.

KAPITEL 15
GOLD

Die Eule hörte der Geschichte aufmerksam und berührt zu.

Weise und klug wie sie war, wusste sie nun über Silver und seiner Vergangenheit Bescheid.

Glaubte, es zumindest zu wissen. Doch kannte sie ihn wirklich?

Noch immer umgab Silver etwas Zwiespältiges, Geheimnisvolles, fast Mystisches.

Neugierig musterte sie ihn.

„So, jetzt ist aber genug der langen Reden", endete er abrupt, so als könne er ihre Gedanken lesen. „Ich werde es mir hier am Stamm gemütlich machen. Somit brauchst du keine Angst vor der fremden Umgebung zu haben", murmelte er noch vor sich hin und nickte ein.

Die Eule saß auf einem Ast der Ulme. Sie war nicht müde.

Sie war in der Nacht hellwach. Ihren scharfen Augen entging nichts.

So spähte sie ihr Umfeld aus.

Ein Nachtisch in Form einer Maus wäre jetzt gar nicht so schlecht.

Doch das konnte sie wohl vergessen, denn nun begann der ach so edelmutige Silver genüsslich zu schnarchen.

Toller Gefährte, vielen Dank!

Vorwurfsvoll blickte sie zu ihm hinunter.

Ein Schnarcher, ein Romantiker, ein Redner, ein Otter. Aber sympathisch.

Sie dachte über die Erzählungen Silvers nach, ließ ihre Augen umherschweifen, schaute zum Himmel und zu den Sternen, begutachtete die Ulme und war zufrieden.

Aber nicht meine Mission vergessen.

Noch morgen wollte sie weiterziehen. Auch wenn es ihr schwerfiel, so einen schönen Ort zu verlassen.

Den im Mondschein glitzernden Bach. Die behagliche und starke Ulme. Den neu gefundenen Gefährten. Die Glühwürmchen, wie sie nun über die ruhenden Gräser tanzten und sich paarweise fanden. Die Glühwürmchen, die paarweise auf die Ulme zukamen. Die Glühwürmchen, die rot und gelb blitzen, mit einem schwarzen Strich in der Mitte. Die Glühwürmchen, die näherkamen. Die Glühwürmchen, die keine waren! So stellte sie erschrocken fest.

Und sie erkannte die Konturen des Wesens, die sich im Mondscheinschatten bedrohlich abzeichneten. Lange, spitze nach hinten gerichtete Ohren. Zerzaustes, struppiges Fell, pechschwarz. Den dürren Schwanz nach oben gerichtet. Das Haupt, mit Schaum von langen Eckzähnen triefend, nach vorne gebeugt. Die Kreatur auf vier Pfoten. Die scharfen blitzenden Krallen gezogen, sich immer weiter auf Silver zu anpirschend. Gierig, hasserfüllt, mordlüsternd.

Sie erkannte Rangkor!

Und Silver schlummerte noch immer schnarchend vor sich hin.

Edelmut tut selten gut, Du weltverbessernder Spinner! ärgerte sich die Eule.

Denn sie wusste, dass Silver normalerweise nachts in seinem Bau am Bachbett ruhte.

Nun war Rangkor nur noch wenige Meter von Silver entfernt und raunzte voller Gier und Hass: „Es kann nur Einen geben, O´Connor!"

Rangkor setzte zum Sprung an.

In diesem Augenblick wachte Silver endlich auf und starrte in das glühende Rot der Augen über ihn.

Er fühlte, wie er von den Krallen hart niedergehalten wurde. Spürte die kalten Krallen, die sich tief in sein Fleisch bohrten. Roch den fauligen Atem des Todes, der aus dem Rachen Rangkors zwischen den fletschenden Reißern hervorströmte.

Überleben! durchzuckte ihn noch ein letzter Gedanke.

Mit dem Mut der Verzweiflung riss er sich aus den Krallen los. Ein brennender Schmerz durchfuhr ihn. Gleichzeitig aber warf er seinen Kopf hoch und biss Rangkor so fest er konnte in die Kehle.

Überrascht, verunsichert und getroffen von den scharfen Zähnen des Otters wich Rangkor zurück und zögerte, den letzten entscheidenden Hieb mit seinen blutverschmierten Hauern auszuführen.

Diesen Moment des Zögerns nutzte die Eule, um ihrem Gefährten beizustehen.

In Sekundenbruchteilen spannte sie ihre Flügel und schoss mit ihren geöffneten spitzen Krallen direkt in die Augen Rangkors.

Sie hackte mit ihrem Schnabel, kratzte und zerrte an seinem Kopf.

Immer noch hielt Silver Rangkors Kehle fest.

Rangkor brüllte wütend auf und warf seinen höllischen Körper hin und her.

Doch die Gefährten ließen nicht von ihm ab.

Immer noch bearbeitete die Eule Rangkors Funken blitzende Augen mit wilden, aber treffsicheren Schlägen ihres Schnabels, fest eingekrallt in dessen Kopfhaaren.

Das kämpfende Knäuel rang weiter vor bis zum steinigen Ufer des Baches.

Da durchfuhr ein schrilles Geheul, ein wütendes Brüllen, voller Furcht und unsäglichen Qualen, donnergleich die Stille der Nacht.

Rangkor schrie! Laut, unbarmherzig, tief, rau, ängstlich, wimmernd.

Blut strömte aus den roten Augenhöhlen. Blut rann über seine zerfetzte Schnauze. Er schmeckte das eigene Blut. Er schmeckte Finsternis.

Wild, verwirrt und blind brach er den Kampf urplötzlich ab, floh und stürzte orientierungslos in den Bach.
Ein letztes Heulen.
Er tauchte unter, wurde von den Sprudeln fortgerissen und entschwand.
Silver lag blutend in der Lagune.
Auf einem Stein über ihn saß die Eule. Angeschienen und angestrahlt vom Mondschein und den funkelnden Sternen.
„Gold", flüsterte Silver schwach als er zur Eule mit ihrem schimmernden Gefieder hochsah. „Gold!"
Silberne Tropfen rannen aus seinen blauen Augen. „Gold!"
Und er sank nieder.

Frieden.

KAPITEL 16
VERTRAUEN

Frieden lag über der Lichtung. Frieden lag über der Nacht.
Friedlich träumten die Hainbuche, ihre Schützlinge und ihre Umgebung.
Friedlich schienen Mond und Sterne auf sie herab.
Friedlich erwachte der neue Tag. Friedlich erweckten orangegelbe
Sonnenstrahlen die Lichtung zum neuen Leben.
Die Vögel sangen ihre Morgenlieder. Die Gräser standen aufrecht, satt und
grün. Die Blumen richteten sich auf und öffneten ihre Blüten winkend der
Sonne entgegen. Erste Bienen summten über die bunte Wiese. Die Herde
Rotwild weidete auf der Lichtung. Hase und Igel sprangen hin und her und
tanzten um die Hainbuche herum.
Aufrecht stand sie da, ihre Blätter grün und dicht, die Äste und Zweige stark
und gestreckt. Aufrecht stand sie da und blickte um sich. Sie sah hinüber zu
den Bergen.
Verschwunden war das Ungeheuer, vorerst.
Oder hatte es sich nur hinter den hohen Felsen versteckt?
Sammelte es vielleicht neue höllische Kräfte voller Gewalt und Gier?
Harrte es nur aus?
*Wartete es nur auf eine vernichtende Gelegenheit, erneut anzugreifen und
alles, was sich ihm in den Weg stellt, erbarmungslos niederzumachen. Das
Gute, die Freude, die Freiheit aufzusaugen, zu vernichten und den Frieden zu
zerstören?*
Sie blickte, trotz der düsteren Gedanken, zuversichtlich über die Wälder nach
Norden, und sie dankte.
„Danke, Nordwind, für deinen gestrigen Beistand. Danke!"
Ein lauer Luftzug berührte kurz ihre Blätter.
Und sie nahm eine Stimme wahr.
Eine tiefe Stimme, die ihren Stamm, ihre Äste bis zu den Blättern durchfloss.
Eine weise, kluge, starke, hoffnungsvolle Stimme.
Eine mächtige, mutige Stimme, als komme sie aus dem Innern der Erde.
Worte, ausgestoßen voller Energie.
Ausgestoßen aus dem Rachen eines lange vergessenen Wesens.
Ausgestoßen aus dem Rachen eines Drachen! Posaunengleich erschallt die
Hymne des Lebens.
Bewahre die Freiheit und achte das Gute.
Erhalte die Freude und das Leben.
Vertraue deinen Instinkten, deinen Energien, deiner Kraft, deiner Stärke.

Höre auf dein Herz. Schaue nach vorne.
Blicke mit wachen, klaren Augen um dich.
Sehe die Sonne, den Tag, den Himmel, die Nacht und die Sterne.
Begrüße die Wolken, den Schnee und den Regen.
Liebe das Leben. Lebe die Liebe.
Freue dich über den Frieden. Freue dich über das Leben.
Erlebe das Leben. Bleibe glänzend. Bleibe hart und edel. Bleibe Gold!

Die Hainbuche spürte die Worte, die Energie, die Zuversicht. Sie fühlte sich frisch und stark. Sie hatte Vertrauen in den heutigen und morgigen Tag. Sie hatte Vertrauen darin, dass ihre Eule bald mit froher Nachricht zurückkommen würde. Sie hatte Vertrauen in den Nordwind. Und sie hatte Vertrauen in die Stimme und in die Worte des Drachens. Sie hatte Vertrauen in ihre Wurzeln, in ihren Stamm, in ihre Äste, in ihre Zweige, in ihre Blätter.

Sie hatte Vertrauen zu sich selbst!

KAPITEL 17
GEFÄHRTEN

Voller Sorge um ihren Gefährten schwang sich die Eule vom Stein hinunter zu Silver, der reglos am Ufer lag.

„Komm` schon, wach` auf", keuchte sie und zog ihn weiter hinauf ins Gras. „Bitte geh´ nicht, bleib´ bei mir, bei uns. Wir brauchen dich, ich brauche dich. Die Ulme braucht dich, der Bach braucht dich, das Leben braucht dich! Bitte atme, mach´ die Augen auf!" Flehend strich sie wieder und wieder mit ihren Federn über sein Gesicht und seine Wunden.

Und Silver öffnete seine strahlend blauen Augen, schaute die Eule an und sagte mit einem schwachen Lächeln zu ihr: „Hab´ keine Angst, meine kleine Eule, hab´ keine Angst. Unkraut vergeht nicht. Alles wird gut. Danke dir, Gold."

„Gold? Was für Gold?"

„Ay, du meine kleine Eule, du bist Gold.
Glänzend, edel, hart und rein. Du sollst Gold für immer sein."

„Selbst jetzt hast du noch schöne Worte, du Romantiker. Aber komme, ich stütze dich und wir gehen hinüber zur Ulme, wo du dich dann erholen kannst und ich deine Wunden versorgen werde."

Am Stamm der Ulme legte sich Silver nieder währenddessen die weise Gold die Wiese nach Heilkräutern absuchte.

Schon bald kehrte sie mit allerlei Gräsern und kleinen Blüten zurück.

Sie hackte die Kräuter klein und mahlte sie in ihrem Schnabel, so dass daraus eine duftende Salbe entstand, die sie vorsichtig Silvers Wunden auftrug. Und als sie damit fertig war und sich neben Silver am Stamm der Ulme ins Gras setzte, passierte etwas Seltsames, Wunderbares.

Drei Blätter fielen von den Zweigen ab auf die drei eingesalbten Wunden Silvers und umschlossen diese wie grüne Verbände.

Und sie sah, wie Silver friedlich ruhte und stetig gesundete.

Nun war sie sich sicher, zu finden, woher die Melodien des Nordens kamen.

Nun war sie sich sicher, zwei Gefährten gefunden zu haben, die ihr dabei helfen konnten.

Ulme und Silver.

Ein neuer Tag brach an.

„Aufgewacht, Langschläferin!"

In ihren tiefen Träumen unterbrochen, öffnete Gold langsam und mürrisch ihre Augen. Erst das eine, dann das andere, und endlich beide zugleich.

„Welcher ungehobelter Banause wagt es, mich in meinem Schönheitsschlaf zu stören?! Na, dir werde ich zeigen, welche Krallen eine Eule hat!"

Schon wollte sie sich zornig auf den Störenfried werfen, da hielt sie mit einem Mal inne.

Der Störenfried war Silver, der am Fuß der Ulme stand, mit einer Forelle zwischen den blitzenden Zähnen.

Nichts mehr war an ihm von der schaurigen Nacht zu bemerken. Selbst die drei Wunden waren auf sonderbarer Weise verschwunden.

Nahezu vollständig genesen rief er ihr zu: „Ay, komm´ herab, genieße den Morgen, den neuen Tag. Es gibt Forelle zum Frühstück, dazu einen edlen Tropfen Grastau und einen Schluck vom sprudelnden Wasser."

Voller Freude über ihren gesunden Gefährten, und auch etwas hungrig, antwortete sie: „Na da lass´ ich mich nicht zweimal bitten."

Und sie schwang sich sofort neben Silver ins Gras.

Noch vor zwei Tagen hätte sie bestimmt „schauen wir mal" gesagt und wäre zögerlich von Ast zu Ast hin zum Boden geflattert, eben wie eine typische Eule es gemacht hätte.

Aber nun war sie nicht nur eine Eule von vielen, nun war sie Gold.

KAPITEL 18
NORDWÄRTS

„Eigentlich ist heute der Tag, an dem ich weiterziehen wollte, um meine Mission zu erfüllen. Doch vielleicht können Ulme und du mir ja bei meiner Aufgabe weiterhelfen", begann Gold zögerlich während des Essens zu plaudern.

„Welche Mission?" fragte Silver und dachte zugleich traurig *Schade, gerade fang' ich an, mich an Gold richtig zu gewöhnen.*

„Weißt du, ich komme vom Südwesten, etwa eine Flugreise von ein bis zwei Tagen entfernt, dort hinter den Wäldern und Tälern," und sie begann von der Lichtung zu erzählen, von ihrer Freundin, der Hainbuche, und von den Melodien, die der Nordwind brachte. „Und nun bin ich auf dem Weg, zu erkunden, woher diese Melodien stammen und woher dieser Gesang."

Kaum wahrnehmbar zuckte Silver kurz zusammen, blinzelte versteckt zur Ulme – doch Gold entging dieser Blick nicht – und gab ihr zur Antwort: „Die Lieder kommen aus dem hohen Norden und werden vom Wind an Orte getragen, die es zu behüten und zu bewahren gilt. Reine klare Orte der Freude, der Freiheit, des Friedens, des Lebens. Sag' Gold, wann nahmt ihr diese Lieder das erste Mal wahr?" fragte er unruhig.

„Etwa vor vier, fünf Monden. Aber was ist mit dir? Warum fragst du? Warum bist du so aufgeregt? Was war das für ein Zucken in deiner Miene? Warum dieser plötzliche Blick zu Ulme?"

„Alles zu seiner Zeit. Aber nun müssen wir aufbrechen und eiligst gen Norden ziehen. Ich werde dir alles unterwegs erklären. Du wirst sehen und verstehen. Ulme, du weißt, was zu tun ist! Verständige Yggdrasil und rufe meinen Vertreter, McCarpfen, her zum Bach. Er soll einstweilen meine Rolle einnehmen bis ich Gold zum Norden und wieder zurück zu ihrer Freundin gebracht habe. Es hat wieder angefangen!"

Nun nahm Silver eine große spiralenförmige Muschel aus dem Flussbett und blies in Richtung zur Ulme hinein.

Es gab einen tiefen, lauten, lang anhaltenden Ton. Die Ulme nahm den Ton mit ihren krummen Ästen und großen Blättern auf, ließ ihn hochsteigen bis zu ihrer Krone, wo dann ihre Zweige mit den Blättern zu wedeln begannen und den Ton weit hinaus in die Ferne verteilten.

Mit weit aufgerissenen Augen betrachtete Gold das wundersame Schauspiel. „Was ist mit dir?! Komm' wir müssen los. Lass' uns gen Norden eilen."

Er packte Gold bei ihren Federn und zog sie, losgelöst aus ihrer Erstarrung, fort zum Bach.

„Silver, wann kapierst du endlich, dass meine Gabe mehr das Fliegen als das Schwimmen ist. Zumal es auch noch gegen die Strömung geht!"
Wieder hatte Silver in seinem Temperament, seinem Übermut und seiner Ungeduld nicht an das Naheliegende gedacht, beziehungsweise es gesehen.
Gold war kein Otter. Ganz und gar nicht.
„Und was jetzt?! Das Laufen dauert zu lange und ist mit zu viel Gefahren verbunden."
Nun standen sie beide da und schauten sich etwas ratlos an, doch nicht lange.
Als sie sich so betrachteten, merkten sie, dass sie beide nahezu gleichgroß waren, und ähnlich stark gebaut, d.h. sie waren schlank, aber kräftig.
Und die Eule hatte schon einmal ihre Stärke, Ausdauer und Kraft bewiesen.
Beide begannen zu schmunzeln, blickten sich in die Augen und nickten, geradeso als hätten sie in diesem Moment den gleichen Gedanken.
„Das sollte eigentlich funktionieren", legte die Eule los, natürlich als erste.
„Komm` lass` es uns probieren! Sei´ kein Frosch, vertraue mir. Ich bin stärker und zäher als ich auf den ersten Anschein hin wirke. Und wenn ich eine Pause brauche, machen wir rechtzeitig Rast. Ich weiß meine Kräfte einzuteilen und einzuschätzen. Und trotz Pausen werden wir schneller sein als gegen die Strömung zu schwimmen. Und schneller als zu Fuß allemal. Steig` auf, drück´ dich an mich, damit ich nicht aus der Balance komme, und halt´ dich gut fest."
So setzte sich Gold ins Gras, kauerte sich nieder und breitete ihre Flügel aus.
Silver stieg vorsichtig auf ihren Rücken, legte sich flach darauf, drückte sich leicht an ihr und umgriff mit seinen Pfoten ihren Körper.
Na ja, etwas weniger Forelle könnte auch nicht schaden, seufzte Gold leise und belustigt zugleich.

Noch ein kurzer Anlauf, eins, zwei, drei Flügelschläge und dann hoben sie ab, kreisten kurz auf ein Wiedersehen über der Ulme, stiegen auf in den blauen Himmel und flogen los gen Norden, den hohen fernen Bergen entgegen.

KAPITEL 19
YGGDRASIL

Immer und immer wieder blies McCarpfen tief in die Muschel.
Die Laute wurden von der Ulme aufgenommen und fortgetragen.
Sie flogen hinüber zu den Wäldern und streichelten die Wipfeln, so dass die Zweige mit ihrem endlosen Tanz begannen.
Die Töne schwangen sich weiter von Ast zu Ast, bis sie schließlich ankamen, zentral. Auf einer Anhöhe kamen sie an.
Umgeben von Birken, Buchen, Eichen, Fichten, Tannen, allerlei Arten von Bäumen stand er dort. Alles um ihn herum überragend.
Ausladend waren seine Äste und Zweige. Smaragdgrün schimmerten seine großen buschigen Nadeln. Dunkelbraun, fast schwarz erschien seine knorrige, spröde Borke. Moos und Flechten umzogen seinen mächtigen Stamm.
Majestätisch, edel, altehrwürdig, durch nichts zu erschüttern.
So stand er da, nein, thronte er auf der Anhöhe, der Baum der Bäume, der Stammvater, Yggdrasil.
Hier trafen die Töne zusammen und vereinigten sich.
Er nahm sie auf und nahm sie wahr.
Die Laute drangen in sein Blattwerk und in seinen Stamm, lebensbejahend.
Seine starken Äste begannen langsam zu schwingen. Die Augen seines Stammes erhellten sich. Ein Licht drang von innen nach außen.
Schließlich sprach Yggdrasil, tief und fest:
„Auf ihr Laubwanderer! Wacht auf! Los! Es ist an der Zeit! Kommt und wandert von einem Baum zum andern! Macht euch bereit! Nach Süden zur Lichtung! Keine Zeit! Los! Bringt Freude, Freiheit, Frieden! Bringt die Elixiere des Lebens!"
Und die Laubwanderer, heuschreckenähnliche Wesen mit grünen, blattförmigen Körpern, erwachten.
Das Blattwerk Yggdrasils begann sich von seinen Zweigen zu leeren.
Die Blätter wanderten nun von Baum zu Baum, durchsetzten diese mit ihrem hellen Schein, fuhren fort, immer weiter, von Wald zu Wald, von Busch zu Busch, von Gräsern zu Gräsern, immer weiter und in stetig wachsender Anzahl in Richtung der Hainbuchenlichtung.

Denn dort war das Ziel, die Zusammenkunft aller Wahrhaftigkeit.

ENDE TEIL 1

TEIL 2
„ANULARIS"

KAPITEL 1
FLIEGEN

Über ihnen nichts als Wolken und das unendliche Blau.

Unter ihnen das Grün der Felder und der Wiesen, die Baumwipfel, der schmale blaue Streifen des Baches.

Vor ihnen die Weite der Wälder und der Täler und die Ausläufer der Berge.

So flogen die Eule und der Otter gen Norden dahin.

Der Wind strich von vorne durch das goldbraune Gefieder der Eule und durch die feinen, dichten Haare des Otters.

Silver hatte Gold von hinten fest umklammert und lag auf deren Rücken. Ganz tief kauerte er seinen Kopf in die Nackenfedern der Eule, so dass nur noch seine Augen schlitzartig ab und zu hervorlugten. Jedoch zu tief!

Der sich durch den Wind ständig bewegende Flaum der Federn begann an der Otternase zu kitzeln und diese somit aufs Äußerste zu reizen.

Silver bewegte seinen Kopf nun immer öfters ruckartiger hin und her.

„He Silver, was bist du so unruhig? Du bringst mich ja völlig aus dem Gleichgewicht!" kreischte Gold.

Schon musste sie leicht nach links schwenken, um einen günstigen Aufwind zu erhalten.

Und bei diesem Manöver blickte Silver nach unten.

Seine Augen begannen sich zu weiten.

Schwindel erfüllte sein Gehirn.

Dazu noch ein ständig wachsender Druck in der Magengegend.

Punkte, farbige Flächen, blaue Striche nahm er verwirrt wahr.

Schweiß rann ihm aus den Poren.

Der Griff, mit dem er Gold umklammerte, wurde fester, aber auch glitschiger, so als würde er alsbald von ihr abgleiten. „Gold, bitte! Tiefer! Halt an! Ich glaub´, ich falle! Mir wird ganz schlecht!" stammelte er keuchend.

Nun konnte auch Gold nicht länger im Aufwind taxieren. Sie spannte ihre Flügel weit aus und ließ sich nach unten gleiten. Eins, zwei, drei, vier kurze Flügelschläge, den Körper etwas nach oben geneigt und ihre Beine von sich gestreckt, landete sie schließlich wohlbehalten auf dem Boden. Mit Silver!

Endlich! durchzuckte es ihn.

Endlich, wobei die Endlichkeit nur einige Sekunden lang war.

Benommen stieg er, vielmehr taumelte er von Golds Rücken herunter und ließ sich auf die ersehnte Wiese fallen.

So lag er da, der tapfere Silver, der doch so oft auf wankendem Grund fest stand. Auf dem Rücken lag er und schaute nach oben in den Himmel, in diese unendliche Weite. Und endlich hörte sein Magen auf zu grummeln.
Endlich sah er wieder nach oben. Endlich erkannte er wieder das Blau des Himmels und die weißen Wolken. Und endlich blickte er in die Augen von Gold. Endlich?!
Ihre Augen hatten einen grün-gelben Schimmer. Er sah in ihnen leichten Spott, aber auch Freude.
War es Triumph oder Belustigung? Er konnte diesen Blick nicht deuten.
Zum ersten Mal fühlte er sich unsicher.
Er, der doch alles zu verstehen glaubte.
Aber eines wusste er: *Es war Gefühl in diesen Augen, und zwar ein positives!*
Trotzdem, er wollte und konnte sich diese Niederlage nicht eingestehen, nicht vor dieser Eule!
Noch dachte er: *Wie blöd muss ein Otter sein, zu denken, er könne durch die Luft segeln!*
Zu Gold erwiderte er jedoch trotzig: „Du mit deinem Gefieder! Wie konnte ich ahnen, dass es meiner Nase und meinen Sinnen so zusetzen würde! Ständig dieses Kribbeln. Es breitete sich sogar über meinen gesamten Körper aus. Kein Wunder, dass man fast die Beherrschung verliert! Sei froh, dass ich dir noch rechtzeitig zurief, um Schlimmeres zu verhindern!"
„Ach mein edler Silver, ich danke dir für deine vorausschauende und rücksichtvolle Warnung. Gar nicht auszudenken, was passiert wäre, wäre ich weitergeflogen ohne auf deine achtsamen Worte zu hören."
Weise und verständnisvoll sprach die Eule zum Otter. Natürlich wusste sie über seinen Zustand längst Bescheid. Doch wollte sie ihren treuen Gefährten nicht unnötig bloßstellen und beleidigen. Denn wie gesagt, sie war nicht mehr nur die Eule, sie war Gold.
„Und jetzt?" fuhr sie fort. „Schwimmend stromaufwärts, das ist zu mühselig und dauert. Und für das Wandern fehlt uns ebenfalls die Zeit. Sieh, wir haben nun schon fast ein Viertel des Weges hinter uns. Schneller kommen wir nicht voran."
Das musste Silver wohl oder übel (vor allem übel!) eingestehen.
„Hm, was schlägst du vor? Wir können dich ja schlecht rupfen!"
Längst schon hatte sich die Eule, indem sie die Wiese betrachtete, einen amüsanten Plan ausgedacht. Einen Plan, wie sie weiterfliegen konnten, ohne dass Silver dabei sein Gesicht verlor.
Und das im wahrsten Sinne!
„Was dich stört, ist doch vor allem das Kribbeln meiner Federn in deiner Nase, stimmt´s?"

„Natürlich, vor allem!" erwiderte Silver, *denn Höhenangst konnte und wollte er ja schlecht zugeben.*

„Na, dann schau' dich mal um, wo du gerade liegst!"

Der Otter stand bereits wieder auf seinen vier Pfoten und betrachtete seine Umgebung. „Im hohen Gras, na und!"

„Genau! Im hohen Gras! Lass uns aus den hohen Gräsern eine Maske für deine Nase flechten, und das Problem mit dem Kitzeln ist bereinigt!"

„Wenn du meinst", murmelte Silver kleinlaut.

Nun hatte sie ihn und machte sich sofort an die Arbeit.

Schließlich war die Maske fertig. Sie hatte das Aussehen wie der Helm einer Ritterrüstung. Nun noch schnell über Silvers Kopf gestülpt. „Passt?"

„Passt!" knirschte Silver. Durch die schmalen Augenschlitze im Helm konnte er gerade noch Golds verschmitztes Grinsen erkennen.

Eulen, dachte er. Und schon nahm ihn Gold an die Hand und dirigierte Silver, wieder aufzusteigen.

„So und jetzt hör' mir, dem Flugwesen, gut zu! Klammere dich fest an mich ohne mich zu würgen! Vermeide jegliche Bewegung! Sobald wir wieder hochsteigen, blicke nach unten und nimm die steigende Höhe bewusst auf! Spüre sie ohne zu erschrecken! Nimm sie wahr, stetig, steigend! Schaue nach unten, nach vorne, nach oben! Genieße die Weite, die Höhe, die Ferne, das Schweben, die Freiheit!

Und vor allem, vertraue mir und meinen Flugkünsten!

Ich bin damit aufgewachsen. Ich weiß, was ich tue! Sei eins mit mir! Verabschiede dich von deinen bisherigen Erfahrungen. Sei neugierig, freue dich an den neuen Erfahrungen. Sehe die Freiheit der Lüfte, und dein Magen wird Frieden finden!"

Diesen Zusatz mit dem Magen konnte sie nicht auslassen, die kleine Eule.

Und so stiegen sie wieder auf. Eins, zwei, drei, vier, fünf Flügelschläge und die Leere des Himmels hatte sie wieder.

Aber es war keine Leere.

Nein, es war wie das schwerelose, freie Schwimmen im Wasser, und doch irgendwie anders.

Silver blickte während des Aufstiegs durch seine Schlitze im Helm nach unten.

Die grüne Wiese mit ihren unterschiedlichen Gräsern und Blumen verschmolz langsam zu einem bunten Teppich. Die großen Felsbrocken am Bachufer wurden zu Kieselsteinen und letztlich zu mehrfarbigen Punkten. Der Fluss selbst zu einem blauen Band, das ihnen den Weg wies. Die Bäume, über deren Wipfeln sie bereits dahinzogen, erschienen wie ein einziges Buschwerk.

Silver dachte schon längst nicht mehr über die Höhe nach.

Er nahm wahr und er nahm an, positiv und klar.

Ströme streiften sein Fell, kalte und warme.
Er atmete die klare, reine Luft tief ein.
Er schaute nach vorne, geradeaus.
Er erkannte in der Ferne die dunklen Silhouetten der Berge.
Er blickte nach oben.
Er sah die Wolken, den Himmel und die unendliche Weite des Blaus.
Er spürte Freiheit und Frieden.
Und er freute sich.
Er freute sich über diese Leichtigkeit.
Und er freute sich über die Eule, über diese Gefährtin, die Gold ist!

KAPITEL 2
ZUVERSICHT

Schon zeigte sich das Abendrot im Westen.
Yggdrasils Stammesaugen blickten von der Anhöhe über die Täler und Wälder hinüber. Zufrieden besah er das Leuchten des Grüns um ihn herum, beschienen von den letzten Strahlen der untergehenden Sonne.
Ja, seine Laubwanderer waren gut unterwegs.
Sie würden rechtzeitig bei der Lichtung eintreffen.
Aber er wusste auch, dass er und sie die Hilfe des Nordens, der hohen Berge benötigen. Und er wusste, dass die Lebewesen Tales dieses Mal gemeinsam stark sein mussten.
Denn er sah nun das Abendrot.
Die Sonne glühte purpurrot.
Der sie umgebende Himmel nahm eine violette, dunkle Farbe an.
Einzelne grelle gelbe Streifen durchzogen wie Blitze das Firmament im Westen.
Er wusste über die Größe der Gewalt, der Bedrohung, dieses Mal, dieses letzte Mal. Aber er wusste auch über die lebensbejahende Stärke und Kraft Tales.
Er war ein Teil Tales, und zwar von Anfang an.
Genauso wie der Berg Tales, der heilige Berg Gottes, Oldolengo.
Und genauso wie der oberste Hüter Oldolengos, der Hüter des Salzes der Erde, des Salzes des Lebens.
Und nun hörte auch er den Gesang Tales.
Den Gesang und die Melodien, getragen vom Nordwind, herunter von den Bergen, sich über Wälder, Täler, Bäche und Lichtungen erstreckend.

Das Lied von Freude, Freiheit und Frieden.

KAPITEL 3
AKZEPTANZ

Langsam konnte man schon die Konturen der Nordberge erkennen.
In der Abendsonne sahen Gold und Silver die feinen dunklen Zinnen der
einzelnen Gipfel.
Doch es war noch ein weiter Flug bis zum Fuße der Berge, das wusste Gold.
Nach und nach begann sie zu ermüden. Schließlich sagte sie mit matter
Stimme: „Silver, meine Kräfte lassen nach. Wir müssen eine Rast einlegen.
Halt dich nun gut fest. Ich muss meinen Sink- und Landeflug beginnen."
So breitete sie ihre Schwingen aus, drehte ihre Flügel leicht nach oben und
bewegte ihren Körper gleichzeitig etwas nach unten.
Der Otter schaute über ihren Kopf nach vorne und nahm wahr, wie sich die
bunten Flächen und Punkte zu Bäumen, Büschen, Gräsern, Blumen und Steine
wandelten.
Wieder ein paar Flügelschläge, die Eule schob ihre Beine aus, und schon waren
sie auf einer Wiese neben dem Fluss bei einem Baum sicher gelandet.
Silver musste zugeben, dass diese Eule wahrhaftig eine vortreffliche Gefährtin
ist. Zum einen hatte er keine Flug- und Höhenangst mehr, vielmehr hatte er es
sogar genossen, mit Gold durch die Lüfte zu gleiten. Zum anderen würdigte er
ihre Kraft und Ausdauer, und sogar ihre kontrollierte Selbsteinschätzung.
Ja, er akzeptierte sie voll und ganz.
Tja, das hätte er noch vor ein paar Tagen für nahezu unmöglich gehalten.
Und er freute sich sogar noch über dieses Gefühl!
„Ay, wohlan, meine kleine Eule", begann er nun. „Ay, Gold, hab´ vielen Dank.
Hier nimm meine Hand. Du warst einfach großartig!"
Und er reichte ihr nicht nur die Hand, nein, noch dazu verbeugte er sich galant
vor ihr. „So, und nun ruhe dich auf dem Baum aus während ich uns das
Abendessen besorge."
Was war denn das?! Was ist denn nun los?! dachte die Eule befremdet und
gleichzeitig entzückt von dieser Äußerung und Geste Silvers. *Womöglich fängt
er noch morgen mit dem Fliegen an!*
So ließ sich Gold auf einen Ast nieder und wartete bis der Otter mit seinem
Fischgericht wiederkam. *Fisch!*
Schon bald war Silver mit dem Essen zurück.
Aber was war das?! Zwei Fische und zwei Mäuse!
„Nun ja, meine liebe Gefährtin, ich bin eben immer für eine Überraschung
gut."

So, da war sie wieder, Silvers leicht selbstzufriedene arrogante Art, dachte die Eule. *Aber auch irgendwie sympathisch, nett.* Gleichzeitig freute sie sich über die willkommene Überraschung.

„Na, sieht aus, als ob du dich langsam an mich gewöhnst", sagte sie, bewusst ebenso etwas überheblich.

„Mag sein, meine kleine Eule, mag sein. Und nun lass es dir schmecken."
Ach, wie es schmeckte!

Und zu allem Überfluss holte Silver für beide frisches Wasser aus Halmgefäßen herbei. *Perfekt!*

Nachdem sie ihr Mahl ausgiebig genossen hatten, machten sie es sich bequem. Gold auf einem Ast und Silver – der edle Beschützer – unten am Baumstamm. Beide sahen hinauf zum Himmel und bewunderten das Funkeln der Sterne.

Gold ließ die Ereignisse der letzten Tage gedankenvoll an sich vorüberziehen. Letztendlich fragte sie Silver: „Wolltest du mir nicht von den seltsamen Melodien aus dem Norden berichten, und was es damit auf sich hat?

Und wolltest du mir nicht davon erzählen, warum man dich McCloud, O´Connor oder Braveheart nennt und du dich als den Beschützer des Blaus des sprudelnden Baches, den Bewahrer von Freude, Freiheit und Frieden bezeichnest?"

„Nun gut, Gold, so soll es sein", antwortete Silver. „Ich denke, du sollst es wissen, um besser die Zukunft zu verstehen, meine plötzliche Aktion mit Ulme, den eiligen Aufbruch und das Ziel unserer Reise, besser gesagt Mission"

Und Silver begann mit seiner Geschichte.

KAPITEL 4
REVIERGESANG

Viele Monde und Naturzeiten waren vergangen seitdem der Otter am Ufer des sprudelnden Wassers gestrandet war.
Otter und Ulme hatten sich inzwischen angefreundet.
Der Otter hatte sich eine Höhle in der Nähe der Ulme am Bachufer gebaut und fühlte sich rundum wohl in seinem neuen Revier. Auch hatte er viele andere Otterbekannte gefunden, die nördlich und südlich entlang des Flusses hausten. Gemeinsam trafen sie sich oft im Bach, um dort miteinander zu spielen und zu jagen.
Wie lieb hatte er sein Revier gewonnen. Seine neuen Otterfreunde, Ulme und das blaue sprudelnde Wasser.
So saß er da auf einem Stein am Ufer und betrachtete zufrieden sein Glück.
Besonders war er aber von der Klarheit und dem Blau des Wassers fasziniert.
Rein, unendlich, kühl und einladend. Vertrauensvoll und zuversichtlich. Geheimnisvoll und lebendig.
Schon seit langem hatte er von Ulme und den Ottern erfahren, dass die Aquamarine im Fluss – kleine und große blaue Edelsteine – dem Wasser diesen Zauber, diese Magie gaben. Ab und zu nahm er dann einen dieser Steine in seine Pfoten und besah ihn sich genauer. Dann überkam ihn ein eigenartiger Schauer, durchströmte ihn ein vertrautes Gefühl, als ob diese Steine zu ihm sprechen würden, als ob er sie verstand, als ob er eins war mit ihnen.
So schwelgte er in seinen Träumen, als er plötzlich seltsame Laute vernahm, melodiengleich vom Nordwind herangetragen. Zuerst leise, feinsinnig, dann immer stärker bestimmend drangen sie an seine Ohren. Es waren anfangs einzelne Lieder, die nach und nach zu einem gesamten Gesang verschmolzen.
Er hörte Freude, Freiheit und Frieden. Er hörte Warnung und Bedrohung. Er hörte Gefahr und Achtsamkeit. Er hörte Glaube, Mut, Tapferkeit und Mäßigung. Er hörte Stärke, Zuversicht und Gemeinsamkeit.
Er blickte umher.
Der Wind strich durch sein Haar und er sah wie sich Ulmes Zweige bewegten.
Ebenso wie er standen die anderen Otter aufrecht und lauschten.
Jetzt erkannte er, dass sein ganzes Revier diese Töne, diesen Gesang wahr- und aufnahm.
Er rief seinem Freund, McCarpfen, zu: „Hört ihr auch diese Melodie? Was ist das?"

„Ich weiß nicht so recht, O´Connor." So wurde der Otter inzwischen genannt. „Ich höre diese Laute ebenso wie du das erste Mal. Mein Instinkt sagt mir, sie klingen wie Aufbruch, Vorsicht und Zusammenhalt. Aber vielleicht sollten wir Ulme fragen. Er ist schon länger hier an diesem Ort als wir alle."
Und so gingen McCarpfen, O´Connor und noch ein paar weitere Otter gemeinsam zur Ulme.
„Ay Ulme, treuer Gefährte, was bringt uns der Nordwind für zauberhafte Laute? Was will er uns mit seinem Gesang sagen? Weißt du Rat?"
„Genaues vermag ich euch leider auch nicht zu sagen, meine Freunde. Ich bin zwar älter als ihr, jedoch ist diese Melodie noch älter. Als ich sie das erste Mal vernahm, war ich auch erst sieben Ringe. Von Baum zu Baum wird der Gesang des Nordwinds erzählt. Meist dann, wenn Gefahr für Tale und für seine Lebewesen droht, hört man diese Töne. Sie kommen weit vom Norden her, angeblich vom heiligen Götterberg Tales, Oldolengo. Und sie werden dann über das gesamte Land ausgesandt. Einige uralte Lebewesen und Völker Tales wissen, was zu tun ist und helfen. So wie zum Beispiel unser Stammvater Yggdrasil, der sich weiter im Südwesten befinden soll und inmitten der ältesten Baumarten auf einer Anhöhe thront. Aber was nun unsere Aufgabe ist, das verstehe ich leider auch nicht."

Und so standen sie nun alle da. O´Connor, Otterfreunde und Ulme.
Ratlos, aber dem Lied voll Zuversicht lauschend.

KAPITEL 5
AL-GURAB HOTAH

„Aufgewacht, ihr Penner!" krächzte da ein Vogel vom Geäst der Ulme herab. Alle, Otter und selbst die Stammesaugen der Ulme, blickten erschrocken hoch, zu einem schwarzen, nein weiß war er, Raben.

„Schaut nur her zu mir, Ulme, O´Connor, McCarpfen und all´ ihr anderen Empfänger!

Schaut her mit euren großen Augen und hört was ich, al-gurab hotah, der weiße und weise Rabe, euch mitzuteilen habe!

Weit vom Norden komm ich her, vom mächtigen Oldolengo, dem heiligen Berg Gottes, zu verkünden euch, den relativ unwissenden Wiedergeborenen, die Mär und den Gesang Tales!

Wie ihr bereits richtig vernommen und vermutet habt, erklingt der Gesang Tales meistens dann, wenn Gefahr für das Land oder für einen bestimmten, wahrhaftigen Ort droht. Der oberste Hüter und seine treuen Wächter senden euch diese Lieder. Sie werden weitergetragen von den Uralten Tales und von den sogenannten Sendern. Ebenso werdet ihr und euer Gebiet unterstützt von den anderen Lebewesen sowie von den Helfern und dem Heer der Uralten sowie den Sendern selbst."

„Wohl ist Eure Rede, al-gurab hotah, aber woher droht uns Gefahr und was können wir, die Empfänger dieser Botschaft, unternehmen?" fragte O´Connor aufgeregt. „Und woher kennt Ihr unsere Namen?"

Der Rabe antwortete mit ruhiger, herrschender Stimme:

„Woher ich eure Namen kenne, sage ich euch ein anderes Mal.

Es würde zu viel Zeit in Anspruch nehmen. Und Zeit haben wir nicht allzu viel! Du, O´Connor, und ihr beide, McCarpfen und Ulme, ihr seid Wiedergeborene. Zum einen in der Seele, zum anderen im Körper. Zwar hatten wir Uralten gehofft, dass ihr euch aufgrund des Gesangs an das ein oder andere Ereignis von sehr weit früher erinnern könntet, doch bei Wiedergeborenen, zumal sie eine Zeit lang gereist sind, ist es besser, etwas nachzuhelfen. Deshalb bin ich direkt hierher geflogen, um euch beizustehen. O´Connor, weißt du noch um die Geschehnisse, als du bei den zweibeinigen Jägern und Sammlern unten im Süden des Landes warst?"

Da waren sie wieder, die schmerzlichen Erinnerungen an das Otterweibchen. Der Groll auf die Zweibeiner. Das Schreckgespenst Rangkor! Lange ist es her. Doch vergessen waren diese Gedanken nie! Sie hatten nur ganz tief in seinem Innern geruht. Gleichzeitig mit diesen düsteren Gedanken kamen aber auch die Gefühle von Freude, Freiheit und Frieden zurück.

O´Connor begann den Gesang Tales zu fühlen und zu verstehen.

Und einher gingen damit Glaube, Mut, Tapferkeit und Geduld.

Geduld, abzuwarten und die richtigen Dinge zum richtigen Zeitpunkt zu tun.

Tapferkeit, sich ausdauernd für Freude, Freiheit und Frieden einzusetzen.

Mut, den Gefahren und Herausforderungen offen und wachsam entgegenzutreten.

Zuversicht und Glaube an Hilfe, an Helfer, an die Uralten, an al-gurab hotah, an Oldolengo, an den Gesang Tales, an die Rettung.

Bei McCarpfen und Ulme bemerkte O´Connor ebenso diese innere Erregung, diese aufkommenden Erinnerungen.

Ihre Blicke waren verklärt und in sich gekehrt.

So hatte doch jedes Lebewesen seine eigene Vergangenheit, seine eigene Geschichte!

„Wohl, ich erkenne an euch Dreien, dass mein Impuls gefruchtet hat! Eure Instinkte und Teile eures Innersten sind gelöst. Ihr seid bereit."

Zufrieden nickte der Rabe zu ihnen hinunter und fuhr mit seiner Ansprache fort. „Drei gefräßige Karpfen, entschuldige McCarpfen, konnten wieder einmal in ihrer gierigen Esslust nicht genug kriegen.

Es sind immer diese maßlosen Süchte, die das Gleichgewicht stören!

Sie verschlangen in ihrem Wahn einige der blauen Steine, der Aquamarine. Mit diesen in ihren prall gefüllten Bäuchen schwammen sie flussabwärts Richtung Süden. Wie auch nicht anders zu erwarten, wurden sie dort von den zweibeinigen Jägern gefangen. Als diese nun die Karpfen verzehren wollten, fanden sie die Aquamarine. Und weil diese Zweibeiner Jäger und Sammler sind, suchten sie natürlich nach mehr von diesen edlen Steinen und sind nun geradewegs hierher zum blauen, sprudelnden Wasser unterwegs.

Ihr könnt euch sicher ausmalen, was geschieht, wenn sie dieses Gebiet entdecken und die Steine finden!

Sie werden dieses Revier besiedeln, ihre Hütten dort errichten, wo die grüne, blühende Wiese ist! Sie werden Hütten aus Bäumen wie du, Ulme, bauen! Sie werden die Aquamarine und all die anderen bunten Steine plündern und das sprudelnde, klare, blaue Wasser zerstören! Sie werden euch, ihr Otter, und alle anderen Lebewesen hier jagen und töten! Und wenn sie schließlich diesen wahrhaften Teil des Landes völlig ausgebeutet und niedergemacht haben, werden sie weiterziehen, um andere, ebenso wahrhafte Reviere ihrer Magie zu berauben und zu vernichten!"

„Aber warum sind sie nicht schon früher vom Süden in das Land gezogen?" fragte McCarpfen.

„Als sie damals auf Tale eintrafen – das war die Zeit, als du, O´Connor, auf sie trafst – fanden sie nur Fische vor und wurden zu Fischsammlern. Sie legten um

ihre Dörfer Teiche an und wollten sich so an den Fischmengen bereichern.
Wir, die Hüter und die dortigen Helfer, beobachteten diese Entwicklung.
Dann entschieden wir, was zu tun sei.
Zuerst warnten wir alle Fische davor, in den Süden zu schwimmen. Danach
sendeten wir die Kraniche aus, um die restlichen Fische aus den Teichen
heraus zu angeln und in andere Gebiete nördlich zu bringen. Anschließend
schickten wir noch die großen Waldameisen, Hummeln, Hornissen und
Moskitos aus, die den Zweibeinern und ihren Hütten ständig, bei Tag und
Nacht zusetzten. Letztendlich flohen nahezu alle Zweibeiner und segelten mit
ihren Schiffen, krank und desillusioniert, zurück, woher sie gekommen waren,
weit über das Meer. Übrig blieben nur eine Handvoll Jäger, skrupellos und zu
allen Schandtaten bereit. Und genau diese fingen die drei Karpfen!
Zu allem Übel kommt ein Umstand, besser gesagt, kommen zwei Umstände
dazu, die die ganze Sache noch dramatisch verschlimmern könnten.
Auf Tale gibt es nur zwei Lebewesen, die es zu Recht zu fürchten gilt:
Rangkor und seinen Zwillingsbruder Rangthor!
Einen davon hast du ja schmerzlich kennen gelernt, O´Connor.
Von klein an werden alle Lebewesen Tales vor diesen Höllenhunden gewarnt.
Sie sind nicht wie wir. Sie sind mordlüstern, grausam, herrschsüchtig und
töten nicht nur aus Hunger, sondern aus purer Lust am Leid und Sterben
anderer. Die Legende besagt, dass beide Brüder fast so alt sind wie Tale selbst.
Sie spricht von ihnen ebenso von Wiedergeborenen, jedoch nicht im Guten,
um Besserung zu bringen, sondern im Bösen, um zu vernichten. Kurzum, diese
beiden Höllenhunde sind zu Komplizen der Jäger geworden, zu Gesellen des
Grauens. Und Rangkor und Rangthor kennen dieses Land genau, kennen den
Fluss, die Steine und dieses Revier hier!
So, nun wisst ihr über den Ernst der Lage Bescheid.
Das Letzte, was uns die Spatzen von den Bäumen pfiffen, war, dass der
unheilvolle Trupp sich hierher aufgemacht hat und vier Monde von hier
lagert."
„Aber konntet ihr sie nicht irgendwie aufhalten?" wollte Ulme besorgt wissen.
„Leichter gesagt als getan.
Rangkor und Rangthor gehen immer wieder abwechselnd eine halbe Sonne
dem Tross voran, um die Gegend auszukundschaften. Da beide mit den
Gewohnheiten, den Bedingungen und den Lebewesen Tales bestens vertraut
sind, ist es schier unmöglich, diese erfolgreich zu überlisten, in die Irre zu
führen oder gar zu bekämpfen. Zumal die Höllenhunde nicht nur
außerordentlich stark, sondern zudem ebenso gerissen wie durchtrieben sind.
Ihr Instinkt ist geprägt von Gier, Herrschsucht, Vernichtung, Hass, Misstrauen,
Neid, Hinterlist und absoluter Gnadenlosigkeit."

„Na toll! Das sind ja prima Aussichten!
Wir, Otter und diese Ulme, die nicht einmal laufen kann, sollen diese
Ausgeburten der Hölle abwehren und besiegen!
Nicht mal du, al-gurab hotah, und deine Helfer haben bisher geschafft, was du
von uns verlangst!"
McCarpfen musste seinen Unmut einfach freien Lauf lassen.
„Beruhige dich, mein Gefährte", erwiderte O´Connor. „Hast du denn nicht den
Gesang Tales gehört und gespürt? Was wir brauchen in dieser schwierigen
Situation sind Glaube, Mut, Tapferkeit, Geduld und vor allem Gemeinsamkeit.
Wenn wir im Geiste und mit unseren Körpern eins werden und sind, wird uns
das Unmögliche gelingen. Habt Vertrauen, lasst uns auf unsere Stärken
besinnen und auf die Schwächen der Eindringlinge.
Für jedes Problem gibt es eine Lösung!"
Die Augen von al-gurab hotah leuchteten nun auf.
Da war er wieder, der verlorene Sohn der Wolken!
Da war er wieder, O´Connor, der Wiedergeborene!

Zufrieden mit sich und seiner Mission verkündete der Rabe:
„Weise Worte, Braveheart, ehemaliger Sohn der Wolken, McCloud.
Lasst uns beratschlagen, wie wir dieses, dein Revier erretten.
Zum Wohle Tales und zum Wohle der Wahrhaftigkeit!"

KAPITEL 6
SCHMIEDEN

Inzwischen war es Nachmittag und alle Lebewesen im Revier hatten sich um die Ulme herum versammelt. Alle überblickend, zentral auf einem der Äste, saß al-gurab hotah, der weiße Rabe.
Verschiedene Vorschläge wurden unterbreitet. Es gab ein ständiges Für und Wider. Die Diskussionen wurden lauter und alle redeten wirr durcheinander. Erzürnt stellte al-gurab hotah seine weißen Federn auf und kreischte lauthals in die Menge:
„Ruhe! Ruhe, meine Freunde! So kommen wir nicht weiter!
Wir müssen geordnet die Sache angehen, mit der nötigen Geduld einen außergewöhnlichen Plan schmieden und nicht im Chaos versinken! Lasst uns genau überlegen, mit wem, besser, mit welchen Gruppen wir zu tun haben!"
„Mit den beiden Höllenhunden und den Zweibeinern!" antworteten alle wie aus einem Munde.
„Richtig. Und wer dieser Gruppen ist die gefährlichere? Natürlich die Höllenhunde! Ohne diese beiden sind die Zweibeiner orientierungslos und leichter zu überwinden. Also müssen wir doch versuchen, zuerst Rangkor und Rangthor unschädlich zu machen?"
„Hm, das wird schwierig genug", meinte ängstlich und fast resignierend Langorus, der Hase. „Zusammen sind die Beiden nahezu unschlagbar."
„Zusammen schon", mischte sich McCarpfen ein. „Aber, al-gurab hotah, hast du nicht erwähnt, dass stets einer der Zwillinge allein dem Trupp voranläuft? Was, wenn wir diesen als erstes überwinden und somit seinen Bruder und die anderen Spießgesellen entscheidend schwächen?"
„Du überraschst mich, McCarpfen!" Beeindruckt von diesem klugen Vorschlag fuhr al-gurab hotah fort. „Dies soll der erste Teil unseres Abwehrplans sein! Genaueres legen wir später fest.
Und nun zum Trupp selbst. Gehen wir davon aus, dass der erste Teil des Plans funktioniert, wie geht es dann weiter? Wenn sie ihren Späher verloren haben, so wissen sie über ihren zukünftigen Weg weniger gut Bescheid und werden zunehmend unsicher. Das heißt, diese Schwächung eröffnet uns vielleicht eine Möglichkeit, sie in die Irre zu führen."
„Den Fluss können wir schlecht umleiten! Berücksichtigt man, sie marschieren am Bach entlang. Ebenso ist immer noch eine der Mörderbestien bei den Zweibeinern", gab Blockhut, ein Biber, zu Bedenken.
„Wo sollen wir die Aktion starten? Bereits in drei Monden werden sie die Reviergrenzen überschritten haben und bald hier sein. Was ist mit den

Edelsteinen im Wasser? Wir können sie wohl schlecht alle herausnehmen. Diese werden sie dann entdecken."

Alle grübelten angestrengt vor sich hin.

„Ich brauche jetzt eine kleine Abkühlung. Erstens habe ich eine lange Reise hinter mir und mein Gefieder juckt schon ganz. Und zweitens bin ich auch nicht mehr der Jüngste und erhoffe mir, dass das kühle Nass meinen Körper und Geist wieder etwas belebt."

Al-gurab hotah flog zum seichten Ufer, wälzte sich dort im Sand und besprizte sich mit Wasser.

„Schau Mutter", lachte da ein kleiner Sperling. „Der weiße Rabe sieht aus wie ich, wenn du mich Dreckspatz schimpfst!"

„Still, Pfiffikus, du beleidigst al-gurab hotah!" rügte ihn seine Mutter.

Vom strahlend weißen Gefieder des Raben war nämlich momentan kaum noch etwas zu erkennen. Durch die Putzaktion im Schlamm hatte es eine erdige braune Farbe angenommen. Erst als sich al-gurab hotah mit klarem Wasser abspritzte wurde es langsam wieder weiß.

Während er in Gedanken nach einer Lösung des Problems suchte, hatte O´Connor die ganze Szene und alle Anwesenden beobachtet.

Plötzlich rief er laut aus: „Das ist es! Das könnte klappen!"

Alle wendeten sich dem Otter zu.

„Was suchen unsere Gegner? Das blaue, klare Wasser! Woran orientieren sie sich? Am Bachlauf! Lasst das blaue, klare Wasser zu einer braunen, dreckigen Brühe werden! Weitet den Bachlauf zu einem unwirklichen, sumpfigen Teichgebiet aus! Zerstört ihre Hoffnung auf glänzende Edelsteine! Nehmt ihnen ihre Orientierung!

Seht euch an! Gemeinsam können wir es schaffen, sie zu besiegen. Jeder einzelne von uns bringt sich mit seinen Fähigkeiten ein. Blockhut, der Biber, mit seinen Artgenossen wird das Wasser an verschiedenen Stellen soweit aufstauen, sodass es weit über die Ufer tritt und einen Teil des Festlandes überflutet. So werden innerhalb der nächsten zwei Monde Teiche und morastige Böden entstehen. Der Bach sollte weitestgehend aufhören, zu fließen. Dann wühlen wir Otter unter Mithilfe der Frösche, der Aale und der anderen Fische den Gewässerboden auf, damit die Edelsteine mit Schlamm bedeckt werden und ein braunes, dunkles, undurchschaubares Wasser sie überzieht. Nichts soll in den kommenden Monden und Sonnen mehr an unser Revier erinnern. Danach werden wir noch einige Helfer anfordern, von denen al-gurab hotah berichtete, um schließlich das einbrechende Gesindel seiner Illusionen zu berauben und es endgültig aus Tale zu vertreiben. Habt Zuversicht, Gefährten! Vertraut Euren Stärken und der Gemeinsamkeit! Wir werden sie schlagen und siegen!"

„Und mit Blindheit strafen!" stimmte der weise und weiße Rabe mit machtvoller Stimme bei, zwinkerte listig mit seinen Augen und hielt einen Beutel hoch, den er bis dahin unter seinen Flügeln versteckt hielt.

KAPITEL 7
DER SPÄHER

Zwei Monde und eine Sonne waren seit den Ereignissen im Revier vergangen.
Keuchend, mit struppigem und klebrigem Fell, durchstreifte eine schwarze
Gestalt dieses unwirkliche Gebiet.
Die Mittagshitze hatte ihren Höhepunkt erreicht.
Ein stinkender Dampf stieg aus den Teichen und Mooren auf.
Mal bedeckte dieses braungrüne, eklige Wasser - angereichert mit allerlei
Insekten, die andauernd stachen - die vier Beine hinauf bis zum Bauchansatz.
Mal rutschte die Gestalt auf dem glitschigen Schlamm aus. Mal ließ eine
knorrige Wurzel, die sich unsichtbar in den brackigen Wasserlachen verbarg,
die Gestalt stolpern und in den Dreck fallen.
Die Luft war feucht und es war schwül. Das Atmen fiel schwer.
*Seit Tagesanbruch plage ich mich nun schon hier herum. Irgendwo muss doch
diese Wunderstelle sein, von der mein Bruder berichtete. Nach Norden müssen
wir, sagte er. Es kann nicht mehr weit sein. Er weiß es bestimmt, sagte er.*
Missgelaunt knurrte Rangthor, einer der beiden Höllenhunde, vor sich hin.
In Größe und im Aussehen glich er Rangkor nahezu.
Er hatte schwarzes, zottiges, verfilztes Haar.
Seine Augen waren jedoch gelbe, schmale Schlitze mit pechschwarzen
Pupillen, die die Form von Reptilien hatten. Eine geteilte, lange Zunge hing aus
dem geifernden Maul, das messerscharfe Zähne aufwies und an deren linken
und rechten Enden, riesige, spitze, gelbe Eckhauern entsprangen.
Seine Pfoten waren mit todesbringenden, stählernen Klauen ausgestattet.
Drei Pfoten mit fünf Krallen, die linke Vorderpfote mit nur vier.
Sein hyänenartiger Kopf war narbendurchfurcht und sein dürrer Schwanz nur
noch zur Hälfte da.
Seitdem der Bachlauf urplötzlich verschwunden war, konnte sich der
Mördertrupp nur noch grob auf die frühere Erinnerung Rangkors und die
nördliche Richtung verlassen.
Wieder war Rangthor an der Reihe gewesen, um diese Gegend auszuspähen
und um den verheißungsvollen Ort am blauen Wasser mit den Aquamarinen
zu finden.
Doch alles war anders. Nichts war so, wie es Rangkor geschildert hatte.
Nur Sumpf, dreckige Tümpel und dorniges Gestrüpp. Kein Lebewesen weit
und breit, das man fangen und ausfragen hätte können.
Kein Lebewesen?

Im Innern eines dichten Busches versteckt, beobachteten zwei Augenpaare aufmerksam Rangthor.

„Lassen wir den Fliegenstechern ihren Spaß, dieses Ungetüm zu genießen", flüsterte McCarpfen zu Speedy, dem scheckigen Wiesel.

„Die Bestie soll sich richtig ärgern und verausgaben bevor deine Zeit kommt." Wieder und wieder wurde Rangthor von den Moskitos gepiekst.

Sein Fell war inzwischen dicht von den kleinen Fliegen bevölkert, die eifrig zustachen, sein Blut saugten und ausspuckten.

Denn selbst das Blut der Höllenhunde war ungenießbar und unrein wie die Bestien selbst.

Heftig schlug Rangthor mit seinen Klauen um sich. Peitschengleich schwang sein dürrer Schwanz hin und her. Dabei verlor er dann meistens sein Gleichgewicht, rutschte auf dem feuchten Untergrund aus und fiel mehrmals in die braune Brühe.

Ausgezehrt von all diesen Plagen und von der feuchten Hitze ausgemergelt, näherte er sich dem Versteck der zwei lauernden Gefährten.

„So, Speedy, deine Zeit ist gekommen. Hier noch die Aquamarine um deinen Hals und los. Pass auf! Halte ihn auf geringer Distanz. Er soll dich und die Aquamarine immer in Sicht haben. Viel Glück, und jetzt ab zu Ulme und O´Connor, wo man dich mit dem Untier erwartet!"

Schon war Speedy aus dem Busch hervorgeschnellt und auf einen Stein gesprungen, knapp eine Beinlänge vor Rangthor.

Verführerisch glänzten die Aquamarine im Schein der Mittagssonne.

Träumte er?

Fieberte er schon vor Erschöpfung in dieser Hölle aus Hitze und Dampf?

Oder waren ihm die dunklen Mächte doch noch hold wie all in den Jahrzehnten, Jahrhunderten davor?

Einen kurzen Moment hielt er in seinen Bewegungen inne.

Seine Pupillen verengten sich zu einem schwarzen Punkt.

Die Iris nahm die Form eines schmalen Dolches an.

Das Gelb seiner Augen begann zu lodern. Wie Feuer zu flackern.

Der Brand in seinem Innern hatte sich entfacht!

Vor all den anderen, selbst vor seinem Bruder, wollte er diesen Schatz, diese kostbare Beute besitzen!

Schon setzte er zum entscheidenden Sprung an. Schon hatte er seine räuberischen Krallen ausgefahren. *Jetzt!*

Doch im selben Augenblick, als er sich auf das Wiesel werfen wollte, machte Speedy einen blitzschnellen Satz auf einen anderen Stein und sauste davon.

Rangthor landete wieder im Dreck, wobei er obendrein mit seiner Schnauze auf dem Stein, wo vorher noch die Edelsteine leuchteten, hart aufschlug.

Rasend vor Wut, mit bluttriefender Nase und Schaum vor dem Maul, rappelte er sich hoch und spähte umher.

Da vorne blinkten sie wieder auf, die Aquamarine! Nein, diesmal sollte ihm seine Beute nicht entwischen!

Mit reißender Gier hetzte er den blauen Steinen und dem Wiesel nach.

Aber immer, wenn er sich sicher war, seine Trophäe zu ergattern, entschwand sie ihm wieder. Wieder und wieder fiel er nieder. Stets war ihm Speedy eine Satzlänge voraus.

So ging die Hatz im Zickzackkurs weiter in Richtung Norden bis hin zur Ulme.

Die Ulme! Da war sie! Das war das Zentrum des Reviers. Das war der Ort, wovon Rangkor gesprochen hatte! Das war das Ziel!

Schweiß rann ihm aus sämtlichen Poren. Die schlammverdreckten Haare hingen in Strähnen an seinem zerschundenen Körper herunter.

So näherte sich Rangthor der Ulme.

Es war um die zwölfte Stunde.

Von hinten von der Mittagssonne angestrahlt, stand sie ihm gegenüber.

Mit ihrem mächtigen dunklen Stamm und den langen ausladenden Ästen stand sie da und erwartete ihn zum Duell.

Und vor der Ulme das Leuchten der Aquamarine!

Und hinter der Ulme trat im Sonnenschein eine Gestalt hervor.

Helle, weiße Strahlen umgaben die Figur.

Aufrecht stehend, nicht groß, jedoch fest und stark wirkend, mutig und durch nichts zu erschüttern.

Mit unerschrockener ruhiger Stimme herrschte die Gestalt Rangthor an:

„Dein Spähen hat ein Ende! Weiche aus diesem, unserem Revier! Das Blau, das ihr sucht, ist nicht für euch bestimmt! Ihr empfangt nur Dunkelheit und findet Verderben! Geh zurück zu deinen Gesellen und kehret um! Verlasst dieses Gebiet, verlasst Tale! Noch sollt ihr Gnade erfahren!"

Rangthors Blick klärte sich.

Er wischte sich die Schweißtropfen aus den glühenden Augen.

Nun erkannte er die Gestalt.

Ein Otter?! Ein Otter stand am Stamm neben der Ulme. Ein Otter wagte es, so mit ihm zu reden! Mit ihm, Rangthor, dem Schrecken aller Lebewesen auf Tale!

Die Aquamarine zu den Füßen des Otters leuchteten auf.

Da ist sie, seine Jagdbeute! Und keiner soll sie ihm nehmen. Ihm sollen die Edelsteine gehören. Ihm, nur ihm allein!

„Ein jämmerlicher Otter wagt es, so mit mir zu sprechen", höhnte Rangthor.

„Was bist du, du Zwerg! Niemals werde ich die Edelsteine aufgeben. Niemals! Jeden, der mich daran hindert, werde ich töten!"

Unmittelbar nach diesen Worten sprang Rangthor den Otter an.

Die stählernen Krallen nach vorne gezogen.

Das Maul weit aufgerissen, mit gefletschten Zähnen und blitzenden Hauern.

Die Augen entfalteten ihr verderbendes Feuer. Und die Augen wurden im Sprung von der gegenüberliegenden Sonne geblendet.

Darauf hatten O´Connor und Speedy gewartet.

„So sei es!"

Rasch duckten sie sich und machten einen Satz vom Baumstamm weg.

Rangthor indessen prallte kopfüber gegen Ulme. Vier Krallen bohrten sich in die Rinde und hinterließen tiefe Furchen.

Nun begann Ulme zu kämpfen.

Ulme konnte zwar nicht laufen, doch er konnte sich sehr wohl bewegen.

Dünne Zweige umschlangen Rangthors Leib und hielten ihn so fest am Stamm. Er zerrte, wand sich und schrie, geiferte und fluchte. Aber die Zweige waren nicht dürr, sie waren elastisch und voller Lebenssaft. Immer fester knüpfte Ulme seine Stricke um Rangthor. Verzweifelt versuchte Rangthor seinen Oberkörper aufzubäumen. Ohne Erfolg.

Die Pfoten hatte er schon längst nicht mehr frei.

Weit öffnete er seinen blutigen Rachen, biss und schlug mit seinen Zähnen und Hauern um sich. Seine Lungen drohten unter dem steigenden Druck der Zweige zu bersten. Die Luft wurde knapp. Seine gelben, mit roten Fäden durchzogenen Augäpfel traten mehr und mehr hervor.

Ein letztes Mal erspähten sie das Leuchten der Aquamarine.

Blau!

Ein spitzer, starker, knorriger Ast senkte sich, fuhr Rangthor von vorne in den aufgerissenen Höllenschlund hinein und bohrte sich fort, tief in das Innerste.

Ein letztes Donnergrollen entfuhr Rangthor.

Tiefer und tiefer drang Ulmes Speer vor, vor bis zu Rangthors dunklem Herzen.

Die Astspitze durchstieß das Herz und trat am Rücken aus.

Das Herz barst. Schwarzes Blut schoss aus Rangthors Rücken und bedeckte seinen Körper, sein Fell.

Die Stricke lösten sich.

Der vernichtete Späher glitt an Ulmes Stamm hinab.

KAPITEL 8
NEBELLEBEN

Weithin über das Land bis an die Grenzen des Reviers ertönte das verderbende Donnergrollen Rangthors. Weit drang es vor bis zu den Ohren Rangkors und der Räuberbande.

Müde vom Marsch und erschöpft von den Strapazen dieser urplötzlich unwirklich gewordenen Moorlandschaft, hatten sie Rast gemacht. Erschrocken fuhren sie hoch.

„Was war das? Naht nun auch noch ein Gewitter? Wohin in allen Teufels Namen hast du uns geführt, Rangkor?"

Die Geduld der Zweibeiner war schon lange ausgereizt.

Was alles hatte Rangkor ihnen versprochen und erzählt!

Funkelnde, bunte Edelsteine in glasklarem, sprudelndem Wasser.

Unermessliche Reichtümer an einem Ort, der nur darauf wartete, von ihnen ausgebeutet zu werden.

Und nun das! Inmitten von Sumpf und Moor lagerten sie. Schlamm und eine dreckige braune Brühe wohin man schaut. Dornenbüsche und einzelne knorrige dunkle Bäume. Dazu die sengende Hitze und der atemnehmende Dampf.

Die Zweibeiner trugen Pelzmützen und Hüte mit breiter Krempe. Ihre Kleidung bestand aus Leinenhemden, kurzärmligen Westen und Lederjacken. Ihre Stoffhosen steckten in kniehohen Stiefeln.

An ihren Gürteln hatten sie Schäfte mit Messern und eisernen Handwaffen, die sie Pistolen nannten. Um ihre Schultern hingen, ebenfalls an Gurten, lange Metallstäbe, denen sie den Namen Flinten gegeben hatten.

Diese Flinten und die Pistolen fütterten sie mit bleiernen Kugeln. Wenn man schwarzes, trockenes Pulver dazugab und dieses mit Feuer entzündete, gab es einen lauten Knall. Daraufhin drangen die Kugeln aus den vorne liegenden Öffnungen der Flinten und Pistolen heraus.

Die Flinten und Pistolen dienten den Zweibeinern zur schnellen Jagd, aber auch zum Kampf und zum puren Töten anderer Zweibeiner und sonstiger Lebewesen.

Mordwerkzeuge eben, ersonnen von dunklen Mächten und deren wahnsinnigen Kumpanen.

Aber wie gesagt, das Moor, dieses Feindesland, hatte ihnen erheblich zugesetzt.

Hüte und Mützen hatten sie längst abgenommen. Die Jacken und Hemden waren zerfetzt. Die Hosen waren schlammverschmutzt und zerschlissen. Das schwarze Pulver war durch den ständigen Dampf feucht geworden. Die Pistolen und Flinten waren somit unbrauchbar.

Und sie selbst?!

Ihre Körper, waren von Fliegenstichen übersät. An den Armen und Beinen hatten sie blutige Ritze und Wunden von den Dornensträuchern, die sie immer wieder durchqueren mussten.

Am Ende mit ihren Kräften und völlig ausgelaugt, verfluchten sie bereits den Tag, an dem sie sich mit den Höllenhunden auf die Jagd nach den bunten, kostbaren Steinen eingelassen hatten.

„Was ist, Rangkor?! Wo ist denn nun dieser sagenhafte Ort? Oder wird das drohende Gewitter etwa Edelsteine hageln lassen?!"

Zornig schrien sie Rangkor an, der seltsam stumm, wie zu einer Salzsäule erstarrt, vor ihnen stand und absolut geistesabwesend dem Donnergrollen lauschte.

Da zuckte er zusammen, drehte sich zu ihnen und bellte sie mit hasserfüllten, stechenden Blicken an:

„Das ist kein Gewitter, ihr Kleingeister! Das ist, das war Rangthor!

Er hat unser Ziel erreicht. Er hat den Schatz, das edle Blau gefunden!

Es kann nicht mehr weit sein. Kommt, lasst uns aufbrechen!

Nach Norden, wie ich vermutet hatte.

Auf! Macht und Reichtum warten auf uns!"

Sollte dieser räudige Hund doch richtig liegen und die bunten Edelsteine sind zum Greifen nahe? Ein letzter Versuch ist es wert nach all den erlittenen Qualen. Eine letzte Chance geben wir dir noch, Rangkor.

Wehe dir, wenn nicht bald unser Ziel erreicht ist!

Mit diesen arglistigen Gedanken machte sich das Gesindel auf seine schweren Beine und folgte Rangkor ein letztes Mal in Richtung Norden.

Seit dem Donnergrollen war etwa eine halbe Sonne vergangen.

Der Abend kündigte sich an. Mit dem Untergang des Tages wurde es kühler.

Der Hitzedampf verwandelte sich langsam zu Nebel.

Die Ungeduld der Zweibeiner wuchs und mit ihr der Missmut.

Schon wetzten einige Männer ihre Messer, um sie Rangkor für sein erneutes Versagen in den Leib zu stoßen. Zerknirscht und mürrisch fragten sie ihn:

„Wie lange noch, Rangkor? Wir müssten doch schon längst auf deinen Bruder getroffen sein. Warum kam er uns nicht entgegen? Vielleicht war es die falsche Richtung, woher der Donner kam."

„Ihr habt Recht", antwortete Rangkor unwirsch. „Irgendetwas stimmt nicht.

Ich verstehe das Verhalten meines Bruders nicht. Ebenso müssten wir nach meiner Zeitrechnung den besagten Ort bereits längst erreicht haben."

Letzte Strahlen der untergehenden Sonne durchbrachen einzelne
Nebelschwaden und schienen einen dunklen einsamen Baum an, der in
diesem Moor hervorstach.
Hitzig vor Erregung, fast schon hysterisch, schrie Rangkor auf:
„Seht, das muss die Ulme sein, von der ich euch erzählt habe!
Kommt, nur noch ein paar Schritte! Die Schätze empfangen uns!
Wir sind am richtigen Ort!"
Angetrieben von Gier und Habsucht stürmten sie zur Ulme.
Keine Sinne für was anderes, nur auf Macht, Reichtum und Besitz war ihr Geist
fixiert. Keine Ohren mehr für die Laute um sie herum. Keine Augen mehr für
den zum Leben werdenden Nebel.
Zu spät sahen und hörten sie die Schwärme, die wie aus dem Nichts aus den
milchigen Schwaden hervorschossen. Wie Pfeile kamen sie angeschossen!
Direkt in ihre Gesichter, direkt in ihre offenen und gierigen Augen, direkt an
ihre Körper! Einhergehend mit einem tosenden Brausen, Summen, Zirpen und
dem Flattern unzähliger kleiner und großer Flügel.
Das Heer von al-gurab hotah griff an!
Man hatte sie gerufen und sie waren zur Hilfe gekommen.
Hornissen und Wespen trieben ihre Stacheln unbarmherzig in die
erschrockenen Gesichter und in die offene Haut an Händen, Armen und
Beinen.
Lauthals heulend vor Entsetzen und Schmerzen, wild mit den Armen
fuchtelnd, taumelten die Zweibeiner hin und her.
Dann kamen die Heuschrecken, die sich in den Haaren und in den Körpern
verhakten und mit schrillem Zirpen, gepaart mit dem unaufhörlichen Flattern
ihrer Flügel, die Sinne der Männer vollends verwirrten.
Noch schwankten die Zweibeiner, noch fielen sie nicht.
Dann stießen die Buntspechte und die schwarzen Raben auf sie herab und
verkrallten sich in Kopf, Nacken und Rücken. Immer wieder hieben sie mit
ihren spitzen Schnäbeln auf die Eindringlinge ein, bis diese endlich fielen.
Gekrümmt lagen die Zweibeiner am Boden, wimmernd und stöhnend,
schützend ihre blutigen Arme und Hände über ihre Köpfe haltend.
Dort am Boden warteten die schwarzen und roten Ameisen, die sie bissen, sie
mit Säure brannten und die niedergestreckten Leiber betäubten.
Nun krabbelten die Gesandten der Spinnen hinzu, die mit ihren feinen, jedoch
stahlfädigen Netzen die gepeinigten Körper niederhielten und fesselten.
Das Letzte, was die Diebesbande sah, war nicht das Blau der Aquamarine,
sondern das Blau der kleinen Frösche, die aus ihren Drüsen das Gift des
Vergessens in die Augen der Zweibeiner spritzten.
Aber was war mit Rangkor?

Dieser war aufgrund seiner Schnelligkeit und der Tatsache, dass er etwas abseits der Gruppe voraneilte, als einziger dem vernichtenden Gefecht entronnen.

Rangkor hörte das entsetzliche Wehgeschrei und den tobenden Kampfeslärm. Er blickte sich ab und zu um. Doch selbst diese sichtbaren Gräuel hielten ihn nicht von seinem Besitzwahn und seinem unstillbaren Machthunger ab. Ganz im Gegenteil.

Dadurch, dass er nun allein war, war er nun der Einzige, der Eine, für den dieser Schatz, dieser Ort bestimmt sein sollte.

Schnurstracks rannte er zur Ulme. Etwas Blaues hatte er dort kurz im Licht der Abendsonne schimmern sehen.

Dort musste das Rätsel um die Aquamarine liegen.

Schon erblickte er eine Kette mit diesen blauen Edelsteinen am Fuß des Stammes.

Feuerrot glühten seine Augen.

Er untersuchte die Kette mit seiner Schnauze genauer.

Da nahm er einen eigenartigen, vertrauten Geruch wahr.

Er schnüffelte um den Baum herum. Er gewahrte schwarze Flecken am Boden. Er folgte mit flackernden Augen den Flecken den Stamm hinauf. Er sah die vier Einkerbungen in der Rinde. *Er wusste nun Bescheid.*

Die schwarzen Flecken waren das Blut, und die vier Kerben die Spuren der Klauen seines Bruders. Er erkannte am Geruch des Todes, dass Rangthor nicht mehr war.

Neben Gier machte sich nun auch Hass in seinem Innern breit.

Er stieß ein ohrenbetäubendes, grausames Gebrüll aus.

Aber dieses Gebrüll wurde jäh übertönt von einer mächtigen Stimme, die vom Geäst der Ulme zu ihm niedersprach.

Verwirrt blickte Rangkor hoch.

Oben über ihm saßen auf einem Ast ein weißer Rabe und ein Otter.

Rote Blitze aus seinen Augen trafen diese Beiden.

„Rangkor, du Ausgeburt der Hölle, höre nun, was ich dir zu sagen habe", schallten die Worte aus dem Schnabel von al-gurab hotah.

„Hass, Habgier, Mordlust, Neid und das Laben am Leid anderer bestimmen dich. Du bist nicht der Wiedergeborene zum Besseren, sondern zum Bösen. Dein Bruder bezahlte mit dem Leben für seine wahnsinnige Sucht. Doch du sollst unsere Gnade erfahren. Wir lassen dir dein Leben in der Hoffnung, dass du dich besserst. Aber für deine Grausamkeiten sollst du gesühnt werden. Sieh her, sieh diesen Otter an, dessen Weibchen du vor vielen Monden kaltblütig mordetest. Ich sage dir, Rangkor, für dieses Revier hier kann es nur Einen geben, und das ist dieser Otter, der Hüter des Blaus des sprudelnden

Wassers! Und nun sieh nochmals am Stamm entlang zu mir hoch. Denn das Letzte, was du mit deinen roten, böse glühenden Augen sehen wirst, sind die Spuren deines toten Bruders am Stamm der Ulme! Mit Blindheit sollst du von nun an gestraft sein!"

Da öffnete al-gurab hotah seinen geheimnisvollen Beutel und streute das Salz der Erde Tales in die feurigen Augen Rangkors.

Die weißen Kristalle fraßen sich tief in die flammenden Höhlen ein.

Das lodernde Feuer erlosch und wurde zu einer aschfarbenen, weißgrauen Masse. Ein unendliches Brennen durchdrang Rangkor.

Ein letztes grelles, langgezogenes Jaulen.

Dann sank Rangkor am Stamm der Ulme nieder.

Der Brand war gelöscht.

Der Himmel über Ulme klarte auf. Der Nebel hatte sich verzogen.

Das Leben im Revier war zurück.

KAPITEL 9
FORT!

Am Morgen danach wurden der blinde Rangkor und seine geschlagenen und jeglicher Erinnerung entzogenen Spießgesellen mit dicken Baststricken verzurrt. Danach wurden sie auf zu Kähnen umfunktionierten Baumstämmen verladen.

Von Schwänen gezogen und unter Bewachung der Flugarmee der schwarzen Raben wurde die Bande flussabwärts in den Süden gebracht. Dort an der Küste verfrachtete man die Zweibeiner auf ein Schiff, das von Walen und Delphinen über das Meer geführt, weit fort von Tale, auf Nimmerwiederkehr verschwand.

Rangkor jedoch, der trotz seiner Boshaftigkeit ein Lebewesen Tales war, ließ man zurück. Man verbannte ihn an einen eisigen, einsamen Ort hoch oben im Nordosten des Landes. Hier sollte sein wirrer Geist in völliger Einsamkeit und in sich gekehrt Besserung erfahren.

Leider hatten sich diese dargebrachte Barmherzigkeit und die damit verbundene edelmutige Hoffnung als ein Fehler erwiesen.

Denn nicht Reue und Einsicht entwickelten sich in Rangkors Geist, sondern Hass und Rachegelüste.

Im Lauf unzähliger Monde begann dann auch wieder das Feuer seiner teuflischen Augen zu lodern.

Seitdem setze er O´Connor immer wieder nach und versuchte ihn aufzuspüren. Der Ausgang dieses Kapitels ist bekannt.

Vielleicht ist das Salz der Erde doch eher für das Leben bestimmt als für die Bestrafung.

KAPITEL 10
BESTIMMUNG

An den kommenden zwei Monden und Sonnen waren die Lebewesen und
Helfer Tales damit beschäftigt, ihr Revier wieder herzustellen.
Am dritten Mondtag versammelte al-gurab hotah die Reviergemeinde um die
Ulme herum.
Wieder saß er, alle überblickend, hoch oben auf einem zentralen Ast.
„Hört, ihr Bewohner dieses Reviers, was ich euch zu verkünden habe.
Dieser Baum hier, Ulme, und dieser Otter hier, McCarpfen, werden zu Sendern
und Helfern bestimmt.
Immer, wenn der Gesang Tales ertönt und Gefahr droht, wirst du, McCarpfen,
diese geringelte Hornmuschel ergreifen und in ihr in Richtung des Astwerks
von Ulme hineinblasen.
Du, Ulme, wirst dann die aufgefangenen Töne mit den Zweigen und Blättern
weit über das Land hin zum nächsten Empfänger, Sender, Helfer oder Hüter
verteilen. Das ist Eure Bestimmung hier im Revier!
Nun zu dir, O'Connor.
Du sollst der zukünftige Hüter dieses Reviers sein.
Der Hüter des blauen sprudelnden Wassers und der Bewahrer von Freude,
Freiheit und Frieden!
Und man soll dich Braveheart nennen! Und dein Name soll sein O'Connor
McCloud, der Sohn der Wolken!"

Nach dieser Rede spannte der weiße Rabe seine Flügel und blickte sich
zufrieden um.
Ein kurzes freudiges Blinzeln hin zu den drei Bestimmten.

Dann schwang er sich davon in Richtung Norden,
zum heiligen Berg Gottes, Oldolengo.

KAPITEL 11
TRÄUMEN

„Das war und ist sie, die Geschichte vom Otter, von O´Connor McCloud",
endete Silver mit seiner Erzählung.
Spät war es geworden, sehr spät.
Der Mond war zu seiner vollen Größe aufgegangen und hatte bereits den
Höchststand überschritten.
„Eine fantastische Geschichte", sprach Gold.
„Ich begreife jetzt deine Handlungen und ich glaube, den Gesang Tales zu
verstehen. Aber eine Sache ist mir noch unklar."
Kurz stockte sie.
Und eine andere Sache berührte sie in ihrem Innersten ebenso:
Der weiße Rabe, al-gurab hotah. Kann es sein, dass … Nein, meine Liebe, lass
die Vergangenheit ruhen! Zu leicht kämst du von deinem Weg, deiner Mission
ab! Das einzige, was im Moment zählt, ist die Gegenwart und die Zukunft!
„Warum nannte dich der weiße Rabe McCloud, den Sohn der Wolken?
Du bist doch am Boden am Fluss bei den Ottern geboren worden und
aufgewachsen."
„Das, Gold, ist auch mir noch ein Rätsel", erwiderte der Otter und schaute
verträumt zum Mond und zu den Sternen.
Bereits müde werdend, aber innerlich aufgewühlt durch die Erzählung,
musterte Gold den Otter nun genauer.
Da saß er und blickte gedankenverloren nach oben in die Ferne.
Sein Fell schimmerte im Mondschein silbern und seine Augen leuchteten in
den Träumen strahlend blau.

Dann schlief sie ein, träumte und wurde berührt.
Sonshea, al-gurab hotah, Nest, Feuer, Sabia, Blau, Schwimmen, Fliegen,
Wolken, McCloud, O´Connor, Braveheart, Silver, Gold, Sonne, Blitze, Rot, Gelb,
Schwarz, Kampf, Freude, Freiheit, Frieden, Berge, Salz, Weiß, Grün, Wälder,
Bäume, Ulme, Lieder, Lichtung, Hainbuche.

Tief und fest schlief Gold, bis zum nächsten Morgen.

KAPITEL 12
ERWACHEN

Morgen.
Milde blies der Nordwind seinen Atem über das Land, über Wälder, über
Wiesen, über die Lichtung, über Tiere, über die Hainbuche, über ihr Laub.

Und mit ihm flogen Laute einher, dumpf, machtvoll, kräftig, wachrufend.
Die Töne umkreisten die Wipfel der Bäume und bewegten ihre Äste.
Die Töne strichen über die Gräser und Blumen.
Hirsch, Hase und Igel standen auf und lauschten mit spitzen Ohren.
Die Vögel ließen sich auf den Zweigen der Hainbuche nieder und hielten mit
ihrem Gezwitscher inne.
Die Töne berührten die grünen Blätter der Hainbuche, wurden von ihnen
aufgesaugt wie Sonnenlicht, drangen ein in die Zweige, in die Äste, in den
Stamm und flossen hinab zu den Wurzeln.

Was ist das? fragte sich die Hainbuche und spürte etwas in ihr.
Etwas in ihrem Innersten begann, *sich zu regen.*
Etwas tief Verborgenes. Etwas Vergessenes.
Etwas Pulsierendes. Etwas Lebendiges.
Es war nicht die Zufriedenheit.
Es war nicht die Neugier. Es war nichts Rationales.
Es war nicht die Zuversicht, das Selbstvertrauen,
die Freude, die Freiheit, der Frieden allein.
Nein es war weit mehr.
Es war Leidenschaft!
Ein uneingeschränkter Überlebenswille!
Die pure Lebensfreude!
Das grenzenlose Gefühl von Luft und Leben.
Das Loslassen und die Ruhe von allen Zwängen und Ängsten.
Ein unendliches Glücksgefühl durchströmte sie!

Die Hainbuche blickte sich um.
Immer noch saßen die Vögel auf ihren Zweigen.
Immer noch standen Reh, Hirsch, Hase und Igel auf der nun in allen Farben
leuchtenden Wiese.
Doch nun fingen auch diese Lebewesen an zu erstrahlen, als wenn eine innere
Sonne ihr Licht nach außen wirft.

Und sie sah zu den Wäldern und zu den Bäumen, die die Lichtung umgaben. Das Grün der Nadeln und der Blätter funkelte wie smaragdgrüne Edelsteine. Die Zweige, Äste und Stämme schimmerten bronzen, messingfarben, silbern und golden. Selbst die Bienen, Käfer, Fliegen, Ameisen und die übrigen Insekten und Kleintiere glitzerten wie kleine Kristalle.

Und die Wurzeln der Hainbuche schmeckten das Salz der Erde, das Salz Tales.

Die Lichtung war erwacht!

Ende Teil 2

TEIL 3
„MEDIUS"

KAPITEL 1
STURM

Umgeben von einem grellgelben Leuchten zogen Wolken vom Westen her auf.
Anfangs langsam einzelne, dann immer schneller werdend mehrere.
Pralle dunkle Wolken voller Regen und Donner.
Schwarzen, den Himmel durchstechenden Türmen gleich.
Und unterhalb der Wolken nachgerückt das weiß-grau-gelbe Himmelsfeuer
mit seinen Strahlenpfeilen. Zuerst vereinzeltes Aufflackern, fernes Grollen,
dann zum Leuchtfeuer mit immer kürzeren Donnerknallen werdend.
Die angenehme warme Luft, die Tale umgab, wurde zusehends schwül und
aufgeheizt.
Schließlich eine dunkle stürmische Front, einhergehend mit Blitz, Krachen,
peitschenden Regenkugeln wie aus Mündungsfeuern vor sich her treibend.
Gleichsam Kriege aus heutiger Zeit. Gewaltsam, vernichtend.
Und mit dem Unwetter das tosende, aufbrausende Meer.
Aus vielen kleinen Wellen entstiegen berghohe Brecher, die unablässig gegen
die Klippen und den Strand Tales vorstießen als wollten sie das ganze Eiland
unter ihren Massen begraben.
Noch hielten die Hügel und die Berge den Orkan ab, weiter ins Landesinnere
vorzudringen. Noch musste er gewaltige Anstrengungen unternehmen. Doch
schon bald, nachdem der erste Ansturm unternommen wurde, er den Großteil
seiner Regenmassen entlud, hatte der Orkan diese Hürden überwunden und
brauste unbarmherzig fort in Richtung der Lichtung, wo die Hainbuche stand.
Und mit ihm zog er eine Schneise der Vernichtung.
Immer und immer wieder schütteten die pechschwarzen Wolken enorme
Wassermassen über das Land, so dass der Boden völlig aufgeweicht wurde.
Immer und immer wieder wurden Bäume entwurzelt und fielen so dem Sturm
zum Opfer.
Doch die Hainbuche war wach und aufmerksam.
Sie wie all ihre Umgebung hatten das Salz des Lebens erhalten.
Die Laubwanderer hatten ihre Arbeit verrichtet, sämtliche Pflanzen und
Lebewesen gestärkt und mit dem Geist Oldolengos überzogen.
Die Baumgruppen am äußeren Rand der Lichtung, die sogenannten Aufseher,
bewegten bereits heftig ihre Wipfel.
Bald hat der Orkan seinen Höhepunkt erreicht und ist da!
„Hase, Igel, Reh´, schnell hinüber in eure Unterkünfte in den Wald!
Geht in eure Höhlen, schmiegt euch fest an die Stämme der Schwestern und
Brüder Yggdrasils! Wir alle werden euch und die Lichtung schützen!

Wir alle haben das Salz in uns! Nichts kann uns was anhaben!"
So tat die Hainbuche kund, und alle gehorchten.
Und dann brach der Sturm los!
Weit riss er seinen dunklen Rachen auf und spie Wasser wie aus Kübeln.
Heulend blies er seinen kalten Atem stoßweise gegen die grüne Wehr, die die
Lichtung umgab.
Die Baumkronen, die Türme der Festung, drohten zu knicken.
Aber sie waren gestärkt durch das Heer der Laubwanderer und die Truppen
der Ringwürmer und Borkenkäfer. Die Laubwanderer gaben ihnen das Salz, die
Kraft, die Zuversicht.
Die Ringwürmer drangen mit dem Salz in das Stamminnere ein, streckten und
reckten sich, verbanden sich von oben nach unten und verliehen somit den
Gehölzen, den Ästen, die nötige Stabilität und Elastizität.
Die Borkenkäfer schließlich krochen unter die Rinde, spannten ihre Flügel zu
Schutzschildern und schenkten so den Hölzern die zusätzliche erforderliche
Härte. Nasse Peitschenhiebe knallten gegen diese stählernen Schirme.
Knallten nieder und wurden in stoischer Ruhe, unbeeindruckt, nein, fast wie
aus Freude, energiegeladen zurückgeworfen, ohne jeglichen Schaden
anzurichten.
Schon war aus dem drohenden Heulen ein verzweifeltes Jaulen geworden.
Doch noch hatte der Sturm seine gelbe Nachhut. Und diese setzte er nun ein.
Die schwarzen Wolken rissen auseinander und setzten das Flammenmeer frei,
seine finale Waffe gegen die Baumfront und die Lichtung.
Und aus den grellen, gelben Flammen schleuderte der Orkan seine Eisfunken
auf das grüne Heer Tales.
Vereinzelt rissen die Hagelkörner Fetzen von den Pflanzenblättern oder
schossen durch sie hindurch, jedoch ohne sie vollends zum Fall zu bringen
oder zu vernichten. Schon machte sich eine weiße, eisige Körnerschicht über
der Lichtungswiese breit, um diese einzufrieren und zu töten.
Aber so schnell sich diese eisige Schicht auch bildete, so schnell schmolz sie
auch. Das Salz des Lebens, das Salz Tales, hatte seine wunderbare Macht
vollbracht.
Zurück blieb klares Wasser, das vom Boden des Landes aufgesaugt wurde.
Die Hainbuche wehte wie das Banner des Sieges inmitten der Lichtung.
Aufrecht, frohlockend, stark.
Und dann war Ruhe.
Genauso plötzlich wie der Sturm losschlug, genauso plötzlich gab er auf.
Noch ein letztes mürrisches Brummen und Gerumpel.
Das war´s!

Der erste Ansturm auf Tale, auf seine wahrhaftigen und mystischen Stätten, auf die freien Reviere, war erfolgreich abgewehrt.
Das Flammenmeer war verschwunden.
Die dunklen Wolken stoben auseinander, der blaue Himmel brach hervor.
Die Sonne beschien die Lichtung.
Die Tiere kamen aus ihren Schutzbehausungen hervor.
Die Pflanzen standen wieder aufrecht.
Das frische Grün war zurückgekehrt.
Die Hainbuche besah sich ihre Lichtung,
ihre Freunde und ihre Helfer, ihr Revier.

Es lebte. Sie lebte. Sie hatten gesiegt.
Freude, Freiheit, Frieden – vorerst!

KAPITEL 2
ANFLUG

Der Tag brach an.

Milde berührten die ersten Sonnenstrahlen die geschlossenen Lider und streichelten zart die Schlafenden wach.

Lange hatten sie nicht geruht. Zu bedeutend waren die Eindrücke der letzten Tage gewesen.

Das Fliegen zu zweit, Otters Geschichte, die offenen Fragen der Nacht, das bevorstehende Ziel ihrer Mission, ihre Erwartungen.

Zögerlich öffnete Silver seine Augen und rappelte sich auf allen Vieren hoch.

Gold auf ihrem Ast blinzelte mehrmals, pustete ihr Gefieder kurz auf und flatterte ein wenig mit den Flügeln.

Beide Gefährten waren nun wach.

Nach einem kleinen Frühstück, setzten sie dann ihren Flug fort, immer dem blauen Band folgend.

Mit der Zeit veränderte sich die Landschaft unter und vor ihnen stetig.

Die bunten Teppiche wurden zunehmend braun-grau und aus den dichten Wäldern wurden einzelne Baumreihen.

Ebenso wie die Gegend wechselte das Klima.

Die Luftströme wurden kälter und trockener.

Einzig der Bach zeigte ihnen mit seinem blauen Verlauf weiterhin den richtigen Weg.

So flogen sie weiter und weiter, nur unterbrochen von wenigen kleinen Zwischenstopps, um frische Energien aufzutanken.

Schon erschien das Gebirgsmassiv klarer. Verführerisch nahe. Man konnte bereits die ersten unterschiedlichen Berge mit ihren Gipfeln erkennen, die sich dicht gedrängt aneinander reihten. Aber noch war es ein weiter Weg dorthin.

Aufgrund der kalten Luftmassen flog Gold deutlich tiefer, so dass sie die neue Vegetation genauer entdecken konnten.

Steiniger, erdiger Boden, mit Flechten, Moos und niedrigen Gräsern überzogen. Zuerst kleine Hügel, die nach und nach größer wurden und schließlich die Ausläufer der Berge selbst darstellten.

Und dann erspähten sie ihn, Oldolengo!

Sein Piz ragte über einen Wolkenkranz steil empor.

Gewaltig mit Eis und Schnee bedeckt.

Unterhalb des Kranzes konnte man die Ansätze eines Gletschers erkennen, der wie ein weißer, spiegelnder Pfad den Zugang zum Gipfel markierte.

Darunter riesige Felsen mit abweisenden Steilwänden.

Massig, majestätisch, nahezu drei umliegende Berge einnehmend, überragte
Oldolengo sein Gebirge.
Hier mussten sie hin.
Zu seinem Fuße wollten sie noch bis zum Abend fliegen um dort zu lagern.
Es war Nachmittag.
Die Luft wurde rauer und frostiger. Eule und Otter fingen an zu bibbern.
Immer tiefer musste Gold fliegen. Immer anstrengender wurde es für sie.
Immer lauter wurde ihr Schnabelgeklapper vor Kälte.
Silver merkte dies und schmiegte sich enger an sie, um sie, um sich, um sich
beide zu erwärmen.
Die Sonne verlor bereits ihre wohlige Kraft und wanderte fort gegen Westen,
bis sie schließlich hinter den Gebirgsausläufern verschwand.
„Es ist genug Gold", stieß Silver vehement aus.
„Du musst landen. Du bist völlig am Ende!"
„Nein Silver! Sieh nach unten!
Der Bach wird schon schmaler. Nur noch bis zu seiner Mündung."
Seit dem Nachmittag waren sie ununterbrochen geflogen.
„Du musst mir nichts beweisen, meine kleine Eule", widersprach Silver.
„Du bist bereits Gold und du sollst es auch noch länger bleiben!
Du klapperst wie ein Storch und deine Federn sind bereits steif und angereift.
Das ist es nicht wert! Hör auf mich!"
Trotzig fuhr sie zurück: „Sei still, mein edler Otter! Ich weiß, was ich kann.
Noch pulsiert mein Blut in mir!"
Und sie flog weiter. Und wie!
Längst war es kein Gleiten mehr. Unruhig wurden ihre Schläge.
Auf und ab ging es.
Silver wurde nun doch ernsthaft bang.
Nicht, dass sie abstürzten, nein, dazu kannte er sie mittlerweile zu genau.
Nicht um seinetwillen hatte er Angst, sondern um sie!
Was vermag diese Eule alles!
Aber sie hatte schon längst ihren Leistungszenit überschritten. Sie war völlig
ausgelaugt und versuchte doch noch das Allerletzte aus sich herauszuholen.
Das machte Silver Angst! *Bitte lass uns endlich ankommen*, flehte er innerlich.
Da erblickten sie auf einem Plateau am Fuße Oldolengos den See, der den
Fluss speiste. Ein kleiner Wasserfall fiel vom See herab und bildete so den
Quell des Baches.
Dann endlich landeten sie!
Diesmal war es nicht das routiniert ausgeführte Anflugmanöver.
Diesmal war es eher ein niedriger Sturzflug, der in ein Stolpern und Fallen
überging.

Unsanft wurden sie auf die Erde geschleudert, wo sie beide getrennt voneinander liegenblieben.

Nach einer Weile rappelte sich Silver hoch, wischte sich den Dreck vom Fell, leckte sich seine Schürfwunden und schaute sich suchend nach Gold um.

Dort sah er sie rücklings auf dem Boden zwischen Sand, Geröll und Felsen.

Ein Flügel weit von sich gestreckt, der andere am Körper angewinkelt.

Keine Bewegung!

Unbeirrt seiner Wunden und Prellungen rannte Silver zu ihr hin.

„Nein!" schrie der Otter. „Nein!"

Er bückte sich zu ihr nieder.

Noch regte sich ganz leicht ihr Bauchgefieder. Jedoch nur ganz schwach!

„Nein!" schrie er wieder verzweifelt. „Bitte nicht du, mein Gold! Bitte nicht!"

Erste Tropfen rannen aus seinen Augen und fielen auf die kleine Eule.

Dann wurde er von hinten berührt.

Erschrocken fuhr er herum.

Und blickte in die Augen von al-gurab hotah, dem weißen und weisen Raben.

KAPITEL 3
VERFÜHRUNG

Dichter Nebel lag über dem Meer.
Gerade ein paar Meter weit konnte man sehen.
Die Motoren des Schiffes waren längst auf ein Sechstel ihres
Leistungsvermögens gedrosselt.
Scheinwerfer versuchten die weiße Wand zu durchdringen.
Gespannt starrten Augenpaare auf den Monitor, der Untiefen oder nahende
Hindernisse anzeigte. Aber bisher sah man nur den gleichbleibenden grünen
Leuchtkegel, der sich mit einem ebenso gleichlauten Summton ständig von
rechts nach links und wieder zurückbewegte.
„Meine Damen und Herren, wir befinden uns nun an der Stelle, wo die B007
abstürzte. Und irgendwo da draußen muss diese Insel sein, über die der letzte
Funkspruch abging."
Der Mann, der zu der Gruppe im Konferenzsaal des Schiffes sprach, war der
Expeditionsleiter und der Vorsitzende von C.F.D..
C.F.D., mit vollständigem Namen „Crusaders For Development", hatte sich im
Laufe der letzten Jahrzehnte zu einem Weltkonzern entwickelt, mit dem Ziel
neue Ressourcen im Hinblick auf Erd- und Mineralvorkommen, Energien,
Nahrung und Lebensräume zu suchen und zu finden.
Denn die Erdbevölkerung wuchs ständig und verlangte nach neuen Quellen.
Besonders die Reichen und Mächtigen wollten ihren erworbenen Standard
nicht nur halten, sondern ständig erweitern.
Und so waren diese Investoren stets bereit, immer größere Geldsummen für
das Plündern solcher unberührten Flecken auf dem Planeten auszugeben.
Eigentlich wäre die Bezeichnung „Cash From Destruction" zutreffender!
Aber dies hätte sich aus marketingpolitischer Sicht bei weitem nicht so gut
verkauft!
Die Ursprünge von C.F.D. reichten weit zurück bis zum Ende des letzten
sogenannten Weltkrieges.
Hier bildete sich ein dunkles anonymes Netzwerk aus Kriegsverantwortlichen,
Größenwahnsinnigen und Reichen, mit dem Vorsatz, ihre Gier, ihre perversen
Fantasien, ihren Machtanspruch, ihren Besitz, ihr Alleinstreben zu erhalten,
auszubauen und wieder auferstehen zu lassen.
Die Zeit schritt voran und mit ihr der technische Fortschritt, die Technologie.
Ebenso nahm die Verbreitung von Industrie- und Marktkonzernen weiter zu.
Genauso wie die Weltbevölkerung.

Und dieser Wachstumsprozess forderte noch mehr Arbeit, noch mehr Energien, noch mehr Nahrung, noch mehr Wohnraum, noch mehr Ressourcen.
Die Großunternehmen nahmen Monopolistenrollen ein.
Der ideologisierte freie Wettbewerb wurde auf ein Minimum reduziert.
Die Reichen wurden reicher, die Armen wurden ärmer.
Es gab wieder eine Zwei-Klassen-Gesellschaft, in der die Klasse 1 das Sagen hatte und die Klasse 2 gehorchen musste.
Schöne neue Welt! Schönes neues Sklaventum!
Ein solcher Klasse 1-Konzern war C.F.D.!
Wie bereits gesagt, die Weltbevölkerung wuchs und wuchs.
Und sie hatte Hunger und Durst!
Hunger nach Brot, Geld, Arbeit, Freizeit, Abenteuer, Spiel, Spaß und Vergnügen. Durst nach Wasser, Wein, Tanz, Freiheit, Öl und weiteren Energien, Verschwendung, einem Übermaß an Leben und Erlebten.
Man wollte immer mehr als man hatte.
Und so begann die Jagd nach neuen, unverbrauchten Ressourcen.
C.F.D. erkannte diesen Trend sehr früh und gab sich zudem als solventer Gönner aus, indem das Netzwerk Schulen und Forschungsinstitute förderte.
Immer unter der Propagandaflagge, dem Wohle der Menschheit zu dienen.
Sehr schnell vergrößerte sich dadurch der wirtschaftliche Einfluss des Unternehmens.
Letztendlich gelangte C.F.D. zu einer bedeutenden politischen Macht.
Es taten sich populistische Redner hervor, Marktschreier, den Hunger und Durst des Volkes zu stillen.
Von den verbliebenen Staats- und Industriefürsten ließ sich C.F.D. hoch bezahlen, um immer neue Anreize zu schaffen, um immer neue frische Quellen für Reichtum, Macht und Besitz zu finden und zu vergrößern.
Jedoch ging es vielmehr darum, diese Fürsten eher zu kontrollieren.
Und schließlich nahm C.F.D. durch Spekulationen, rationellen Strukturen und Arbeitsmethoden das wenige Erreichte der hilferufenden Menschenklasse wieder ab, so dass das lodernde Überlebensfeuer nie verlosch.
Zu guter Letzt bedeckten die dunklen Wolken von C.F.D. knapp ein Drittel dieser hungernden und dürstenden Welt, dieser zum Verhungern und Verdursten verdammten Welt.
Wenige Sonnenstrahlen drangen vor zum Grün, zum Blau, zum Blühen, zum Leben der Erde.
Und einer stand bei C.F.D. ganz oben: Randolf.
Als Lehrer, Redner und Trainer in den Akademien und bei den Instituten trat er in Erscheinung. Weltoffen, interkulturell, zig Sprachen sprechend und mit Doktor und Professur ausgestattet, betrat er die Bühne von C.F.D..

Er stieg auf vom Unterhalter, vom Schauspieler zum Hauptdarsteller, zum Superstar. Der so coole, smarte, nie alternde „Man of the Year", wie ihn die Medien betitelten. Frauen aufgrund seiner attraktiven Erscheinung und Männer aufgrund seines erfolgreichen Managements himmelten ihn gleichermaßen an, verehrten, vergötterten ihn.

Alles, was er anfing, war von Profit und Sieg gekrönt.

All' die Bilder, die er ihnen vormalte, wurden zur erreichten Realität.

So stand er nun da vor seinen Kunden, seinen Gläubigern, im Konferenzraum des Schiffes. Lässig strich er sich seine blonden Strähnen des ansonsten kurzgeschorenen Haares von rechts nach links über die Stirn. Seine Augen flackerten auf, rötlich. Gelb-braun waren ihre Farben, mit einer reptilartigen Pupille in der Mitte.

„Meine Damen, meine Herren", bestimmend und energisch ertönte seine Stimme und fuhr in nahezu hypnotischer Weise fort. „Ich kann quasi die Nähe dieses sagenhaften Landes spüren. Gehen Sie raus aufs Deck und atmen Sie den Nebel ein. Ich versichere Ihnen, Sie werden die Erde, die unberührte Natur schmecken. Doch lassen Sie uns zuerst mit all' unseren Sinnen uns auf den Monitor konzentrieren. Lassen Sie uns gemeinsam unser Ziel, unsere Vision wahr werden!"

Gespannt und voller Ehrfurcht stierten die Jäger, die Kreuzritter, wie sie sich nannten, auf den riesigen flachen Farbbildschirm vor ihnen an der Wand des Saales. Andächtige Ruhe wie in einem Gebetshaus, nur unterbrochen vom monotonen Blonk, Blonk, Blonk des grünen Peilers.

Blonk, Blonk, Blonk.

Blonk, Blonk, Blonk.

Die Augen Randolfs verengten sich zu Schlitzen.

Abwartend, mit dem untrüglichen Gespür eines erfolgreichen Jägers, strich er mit seinen dünnen Fingern und langen Nägeln an seinem schwarzen Spitzbart am Kinn entlang.

Dann, urplötzlich, spien seine Augen wie ein eruptierender Vulkan ihr Feuer aus!

Trut, Trut, Trut kreischten sirenengleich die Lautsprecher auf.

Feuerrot, grell erstrahlten die Peiler am Monitor. Langsam wurden die roten Zacken zu Linien, zu einem Umriss, zu einer Kontur. Und die Konturen nahmen Formen an. Und aus den Formen entstand ein Bild.

Das Bild von Randolfs Vision.

Das Bild, das er, das C.F.D. seinen Gläubigern versprach.

Das Bild des gesuchten Landes.

KAPITEL 4
HINGEBUNG

Verwirrt und ausdruckslos starrte Silver den weißen, weisen Raben an.
Dunkle, dreckverschmierte Tränen rannen über sein verzweifeltes Gesicht.
Wiederholend stammelte er nur zwei Worte: „Bleibe Gold!"
Der Rabe öffnete seine Schwingen und umschlang mit ihnen die reglos am
Boden liegende Eule. Fest drückte er sein Haupt gegen ihren Brustkorb. Dann
begann er, sich immer wieder über ihr, mit ihr aufzuprusten, als wolle er ihr
den Atem des Lebens einverleiben.
Der Otter verfolgte mit hoffnungsvollem Blick das Geschehene, wobei er wie
in Trance wiederum die Worte „Gold, bleibe Gold" beschwörend vor sich hin
betete.
Endlich, *nach unendlicher Zeit*, ließ al-gurab hotah von Gold ab und richtete
sich vor dem Otter auf.
„Du kannst aufhören zu beten, Braveheart, sie lebt!"
Der Otter schaute zum weißen Raben hoch. Das dunkle Wasser aus seinen
Augen wurde zu silbernen Freudentränen. Das trübe, milchige Blau wurde zu
strahlenden Aquamarinen. In Silver kehrte ebenfalls das Leben zurück.
Al-gurab hotah winkte und sofort kamen einige seiner Helfer aus der
nahgelegenen Grotte herbei. Zu Silvers Überraschung waren es Zweibeiner.
Doch anders als er sie in dunkler Erinnerung hatte, sahen sie aus.
Sie waren nicht allzu groß und ihre Haut war beinahe Bronze. Ihre Haare
waren blond, rot, braun, schwarz und sogar grün wie das Laub der Wälder.
Ihre Augen hatten die Farben der bunten Steine am Ufer des sprudelnden
Wassers.
Sie legten Gold sanft auf eine aus Palmenblättern geflochtene Bahre und
verschwanden schließlich mit ihr wieder in der Grotte.
„Na, mein Freund, konnte ich dich wieder mal überraschen?! Man könnte
meinen, du seist gerade wie damals unter der Ulme erwacht."
„Nein, es ist nur … ich weiß nicht recht wie ich es beschreiben soll … fast wie
ein Wunder."
„Aber Connor McCloud, du lebst auf Tale und hast gelernt zu glauben.
Und der Glaube versetzt Berge und bewirkt Wunder. Du selbst hattest doch
auch schon Wunder bewirkt. Bist du denn so geschwächt? Doch etwas
Unterstützung von außen kann dabei nicht schaden", fügte al-gurab hotah mit
einem verschmitzten Grinsen hinzu. „Wir hatten euch beide bereits schon
länger im Visier und eure Landung beobachtet. So und nun lass uns ebenfalls
in die Grotte gehen und deiner Gefährtin beiwohnen.

Sie benötigt jetzt Ruhe und Pflege, mich und vor allem dich!"
Dann betraten sie gemeinsam die Höhle.
Ein schmaler Gang führte sie in das Innere. Ihr Weg war nicht dunkel.
Glitzernde, teilweise phosphoreszierende Gesteinsstreifen leiteten sie
zielsicher. Der Pfad wurde zunehmend breiter. Schließlich standen sie in der
Grotte selbst. Ein riesiger Raum offenbarte sich ihnen.
Silver musste mehrmals blinzeln, *so wundervoll* erschien sie ihm, diese
heilsbringende Grotte. Die steinernen Wände und die Decke waren durchsetzt
mit schimmerten Edelsteinen und Kristallen.
Blau – Weiß – Violett – Gelb – Orange – Rot – Grün.
In der Mitte des Raumes, eingerahmt von vier Fackeln, lag sie. Schlafend auf
der Naturbahre: Gold! Und er gewahrte wieder das Glänzen ihres Gefieders.
Er bemerkte, wie sich ihr Brustkorb gleichmäßig auf und nieder senkte.
Von den zweibeinigen Helfern selbst war nichts mehr zu sehen.
*Allein lag sie da und wartete in ihrem Schlaf, dass jemand kommt, um sie zu
erwecken.*
„Tritt ruhig näher zu ihr. Sie braucht dich, sie spürt dich."
Dem Rat des weisen Raben folgend, schritt Silver bedächtig vor, kniete sich
vor ihr nieder, nahm ihre Flügel in seine Pfoten, schloss die Augen und fühlte.
„Halte und hüte sie, Silver, egal was ich tue, egal was passiert. Sie ist sehr
schwach. Sie fröstelt und fiebert. Sie braucht deine, unsere Kraft."
Dann ging auch der Rabe zu Gold hin und setzte sich neben sie. Mit seinem
Schnabel zupfte er unablässig an ihrem Körper entlang. Mit seinen Federn
streichelte er ihren Kopf. Das Ritual nahm seinen Lauf.
Al-gurab hotah stimmte einen Gesang an. Behutsam erklangen Melodien,
gedämpft, wehmütig, wiederholend. Der Takt wurde erhöht und mit ihm
setzte das Summen der Helfer ein, die schattenhaft aus den Wandnischen
vortraten. Im Kreis tanzten sie um die Eule, immer abwechselnd mit den
blanken Füßen den Takt angebend. Dazu ein monotones Gi Go, das mehr und
mehr in ein stakkato gleiches Ki Ki überging.
Plötzlich breitete al-gurab hotah seine Schwingen aus, flog hoch und zur
Grotte hinaus.
Zurück blieb ein verstörter Otter, der die Federn der Eule festhielt, umringt
von den nimmer endenden tanzenden Zweibeinern.
Silver machte seine Augen wieder zu. *Er fühlte seinen Puls im Einklang mit
Golds Herzschlag. Bilder wanderten an seinem inneren Auge vorbei.*
*Blau, Rangkor, Bronze, Wasser, Schwimmen, Ulme, Sterne, Mond, Sonne,
Himmel, Fliegen, Freiheit, Freude, Gold.*
Die Bilder wurden zu farbigen Tropfen, die über seine Wangen kullerten und
den Körper der Eule beträufelten.

So saß er da, die Federn haltend, Zeit und Raum vergessend.
Längst hatte das Stakkato aufgehört und war zu einer klangreinen Singweise geworden, wie der einer Amsel in der Abenddämmerung.
Danke und Hoffnung auf einen neuen Tag.
Endlich kam auch al-gurab hotah zurück.
„So, Braveheart, jetzt bin ich an der Reihe! Du hast deinen Teil für ihre Genesung beigetragen. Nun müssen wir dafür sorgen, dass das Fieber vollends zurückgeht und deine Gefährtin zu Kräften kommt."
Wieder einmal zückte er einen kleinen Beutel unter seinen Flügeln hervor und gab den Inhalt in eine Tonschale. Doch diesmal war es kein Salz, diesmal waren es kleine, runde, braungelbe Körner, die er entlud.
Er nahm einen steinernen Mörser und zerstampfte die Körner zu klumpigem, ölhaltigem Mehl. Dann gab er ein anderes helles Pulver und etwas klares Wasser aus der sprudelnden Quelle dazu und vermengte alles miteinander, so dass eine gelbliche Paste entstand.
Mit einem Holzlöffel benetzte er damit Golds Schnabel.
Sie öffnete diesen und begann zaghaft zu schlucken und vom Brei zu essen.
Al-gurab hotah hörte nicht auf, sie zu füttern und verabreichte ihr den gesamten Schaleninhalt.
Als er damit fertig war, fuhr er nochmals mit seinen Federn in das Gefäß, wischte den Rest des Öls auf und schmierte damit ihre geschlossenen Lider ein. Sie fingen an, aufgeregt zu flattern. Schlagartig riss Gold ihre Augen weit auf! Aber sie hatten nicht den strahlenden Glanz, den Silver so schätzte. Ein trüber, wässriger Schleier hatte die Augen überzogen und sie flackerten ruhelos umherirrend.
„Keine Sorge, mein Freund, das gehört zum Heilungsritual. Das Innere muss raus. Sie muss frei werden. Frei von Sorgen, Ängsten und Schmerzen. Frei von belastenden, verworrenen Gedanken, Albträumen und Träumen. Denn nur dann ist sie wirklich gesund und stark genug für die bevorstehenden Aufgaben. Ich werde bei ihr bleiben bis das Fieber vorbei ist und sie ruhig schläft. Leg du dich hin. Auch du hast etwas Erholung nötig."
Der Otter widersprach.
„Danke al-gurab hotah, doch die Sinne für Gold würden mich nicht ruhen lassen, solange, bis auch sie die genesende Ruhe erfährt."

So blieb auch der Otter neben der Eule sitzen und hielt ihre Federn.

KAPITEL 5
GROTTENDÄMMERUNG

Dann setzte das reinigende Fieber ein, begleitet von heftigen Schüttelfrösten. Und Gold ließ ihr Innerstes frei. Geschwächte, bruchstückhafte Worte lösten sich.

„Heraus aus der Schale. Verwaist in einem Nest. Helligkeit, reines Weiß, Licht. Braune und weiße Federn. Eule und Rabe ich erblicke. Irdina."
Al-gurab hotah schreckte einen Moment hoch. Ein Blitz entfuhr seinen Augen. Es dämmerte.

„Braun zu Weiß. Schnabel zu Schnabel. Hunger und Durst. Dankbarkeit, Vertrauen und Liebe. Lachen und Freude. Flattern und Fliegen. Nordnordost. Flammen. Chaos. Schreie, Angst, Flucht. Verbrannte Erde. Rauchwolken. Ohnmacht und Erwachen. Allein. Trauer und Einsamkeit. Kreisen und suchen. Wohin?! Ostwind. Lass mich gleiten. Weiter und weiter. Rast. Reviere. Wälder, grüne Wiesen. Sonnenuntergang und Sonnenaufgang. Sehe Licht. Lichtung! Winkender Baum. Willkommen! Hainbuche. Sabia ist ihr Name."
Abermals zuckte al-gurab hotah zusammen.

„Baumhöhle an ihrem Stamm. Einladung. Das ist dein neues Zuhause. Ich begebe mich in die Höhle. Werde erfüllt von einem Licht. Spüre das Herz der Hainbuche, den Geist Sabias. Freudentränen. Werde beseelt und erleuchtet. Werde beschützt und geholfen. Werde nahezu eins mit der Hainbuche. Energie, Mut, Klugheit, Tapferkeit. Sabia und Irdina, Freunde fürs Leben!"
Golds Lider schlossen sich wieder und sie schlief ein. Tief, fest, ruhig.
„Was war das?" fragte Silver, völlig durcheinander vom eben Gehörten.
„Das war die Reviergeschichte von Irdina, von Gold!" antwortete der weiße Rabe trocken.
Der Otter bemerkte bei al-gurab hotah eine gewisse Unruhe.
Und dann geschah etwas, *was er nie für möglich gehalten hätte.*
Der weise, weiße Rabe breitete seine Flügel aus, umhüllte damit den Kopf der Eule, sank zu ihr hinab und begann zu weinen. Zitternd, bebend.
„Irdina, wie lange habe ich gesucht. Wieviel Trauer musste mein Herz ertragen. Nie habe ich die Hoffnung aufgegeben, dich eines Tages wiederzufinden. Immer habe ich an dich geglaubt. Und nun bist du da! Dank´ sei dem Leben!"
Die Kristalle und Edelsteine an den Wänden und an der Decke fingen an zu funkeln und zu flimmern. Das Erz des Inneren, das Gestein, die Grotte erstrahlte in einem hellen, warmen Glanz. Die Nacht war vorbei. Der Morgen erwachte. Ein neuer Tag brach an

„Alles ist gut, O´Connor. Sie ist wieder gesund. Sie braucht nur einige Schlafenszeit. Ich besorge unterdessen für sie noch ein paar Heilskörner zur Stärkung. Bleibe du solange weiter bei ihr wie bisher. Ich danke dir, du Sohn der Wolken, O´Connor McCloud, Braveheart und Silver."

Dann flog der weiße weise Rabe zur Grotte hinaus.

Verwundert sah der Otter ihm nach und ebenso verwundert, aber auch erfreut, blickte er zur Eule hinunter, wie sie nun friedlich vor ihm ruhte, mit strahlend, glänzendem Gefieder. *Sie war wieder Gold!*

Er dachte über das Geschehene nach.

Warum dieser Gefühlsausbruch bei al-gurab hotah? Was verbindet seine Gefährtin mit dem Raben? War Irdina der Name von Gold? Wer ist Sabia? Was ist das für ein Baum, die Hainbuche? Was waren das für Zweibeiner, diese Helfer? Und wieder nannte al-gurab hotah ihn den Sohn der Wolken. Warum?

Fragen über Fragen.

Nach einer Weile kam der weiße Rabe hereingeflogen.

Wieder streute er diese seltsamen gelbbraunen Körner in das Gefäß um sie dort zu zermahlen.

„Was sind das für Körner? Woher hast du sie?"

„Sie stammen von den Ähren des sogenannten Sinäpivamgrases, das unterhalb des Wasserfalls auf einer Wiese am Flussufer gedeiht. Sie sind reich an Nährstoffen, haben eine gewisse Schärfe und setzen heilbringende Öle frei, wenn man sie fein zerkleinert. So, jetzt gebe ich ein wenig Pulver des Kurkumastrauches hinzu. Dies mildert die Schärfe, verleiht dem Ganzen Geschmack und erzeugt letztendlich die gelbe Farbe. Zum Schluss noch das segenreiche, klare Wasser vom sprudelnden Bach mit all´ seinen Energien und dann wird alles zu einem Brei vermengt. Anders wie vorher streiche ich nun die Masse auf ein Stück des gehaltvollen Brotes, das vom Volk der Vrischikamakaris, meinen zweibeinigen Freunden, gebacken wurde. Deine Gefährtin braucht jetzt nämlich wieder was Festes zwischen ihrem Schnabel."

„Und wie heißt diese wundersame Paste, diese Mahlzeit?"

„Die Vrischikamakaris nennen sie schlichtweg Senf, oder einfach Senfbrot."

„Deine Helfer, das Volk der Vrischikamakaris, wohnen die hier im Berg? Was sind das für Zweibeiner?" wollte der Otter weiter wissen.

„Dies", schmunzelte der weise Rabe schelmisch, „und all die anderen Antworten auf deine Fragen, O´Connor McCloud, erhaltet ihr beide, du und Gold, sobald sie aufgewacht ist und gegessen hat. Sie betreffen dich, Gold, mich und Tale. Hab nur ein bisschen Geduld. Alles zu seiner Zeit. Du wirst verstehen." Damit wandte sich der Rabe wieder der Eule zu.

Und der Otter hatte viel im Laufe der Jahre dazugelernt, auch die Geduld.

KAPITEL 6
AUFFÜHRUNG

Das verheißende Land war zum Greifen! Welch ein Schatz wartete auf sie!
Die Bilder der übermittelten Fotos ihres Spähers aus der abgestürzten B007 wurden zur Einstimmung mittels einer Slideshow an die Wand des Multivisionrooms des Green Hawk, des Grünen Falken, projiziert, wie das Kreuzschiff der C.F.D. werbewirksam betitelt wurde.
Grünes, saftiges Land. Wälder, riesige Bäume, verschiedene Arten, tropische Urwälder, dazwischen blühende Wiesen. Sanfte Hügel und massige Gebirgsformationen mit wahrscheinlich unermesslichen Erzvorkommen.
Wasserfälle, Seen, Bäche, Flüsse, darunter einer, so klar, so blau, so rein, dass man meinen könnte, *der Himmel selbst hätte ein blaues Band über diesen Teil der Erde gezogen, quasi wie das Band um ein Geschenk. Für sie! Dort gab es sicher auch seltene Tiere. Zum Jagen, zum Fangen, zum Züchten, zur Haltung, zur Schlachtung bestimmt!*
Gebannt verfolgte das Publikum jede einzelne Sequenz dieser mitreißenden Show. Nun hatte es nicht nur Appetit, es hatte *Heißhunger*!
Und ihr Führer, Randolf, war ihr Sternekoch.
„Meine sehr verehrten Gäste,
Sie sehen, ich habe Ihnen wieder einmal nicht zu viel versprochen.
Und dies sind nur die Fotos, die ersten Eindrücke! Sie können nun erahnen, welche verborgenen Reichtümer dort zu finden sind.
Aber nun genug der Worte und der Bilder. Wie mir mein Steuermann gerade mitteilte, steht die Eroberung des Paradieses unmittelbar bevor.
Lassen Sie uns an Deck gehen. Ich darf bitten.
Das Buffet ist eröffnet, wie man so schön sagt!"
Alle Anwesenden folgten eiligst ihrem Herrn und Meister.
Alle folgten eiligst?!
Nein, ein junges Paar am Ende der Schlange schritt etwas bedächtiger voran, sich vorsichtig und ständig ringsum umschauend. Ihre dunkelblau getönten und spiegelnden Brillengläser saugten jedes Detail dieses Raumes auf, um sich alles genau einzuprägen.
„Unser Fotograf hat ganze Arbeit geleistet. Möge die Macht mit ihm sein", murmelte die schwarzhaarige Frau kurz ihrem blonden Begleiter unbemerkt zu. Heimlich zückte der Mann ein Smartphone aus seiner Gesäßtasche. Er tippte einen Code ein - connected - und versendete eine mail.
Danach verließ das Paar den Saal und folgte den anderen.

Oben an Deck wartete man schon dichtgedrängt und voller Ungeduld auf das große Ereignis.

Tiefer und tiefer schob sich der Green Hawk in die weiße Wand vor.

Die Lichtkegel der Suchscheinwerfer prallten von der Nebelmauer ab und wurden von ihr geschluckt, ohne sie zu durchdringen. Eine Aura aus matter, gedämpfter Helligkeit umgab das Schiff und seine Kreuzfahrer.

Dann, urplötzlich fiel der Vorhang!

Bühne frei für das Publikum und ihr Schauspiel!

Türkisfarben lag das Meer vor ihnen. Leichte Wellen kräuselten sich über dem glasklaren Wasser. Vereinzelt sprangen fliegende Fische auf, ritten auf dem Rücken der Wogen, um mit ihnen wieder in die Tiefen der See abzutauchen.

Mitten darin, im Osten aufragend, das ersehnte Eiland!

Erleuchtet von der Morgenröte erschien es den begeisterten Zuschauern *wie ein smaragdenes Märchenschloss*, umringt von einer blendend weißen Sandkette. Einzelne Zinnen der fernen Gebirge ließen *das Schloss* in die Höhe wachsen und verliehen allem ein noch eindrucksvolleres Bild von imposanter Größe und von faszinierender Schönheit. Dazu der *Himmelsthron* Oldolengos, der senkrecht aus dem Land emporragte, einen Wolkenkranz durchstieß und mit seinem schnee- und eisgekrönten Haupt alles beherrschte und über allem wachte.

Randolf bot seinem Gefolge eine prächtige Inszenierung.

Vollends zufrieden mit sich, sich am enthusiastischen Freudentaumel seiner Gläubiger labend und lechzend nach seiner bevorstehenden Beute, ließ er seinen Blick über die Menschenmenge kreisen.

Seine Augen weiteten sich ein wenig und setzten schließlich die Strahlen der grellgelben Iris frei. Sie erreichten die erhitzten Gesichter und Gemüter seiner begeisternden Anhänger. Jetzt hatte er sie völlig in seinem Bann!

Die Pupillen wurden zu schwarzen Konvexen, eingerahmt von einer lodernden scharlachroten Linie. Die Augen selbst wurden nun wieder schmal, stechend, bestimmend, beherrschend.

„Freunde, macht euch fertig für unsere Jagd!

In 15 Minuten setzen wir Anker und gehen von Bord. Unsere motorisierten Beiboote werden uns dann, mitsamt unserer Ausrüstung und der Jeeps, dort an den weißen Strand bringen.

Lasst uns gemeinsam ein HEILLALI anstimmen!"

Die Menge applaudierte frenetisch, hob ihre beiden Arme, machte an beiden Händen mit ihren Fingern das Victoryzeichen – Sieg – und brüllte im Chor wie aus einer Kehle:

„Gelobt seist du, unser Führer!

Heil dir, Randolf! HEILLALI!"

Einzig das Paar mit seinen spiegelnden, blauen, speziell für sie angefertigten Sonnenbrillen, wurde vom Machtfeuer Randolfs, ohne dass er es merkte, nicht entzündet und blieb frei.

KAPITEL 7
END/TFÜHRUNG

Drei Großbuchstaben prangten auf den Computermonitoren der
Schaltzentralen von C.F.D..
Nichts ging mehr. Der absolute GAU.
Noch vor kurzem erhielt die oberste Verwaltung diese segensreiche e-mail
vom Green Hawk, direkt von ihrem Führer Randolf höchstpersönlich.
„Ziel erreicht. Optimal. Der Sieg ist unser. Noch größer, noch prachtvoller, noch
gewinnbringender als selbst ich mir ausgemalt hatte. In Gold und Champagner
werden wir baden. Überzeugt euch selbst!
Anbei einige Leckerbissen. Lasst die Sektkorken knallen!
Die neue Zeitrechnung hat begonnen! HEILLALI!
Euer Meister und Führer, Randolf."
Im Anhang war eine komprimierte Foto- und Filmdatei.
Man sollte sie nur anklicken und die „enter"-Taste drücken.
Und das taten sie, diese geldgeilen Spekulanten und Ausbeuter.
Und es knallte!
Ein Video startete, ein Intro, „FO" in dunkelblauen Lettern. Danach ein
aufblinkendes „FUCK OFF". Der Rest verschwand und übrig blieben am Ende
nur die Buchstaben „FFF". Im dunkelblauen Neon blieben sie auf den sonst
schwarzen Bildschirmen stehen.
Mit einem Mal fielen die Rechner des C.F.D.-Netzwerkes aus.
Einer nach dem anderen.
Der Zahlenmodulationsvirus war in Gang gesetzt worden.
Aus 0 mach 9, aus 5 mach 2, aus 7 mach 3, aus 8 mach 4, aus 1 mach 6,
... so sprach die Hex`!
Nur Krankenhäuser und Pflegeeinrichtungen und deren
Versorgungsprogramme wurden verschont.
Diesen Block hatten bereits vorher sogenannte „Strohkranke" gelegt.
Aufgeregt stoben die Frauen und Männer in ihren uniformgleichen Anzügen
hin und her. Panikartig versuchten sie per Smartphone oder Funk, Notrufe
abzugeben. Keine Verbindung zum Green Hawk, kein Kontakt zum Führer.
Tja, bedauerlicherweise war auch ein Großteil der Telekommunikation und
der Satelliten bereits zu Teilen ihres mächtigen Netzwerkes geworden.
Und somit zu einem Dominostein einer alles umfassenden
Stillstandskettenreaktion.
Alles, was sich C.F.D. im Laufe der Jahrzehnte angeeignet hatte, wurde quasi
eingefroren. Kein Flow mehr, kein Einfluss, kein Geldfluss.

Und die Börse, die Gläubiger, die Hungernden reagierten prompt.
Man machte gnadenlos Jagd auf die Jäger, auf die Blender, auf die
Volksverhetzer. Der Reinigungsmechanismus hatte die neue, moderne,
industrielle, technologisierte Welt ergriffen und im Griff!

Das Ziel von FFF, dem Gegenspieler von C.F.D., war erreicht:
C.F.D. mit einem Schlag lahmlegen, isolieren, abstoßen. Zurück zu vergessenen
Werten. Zurück zur ehrlichen Arbeit, ohne monetäre Bezahlung, sondern mit
Tausch und Gegenleistung. Zurück zur Achtung vor den Lebewesen, vor der
Welt, vor dem Leben. Zurück zu Freude, Freiheit und Frieden – FFF.

Aber trotz dieser dem ersten Eindruck nach radikal anmutenden Ziele, waren
die Mitstreiter von FFF keine absoluten Idealisten, Weltverbesserer oder
Tagträumer, auch wenn sie als solche von der Propaganda der C.F.D.
diffamiert und in populistischer Weise als Ökoterroristen bezeichnet wurden.
FFF stand dem Fortschritt, der Technologie, der Industrie und der Wirtschaft
sehr wohl offen gegenüber.
Ebenso lehnten sie prinzipiell jede Form von Gewalt ab. Jedoch wussten sie
auch über die C.F.D., ihren Anführer Randolf und über die weltverachtenden
Hintergründe dieses Machtimperiums bestens Bescheid.
Immer wieder hatte FFF in der Vergangenheit versucht, das Netzwerk zu
schwächen, die noch freien Menschen von der Gefahr der C.F.D. zu
überzeugen und die Versklavten aufzurütteln.
Immer wieder gelangen ihnen empfindliche Nadelstiche, die Randolf sehr weh
taten und ihn rasend vor Wut machten.
In akribischer, wirtschaftswissenschaftlicher und journalistischer Kleinarbeit
hatten sie sich genauestens über die Machenschaften von C.F.D. informiert.
Teilweise hatten sie erfolgreich Strohmänner in das Netzwerk eingeschleust,
wohlwissend um die tödliche Gefahr bei deren Aufdeckung.
Doch die glückliche Macht war mit ihnen. Nie wurden sie entdeckt.
C.F.D. kannte weder ihre Namen noch ihre Herkunft. Sie waren gebildet und
hochqualifiziert. Sie entstammten verschiedener Kulturen. Sie kamen aus der
Klasse 2 oder waren wohlbegüterte Töchter und Söhne der verbliebenen
freien Hälfte des Planeten.

Und zwei der Letztgenannten waren Alain und Barseba.
Das nach außen hin auftretende Traumpaar des hippen Jetsets galt als der
Trendsetter, wenn es darum ging, neue populäre Maßstäbe zu setzen. Sei es
in Bezug auf Mode, Musik, Gastronomie, Sport, Freizeit und Unterhaltung.

Wegen dieser extrem lukrativen Marketinggründe versuchte daher Randolf alles, um dieses Paar für sich und für C.F.D. zu begeistern und zu gewinnen. Er gab pompöse Empfänge und hielt rauschende Feste ab, aber jedes Mal blieben sie fern, hatten anderweitig Termine oder feierten woanders.

Bis er sie zu einer Expedition, zu einer Kreuzfahrt, wie er sagte, einlud. Und sie nahmen endlich seine Einladung an, dankend.

Barseba und Alain, die anonymen Macher von FFF!

KAPITEL 8
STRANDMÜLL

Da saßen sie nun, Barseba und Alain, in einem der Beiboote, das sie an den Strand brachte. Hinter ihren trendigen dunkelblauen Spiegelbrillen verfolgten sie aufmerksam das Landungsmanöver.

Insgesamt waren es vier Boote, die das abenteuerlustige Reiseteam und die Ausrüstung transportierten. Drei waren mit drei Jeeps, Zelten, Proviant, technischen Messinstrumenten, Kameras und Waffen belegt, eines mit den Abenteurern.

Es waren – Randolf mitgezählt – fünfzehn Personen, die an der Eroberung des Paradieses teilnahmen, allesamt in khakifarbenen Uniformen gekleidet.

Nach einer kurzen Überfahrt kamen sie am Strand an.

Einige Expeditionsteilnehmer konnten ihre Ungeduld nicht im Zaum halten, sprangen wie von Sinnen ins Meer und sprinteten wild, spritzend, das seichte Wasser aufwühlend, ans Ufer, als wollte jeder in einem Wettbewerb der Erste sein.

Mittels ausfahrender Wasserbrücken wurden sodann die Jeeps entladen. Darauf folgte das übrige Reisegut.

„Lassen Sie uns hier oben auf der Anhöhe unser Basislager errichten", befahl Randolf mit lauter Stimme, und alle gehorchten.

Es wurden sechs rote Zelte aufgeschlagen. Eines für Randolf, zwei für die Paare und zwei für die restlichen männlichen Teilnehmer. Die drei Jeeps stellte man nebeneinander in Richtung Inselinneres. Gewehre, Pistolen, Macheten und Messer wurden verteilt, ebenso die Nahrungsmittel und die Rucksäcke mit den persönlichen Gegenständen. Das technische Equipment kam in Randolfs Zelt. Hierin befand sich auch ein großer ovaler Tisch, an dem man sich jeden Tag treffen und die weiteren Schritte planen und abstecken wollte.

Um die Mittagszeit war man mit den Vorkehrungen fertig. Nichts sollte dem Zufall überlassen sein. Alles war sorgfältig organisiert und strategisch durchdacht. Jedes Stück dieses Eilandes wollte man genauestens erforschen, jeden Quadratmeter. Die Ausbeute sollte ja optimal sein! Zuerst sollte der linke und rechte Teil dieses Küstenabschnittes vermessen, abfotografiert, erkundet und die Erde erprobt werden.

„Na, mein Traumpaar, wie gefällt Ihnen unsere Erlebnistour bisher? Was sagen sie zu diesem grandiosen, feinkörnigen weißen Strand? Wäre das nichts für ihre legendären Fullmoon-Parties?" schleimte Randolf bei Barseba und Alain.

„Formidable!" rief Alain entzückt, sich ebenso anbiedernd, mit französischem Akzent. Diesen hatten sich die beiden angewöhnt, um ihre tatsächliche deutsche Herkunft nicht preiszugeben. „Was sagst du dazu, mon cherie?"
„Japeau, Monsieur Randolf, ich ziehe meinen Hut, auch wenn es nur ein blaues Seidenkopftuch ist."
Elegant machte Barseba einen Hofknicks, warf ihr Tuch von sich und schüttelte ihre pechschwarze Mähne verführerisch nach vorn, zur Seite und nach hinten.
FFF kannte Randolfs Schwächen, sofern er welche hatte.
Lüsternd, fleischgierig, ohne Rücksicht auf Alain, tasteten seine grellen Reptilaugen über den Körper Barsebas als wollte er sie hier, jetzt, entkleiden, alles von ihr reißen, sie nackt und wild sehen.
Unter ihren Sonnenbrillen nahm das Paar diese geile Erregung Randolfs wahr, die jeglichen Zweifel an seiner Skrupellosigkeit, seiner Brutalität und seiner Wesensverachtung beseitigte.
Dies, Randolf, war das zu Menschengestalt gewordene Böse!
So augenblicklich diese Erregung da war, so abrupt endete sie.
Randolf hatte sich von einem Moment zum anderen im Griff und fuhr charmant fort:
„Wohin wollen wir uns wenden, meine Lieben?
Zur linken oder zur rechten Strandseite?
Mein Motto ist, nach Rechts gibt´s Schlecht´s, nach Links, Glück bringt´s.
Also kommt, lasst uns zusammen an der linken Seite unser Glück finden!"
Nun erkannten sie, wie gefährlich Randolf war.
Gemeinsam mit Randolf und vier weiteren Männern stapften sie also den linken Strandabschnitt im tiefen Sand entlang.
Nach etwa zwei Stunden eines ermüdenden Marsches in der Mittagshitze gelangten sie an eine Bucht, die völlig anders war als die bisherige Gegend.
Umgeben von dunklem Vulkangestein und rotbraunen Klippen lag ein schwarzer Sandstrand vor ihnen.
Darin mittig zum Land hin ein runder See von ca. 50m Durchmesser, dessen Oberfläche smaragdgrün in der Sonne schimmerte. Der See wurde teilweise von einem schmalen abfallenden Fluss, der vom Land zum Meer verlief, gespeist. Der schwarze Sand darum war angereichert mit verstreuten dunklen, rauen und grobflächigen Felsbrocken von unterschiedlicher Größe.
Ein leichter, heißer Westwind kam auf, der diese aufgeheizte Bucht noch unerträglicher machte. Die Luft flimmerte im schwarzen Gestein.
Wellengang setzte ein, die Wogen klatschten gegen das vorgelagerte Riff.
Die dadurch erzeugten Töne vermengten sich zu einem unwirklichen Getöse in diesem Kessel.
Man kam sich vor wie in einem Backofen der Hölle.

Dazu kam ein weiterer Umstand, der dieses beklemmende Bild noch bedrückender erscheinen ließ.

Wirr lag allerlei Strandgut herum, das von der See herangetrieben und abgestoßen wurde. *Quasi eine Müllhalde im Paradies!*

Treibholz, Plastikbeutel, Plastikflaschen, leere und zerbeulte Dosen, Gummireifen, Kinderspielzeug, Koffer, Stofffetzen, Pelzmantel.

Schwarzer Pelzmantel?! Das war kein Mantel!

Das war was anderes, das dort am Ufer des Sees neben dem Fluss lag.

Ein nahezu mannsgroßer, zusammengekrümmter, struppiger Müllhaufen!

Ein Mensch?! Ein Tier?!

Sofort rannten alle hin.

Starr vor Schreck und Schauder hielten sie jäh vor dem zerzausten, pelzigen Etwas an. Was sie vor sich im Sand sahen, erfüllte sie – bis auf Randolf – mit Abscheu und Angst gleichermaßen.

Es war ein Hund, und was für einer!

Er hatte die Größe einer Dogge, allerdings eher das Aussehen eines deutschen Schäferhundes.

Langes, zottiges, blut- und salzverkrustetes Fell. Der schwarze Schwanz war dürr und wirkte wie eine Peitsche. An seinen langen, haarigen, muskulösen Beinen kamen Pfoten mit messerscharfen, gewaltigen Krallen zum Vorschein. Aber das widerlichste und zugleich furchteinflößendste war sein Haupt. Spitze, teilweise zerschlitzte Ohren. Die obere Partie des gewaltigen Kopfes blutverschmiert und übersät mit kleinen, runden Löchern, ausgetrockneten Wunden. Ebenso die langgezogene Schnauze.

Das gafernde Maul war halb geöffnet und ließ sein gelbes, ebenfalls blutgefärbtes, haiartiges Gebiss mit Hauer gleichen, an den Enden geröteten Eckzähnen frei. Die gespaltene Zunge bewegte sich ungleichmäßig.

Der Hund, das Tier, dieses Wesen, dieses Monstrum hechelte. Es lebte!

Schlagartig öffnete es seine Augen, besser gesagt, sein Auge.

Das andere war nicht mehr vorhanden. An dessen Stelle befand sich ein kraterähnliches, tiefes Loch. Das einzig Vorhandene blitzte dafür umso bedrohliches, bestialischer auf. Schlangenhaft, giftig gelb, mit rubinroten Fäden durchzogen, stierte es sie an.

Keiner wagte sich näher an dieses Untier heran. Bis auf Randolf.

Bestimmt schritt er vor, kniete sich nieder und berührte mit seinen dünnen Fingern und langen Nägeln die Schreckgestalt.

Er streichelte zuerst das Fell an der Bauchseite, dann am Rücken. Er kraulte den Hund hinter den Ohren und befühlte die Wunden. Ihre Blicke trafen sich!

Zwei Blitze verschmolzen zu einem rotgelben Strahl.

Randolf bückte sich noch tiefer, fast als wollte er, der Schreckliche, das Biest küssen. Das Tier knurrte leicht.
Aber es war kein Knurren im herkömmlichen Sinn.
Es waren an Randolf gerichtete Worte, für alle Umstehenden nicht zu verstehen. Es war der Beginn einer kurzen Unterhaltung, der Anfang eines heimlichen Paktes, den die beiden miteinander schlossen.
„Oh du mein zweibeiniges Ich, mein Retter und Erlöser.
Hilfst du mir, so werde ich dich reichlich, über alle Maßen belohnen.
Ich, ein Geschöpf Tales, werde dich hier an Orte führen, die für dich und mich bestimmt sind.
Das gelobe ich dir, mein Herr und Meister!
Das gelobe ich dir bei meinem Leben!
So war ich Rangkor bin, der gefallene Herrscher Tales!"

Nun hatte Randolf endlich den getreuen Gefährten gefunden, nach dem er so lange gesucht hatte.
Rangkor, seinen Höllenhund!

KAPITEL 9
VERMITTELN

Von seiner Anhöhe aus, inmitten seiner Baumrunde, hielt Yggdrasil
erwartungsvoll Ausschau nach seiner Fliegerin, der Eule Lunavia.

Sie war schon einige Mondjahre bei ihm.
Sie kam eines Nachts, angestrahlt vom Mondschein, taumelnd auf seine
Anhöhe zugeflogen. Sofort erkannte er, dass diese Eule seine Hilfe und Obhut
benötigte. So winkte er ihr einladend zu. Ermattet ließ sie sich auf ihn nieder.
„Komm her zu mir. Du scheinst einen langen und unheilsamen Weg hinter dir
zu haben. Ich will dir Obdach geben. Hier an meinem Stamm habe ich ein
Quartier für dich, eine leere Baumhöhle, die anscheinend nur auf dich
gewartet hat."
Dankbar nahm die Eule die Bleibe an. Und sie blieb.
Nach und nach erfuhr er von ihrer traurigen Geschichte und ihrem
Leidensweg. Schnell wurde ihm klar, dass diese desillusionierte Eule eine neue
Aufgabe, ein neues Revier benötigt. Er bildete sie zu seiner Melderin aus und
gab ihr somit ein neues Ziel, eine Aufgabe und ein Zuhause.
Und er gab ihr den Namen Lunavia.

Aus dem Südosten, die Sonne in ihrem Rücken, ließen zwei dunkle, auf- und
absenkende Schwingen, schemenhaft, schattengleich, ihre Ankunft erahnen.
Elegant glitt die große braune Eule heran, die einzelnen Luftströme
ausnutzend, tiefer und tiefer absinkend.
Sicher landete sie in der Krone Yggdrasils.
„Willkommen, Lunavia, meine Melderin,
was kannst du mir von der Lichtung berichten?"
„Oh Yggdrasil, deine Hilfe kam gerade recht.
Das Heer der Laubwanderer und die Armeen der Ringwürmer und
Borkenkäfer verrichteten ihre Dienste zur vollsten Zufriedenheit.
Und mit der Unterstützung des Ostwindes, getragen von den Melodien
Oldolengos, besiegten wir den Gegner, den unheilbringenden Westwind.
Die Lichtung erstrahlt wieder in ihrer ganzen Pracht."
„Das ist wirklich eine frohe Kunde, die du mir und den Ältesten in dieser
Runde übermittelt hast", lobte er Lunavia. „Doch sag´, was ist mit meiner
Gefährtin, der Hainbuche? Wie geht es ihr und ihren Schützlingen?"
„Die Hainbuche hat Zuversicht, Kraft und die nötige Energie, die man braucht,
um ihr Revier zu bewahren. Sie hat den Geist Tales."

„Sehr schön,
und hast du auch ihre Freundin gesehen, die so wie du eine Eule ist?"
„Eine Eule sah ich dort nicht."
Komisch, dass sich Yggdrasil für eine andere Eule interessiert, dachte Lunavia
bei sich.
„Allerdings erwähnte die Hainbuche, dass sie ihre Freundin in den Norden
ausgesandt habe, um zu erfahren, woher die Melodien und Gesänge kämen,
die der Nordwind mit sich bringt. Das ist nun aber schon eine Zeit her.
Wobei die Hainbuche, wenn sie eine Gefährtin von dir ist, doch eigentlich
wissen sollte, dass es sich um den Gesang des Berg Gottes, Oldolengos,
handelt."
*So, so, nach Norden geschickt, um zu suchen und zu finden, woher die
Melodien Tales kommen, diese raffinierte Hainbuche!* schmunzelte Yggdrasil
zufrieden bei sich in seine Rinde hinein.
„Schade. Ihr hättet euch bestimmt bestens verstanden.
Sie ist zwar wesentlich jünger als du, doch in Weisheit und ihren Flugkünsten
dir ebenbürtig, was man zumindest so hört.
Nun gut, sei's drum. Was geschehen soll, wird geschehen!"
*Wieder so eine Bemerkung, aus der man, selbst eine Eule wie ich, nicht schlau
wird. Er ist doch schon ziemlich alt, unser Yggdrasil, und wird langsam etwas
wunderlich.*
„Aber bevor wir hier weiter über andere Eulen sprechen, gibt es noch andere
Neuigkeiten aus dem Südosten, und die werden dir sicher nicht so gut
gefallen. Höret, was ich dir und deiner Baumrunde zu übermitteln habe!
Du lehrtest mir *„man solle den Tag nicht vor dem Abend loben"*, und in weiser
Voraussicht befolgte ich diesen Spruch.
Nachdem ich mich von der Hainbuche und allen Anwesenden verabschiedet
hatte, flog ich noch eine Weile zur Küste, wohin sich der Sturm verzogen
hatte. Auch dort war nichts mehr vom Orkan und seiner Untaten zu sehen.
Aber draußen auf offener See bemerkte ich plötzlich dunkle Rauchwolken, die
unsere weiße Mauer durchstießen und langsam auf Tale zusteuerten.
Ich sah ein grünes Eisenschiff, von dem kleine grüne Boote an den Strand
losgeschossen wurden und dort landeten.
Aus den Booten entlud man allerlei Gepäck und es entstiegen Zweibeiner in
erdfarbener Kleidung und drei eherne, stinkende, brummende, rollende
Wesen. Vorsichtig beobachtete ich die Zweibeiner in ihrem Tun.
Ihr Wortführer, ein großer Blonder mit einem schwarzen Spitzbart, teilte die
Gelandeten in zwei Gruppen auf. Die eine lief die rechte, die andere mit dem
Blonden lief die linke Strandseite ab. Ich folgte der Führergruppe.

Sie kamen zu der schwarzen Bucht, an der die Ausläufer des sprudelnden Wassers ins Meer münden. Dort, inmitten des Schmutzes und des Mülls, den uns die andere, neue Welt hin und wieder schickt, fand die Gruppe ein großes, schwarzes, furchteinflößendes Untier, eine Art Hund, der dort lag. Sie nahmen ihn auf und marschierten zurück zu ihrem Lager.

Beim Anblick des Ungetüms kam mir sofort Rangkor in den Sinn, der doch wieder die Gegend Tales seit geraumer Zeit unsicher macht.

Die Schilderungen, die ich von euch über ihn hörte, stimmen mit der schwarzen Bestie im Müll ziemlich überein."

„Das sind wahrlich keine erfreulichen Nachrichten, die du uns nun übermittelt hast. Wenn das alles stimmt und es handelt sich dabei tatsächlich um Rangkor, dann gilt es, umgehend zwei Bewohner Tales zu warnen:

Ulme und den Otter, den man McCloud nennt.

Und wenn es stimmt, was Oldolengo mir in seinen Vorahnungen von ausbeuterischen Zweibeinern und mit seinem Weitblick gesungen hat, so war der Sturm nur der Vorbote, das Vorspiel des eigentlichen Gefechtes. Zumal, wenn sich diese Räuber mit Rangkor zusammentun.

Lunavia, stärke dich und fliege danach sofort zu Ulme, um ihn zu warnen. Von ihm erhältst du dann die weiteren Anweisungen. Aber unterstütze ihn auch mit deinem Scharfsinn. Er braucht dich.

Habe keine Angst vor der Zukunft!

Schaue in die Gegenwart und nimm sie auf!

Lass die Vergangenheit frei! Was geschehen soll, wird geschehen!"

Wieder solche wunderlichen Worte, dachte Lunavia und flog gestärkt und vollen Mutes in die Richtung, aus der sie einst kam, bevor sie auf Yggdrasil traf.

In die Richtung ihrer Vergangenheit, nach Norden, nach Nordost.

KAPITEL 10
FRIEDEN AUF ERDEN

Der Morgen war bereits angebrochen.
Noch immer schlief die Eule tief und fest.
Noch immer saßen der Rabe und der Otter neben ihr und wachten.
„Einen Teil der Antworten auf deine Fragen, sollst du schon jetzt erfahren,
O´Connor. Die Geschichte eines Raben, einer Eule und des wiedergefundenen
Glücks."
Al-gurab hotah begann mit seiner Erzählung.

Seit den Ereignissen von damals mit den Zweibeinern und Rangkor waren über
70 Jahresmonde vergangen.
Damals hatte man Rangkor in einer Bannburg hoch oben im Norden in der
sogenannten Eiszone untergebracht und ihn dort in eine vergitterte Zelle
gesteckt. Bewacht wurde er von drei Eisbären, die ihn mit Futter versorgten,
sofern er überhaupt etwas aß. Abgemagert vegetierte er in seinem kalten
Loch vor sich hin. Obwohl man für ihn ein Feuer zum Erwärmen in der Zelle
gemacht hatte und obwohl er täglich Freigang im Burghof hatte, blieb er
stumm sitzen. Und dies nahezu die gesamte Zeit.
All´ die Monde und Sonnen, die ich bei ihm war, stets das gleiche Bild.
Wenn ich heute daran denke, an die Geschehnisse mit den Zweibeinern von
damals und an das, was danach kam, so erinnert mich Rangkor an einen
ruhenden, gefährlichen Vulkan, der nur darauf gewartet hatte, mit einem Mal
auszubrechen.
Doch zurück zur eigentlichen Geschichte.
Ich war also wieder einmal auf den Weg nach Norden zu Rangkor, um dort
nach dem Rechten zu sehen, als ich aus einer Baumgruppe heraus ein
aufgeregtes, wildes Gekreische eines Fliegers – so werden ja bekanntlich die
Vögel Tales genannt – vernahm.
Hilfe – Kampf – Verzweiflung, sagte mir sofort mein Instinkt.
Ohne zu zögern stieß ich zu den Bäumen vor.
Dort an der Stammmitte einer alten Eiche befand sich die Ursache!
Eine Eule setzte sich erbittert gegen einen Baummarder zur Wehr.
Dieser versuchte mit zischenden, quiekenden Lauten, mit gezückten Krallen
und seinen blanken Zähnen der Eule zuzusetzen, sie vielleicht gar zu töten und
in die Höhle am Stamm hinter der Eule einzudringen.
Noch wehrte sie sich tapfer gegen diesen mordlüsternen Jäger.

Noch schlug und hackte sie mit ihren Schwingen, mit ihren Klauen und mit ihrem spitzen Schnabel um sich.

Aber wie lange noch?!

Ein Flügel lahmte bereits, gerupfte Federn lagen am Fuß der Eiche und einzelne rote Flecken zeichneten sich auf ihrem weißen und braunen Gefieder ab. *Lange konnte dieser ungleiche Kampf nicht mehr dauern.*

Der Marder war als höchstgefährlicher, wendiger und listiger Räuber bekannt, so dass hier nur der Überraschungseffekt Erfolg versprach.

Und dieser lag auf meiner Seite.

So nahm ich also all' meinen Mut zusammen und fuhr dem Marder aus vollem Sturzflug von hinten mit vorgerücktem Schnabel und Krallen in den Rücken und in sein Genick, worauf ich ebenfalls begann, wild auf den Gegner einzuhacken.

Sein herrisches Kriegsgequietsche wurde schrill, erschrocken, wütend, ängstlich, und er begann sich aufgeregt gegen die Wunden bringenden Stiche und Hiebe zu winden, die nun von zwei Seiten auf in einprasselten. Er verlor die Konzentration, die Mordlust, den Halt und fiel tief vom Stamm herab rücklings auf den harten Boden. Dort blieb er kurz benommen liegen, bis er schließlich absolut konfus aufsprang und sich mehr hinkend als hüpfend lautstark wimmernd aus dem Staub machte – nicht ohne von mir als finale Lektion einige schmerzhafte einschneidende Krallentritte verpasst zu bekommen.

Die Eule kauerte völlig erschöpft vor ihrem Bau.

Voller unendlicher Güte schaute sie mich an und stöhnte matt: „Danke." Ihr Kopf senkte sich und sie war bewusstlos.

Ich zerrte sie vorsichtig in ihre Höhle zu ihrem Nest, worin ein Ei lag.

Das also war der Grund ihres aufopferungsvollen Kampfes mit dem übermächtigen Feind

Ich legte sie neben das Ei und ich selbst setzte mich darauf, um es weiterhin warm zu halten. *Wo war eigentlich ihr Gatte, der Eulerich?*

Wenig später kam die Eule zu sich und blickte sich verwirrt um.

„Du hast mich gerettet, weißer Rabe. Vielen Dank.

Aber sag', wo ist das Ei? Hast du denn keines hier gesehen?"

„Mach dir keine Sorgen. Es liegt direkt hier neben dir und ich sitze darauf um es zu brüten."

Nun sah sie mich mit immer größer werdenden Augen an, mit ihren grün-gelb-braunen großen, leuchtenden Augen, voller Dank und voller Glück.

Unsere Blicke trafen sich und wurden eins, eins in der Freude, eins im Frieden, eins im Leben.

„Wo ist denn dein Lebensgefährte, der Vater des Eies, der Eulerich?"

„Von wegen Lebensgefährte!
Nachdem er erfuhr, dass er Vater werden würde, machte er sich eines Nachts auf und davon und ward nimmer wiedergesehen.
So suchte ich diesen Baum für mich aus, legte das Ei und war mit Hege und Pflege auf mich allein gestellt."
„Kein allein mehr von nun an!
Al-gurab hotah werde ich genannt, der weiße Rabe.
Geboren und erwachsen auf Tale. Allerdings ist der Ursprung meiner Ahnen auf anderen weit entlegenen Ländern zu finden.
Väterlicherseits entstamme ich dem uralten Geschlecht der ghurab aus dem fernen Südosten, mütterlicherseits bin ich ein Nachkomme des Stammes der kangee aus dem fernen Nordwesten.
Ich bin zwar kein Angehöriger deines Clans, aber ich werde und will bei dir bleiben und somit der kommenden kleinen Eule ein würdiger Vater sein, SOFERN DU ÜBERHAUPT WILLST."
„Ich will!" Und dieses Mal war es kein Dankesblick, dieses Mal war es pure, klare Liebe.
Die folgenden Tage kümmerte ich mich um die Nahrung, während Sonshea, so war der Name der Eule – wie die aufgehende Sonne über dem Meer –, fortwährend das Ei brütete.
Dann war es soweit.
Gerade rechtzeitig kam ich vom Essenholen zurück, um dem Schlüpfen beizuwohnen.
Zuerst machte sich ein schwaches Pochen vom Eiinneren her bemerkbar.
Die Schale bekam erste feine Risse. Ein kleines Loch. Noch eines. Ein Teil der Schale fiel ab. Ein großes Loch entstand. Schließlich brach das Ei vollends auf.
Ein kleiner Flieger erschien, rosa mit einzelnen verklebten, dunklen Dunen.
Die Lider waren noch verschlossen, doch der winzige Schnabel ging bereits unaufhörlich auf und zu.
Es begann die Zeit des Fütterns.
Sonshea und ich wechselten uns mit der Nahrungsbeschaffung, dem Wachen, der Pflege und dem Befüttern ab.
Schnabel zu Schnabel. Immer wieder. Mond für Mond, Sonne für Sonne.
Am dritten Tag öffnete der kleine Flieger seine Lider.
Es begann die Zeit des Lichts und der Freude.
Strahlende Augen blickten uns an.
Zum einen hatten sie das Blau von mir, obwohl ich ja nicht der richtige Vater war, zum anderen den grün-braunen Schimmer von Sonshea.

Und der kleine Flieger lachte und zwitscherte, und wir auch, vor Freude und Glück. Das Tageslicht schien von außen in unseren Bau herein und erhellte das Nest.

Aus dem anfangs rosa Zwerg wurde ein flaumiges Knäuel mit weißen Dunen.

„Schau nur al-gurab, wie unser Kleines daliegt, so friedlich und wohlbehütet in seinem Nest."

Ja, wir hatten unser Glück auf Erden, auf der Erde Tales gefunden!

Wir sahen uns an und lächelten unser gemeinsames Glück an.

Ich legte meine linke Federschwinge um Sonsheas Flügel.

Mit meiner Rechten strich ich sanft über den kleinen Körper im Nest und gelobte feierlich:

„Ich will immer für euch da sein, im Guten wie im Bösen. Ich will dem Kind ein Vater sein, als wenn es mein eigenes wäre. Ich will es lehren, es schützen, es lieben. Und es soll Irdina heißen, der Friede auf Tales Erde.

Es soll Freude, Freiheit und Frieden erhalten und weitergeben, so wie wir sie erfahren haben.

Das schwöre ich dir, Sonshea, und dir, Irdina!"

Es war nämlich ein Eulenmädchen!

Monde für Monde, Sonnen für Sonnen vergingen und Irdina wuchs zu einer jungen Eule heran.

Wir unterrichteten sie in der Nahrungssuche, brachten ihr die Flugtechniken von Rabe und Eule bei und lehrten ihr unsere beiden Eigenheiten. Sie wurde scharfsinnig und gewitzt, klug, weise, rücksichtsvoll und verspielt. Und in ihren Flugmanövern und in ihrer Ausdauer hatte sie uns schon bald übertrumpft.

Wir waren stolz und selig, so eine wunderbare Tochter zu haben.

Dann wurde ich zum Berg Gottes, Oldolengo, gerufen und musste wieder einmal nach Rangkor sehen.

Ich verabschiedete mich von meinen Liebsten mit einem zärtlichen Schnabeln, rief ihnen noch ein frohes „Bis bald und auf Wiedersehen" zu und flog los gen Norden.

Es kam zu keinem Wiedersehen. Es war das letzte Mal, dass ich beide sah.

Verbittert endete al-gurab hotah an dieser Stelle vorerst mit seiner Erzählung. Doch sogleich wandelte sich sein trauriger, in die Ferne abschweifender Ausdruck in eine lebensbejahende, hoffnungsvolle Miene, indem er zu Gold hinabsah und zu Silver frohgelaunt sagte:

„Schau dir Gold an, O´Connor, sie wird bereits unruhig und wird bald aufwachen.

Bleibe du einstweilen alleine bei ihr und bereite sie behutsam auf mich vor.

Zu groß und zu gefährlich könnte noch der Schock für sie sein, mich plötzlich vor sich zu sehen. Ich stelle mich inzwischen dort in die dunkle Nische und werde mich zeigen, wenn die Gelegenheit günstig ist."

Gold erwachte.

„Silver, du hier?! Was ist geschehen? Wo bin ich?"

„Nur ruhig, Gold, alles wird gut.

Du hattest einen schweren Unfall, warst lange ohnmächtig und hattest starkes Fieber. Doch jetzt bist du geheilt und gesund. Komm, iss und trink erst."

Er reichte ihr die Senfbrote und gab ihr Wasser.

Nach und nach erholte sich Gold und es ging ihr merklich besser.

„Und du mein edler Ritter in der silbernen Rüstung hast mich gerettet, warst die ganze Zeit bei mir und hast dich um mich gekümmert?!"

Ihre Augen hatten wieder das Leuchten, das listige Blitzen, das Strahlen, das er so an ihr mochte.

Ihre Worte hatten wieder diesen gewissen spöttischen, neckischen Unterton, jedoch im Positiven, ohne beleidigen zu wollen.

Sie war wieder Gold. Ganz und gar!

„Mit meinem ritterlichen Edelmut allein hätte ich dies alles nicht vollbracht", antwortete der Otter bescheiden.

Was ist denn mit Silver los? wunderte sich Gold. *Diese Seite kenn´ ich ja gar nicht bei ihm.*

„Ein alter Freund mit seinen Helfern tauchte auf. Man brachte dich in diese Grotte und heilte dich."

Nun betrachtete die Eule genauer ihre Umgebung, diese mit ihren Edelsteinen und Kristallen funkelnde, flimmernde Grotte.

Ein Ort des Heils und der Heilung. Ein wahrhafter Ort.

„Wie lange lag ich da und war krank?" wollte sie wissen.

„Einen Mond und eine halbe Sonne. Man gab dir Medizin und umsorgte dich. Das reinigende Fieber trieb schließlich die letzten Leidenskeime aus deinem geschwächten Körper."

Fieber, Schweiß, Schütteln, Berührung, Bilder.

Vage und verschwommen kehrten Erinnerungen und Empfindungen zurück.

„Dann waren die Tropfen, die über meinen Körper liefen, die Federn, die mich strichen, die Pfoten, die mich hielten, die Melodien, die tanzenden Zweibeiner, die bunten Lichter, deine Nähe also keine Wahnvorstellungen, sondern wahr?!" stellte Gold, beinahe erleichtert, fest.

„Aber ich sah und fühlte auch Schatten meiner Vergangenheit.

Mutter, Vater, Freude, Glück, Trauer, Hoffnung, Sabia. Was ist damit?

Das war geschehen und kann unmöglich Gegenwart sein!"

„Ja, die Schatten begleiteten dich im Fieber genauso wie ich dich und die Zweibeiner mit ihren Gesängen.

Aber ein Schatten holte dich ein und war bei dir.

Und ohne ihn wärst du nicht mehr Gold.

Und nun, da du, Gold, wieder vollends genesen und stark bist, sollst du diesen Schatten kennenlernen und wiedersehen:

Meinen alten Freund und deinen wahren Retter, al-gurab hotah!"

Eine helle Gestalt trat aus einer dunklen Grottennische hervor.

Die Augen der Eule weideten sich ins Unermessliche.

Der weiße Rabe aus ihren Träumen, aus ihrer Vergangenheit, stand vor ihr!

„Vater!"

„Irdina!"

Al-gurab hotah rannte zu seiner Tochter und beide hielten sich unter Tränen der Freude und des Glücks fest umschlungen.

Es war also tatsächlich so, wie er, O´Connor, richtig vermutet hatte.

Irdina, Gold, war die Tochter von al-gurab hotah, dem weißen Raben, seinem Lehrmeister und Mentor.

Auf Rücksicht auf das unerwartete Wiedersehen und auf die freien Gefühle, ließ er beide allein und ging hinaus auf das Plateau.

Es war Spätvormittag.

Der Tag war hell und die Strahlen der Sonne ließen das kristallklare Wasser des Sees, die Quelle und die Aquamarine darin blau erleuchten, und sein Herz erwärmen.

KAPITEL 11
ALLEIN

Tag.
Silver saß am Ufer des im Sonnenschein schimmerten Kristallsees, dem Ursprung und Spender des sprudelnden Wassers.

Nach einer Weile kamen auch die Sich-Wiedergefundenen aus der Grotte heraus und nahmen neben ihm Platz.
Von dort schauten sie vom Plateau Oldolengos hinab in die Ferne über das darunter liegende Tal, den Bach und die Wälder in Richtung Hainbuche.

„Bald werdet ihr dem Verwalter des Salzes der Erde, dem Hüter des heiligen Berg Gottes, dem Bewahrer Tales, dem Gesandten gegenübertreten und eure Mission erfüllen."
Bedeutungsvoll erklangen die an Gold und Silver gerichteten Worte.
Ernst blickte al-gurab hotah die beiden an. „Sowohl ihr, als auch ich, wir müssen bestens vorbereitet sein, um die anstehenden Aufgaben erfolgreich gemeinsam zu bewältigen und im Sinne Tales zu handeln.
Daher sollt ihr nun die Antworten auf eure offenen Fragen erhalten.
Aber eins nach dem anderen.
Irdina, während du schliefst, habe ich O´Connor, von dir, deiner Mutter und mir erzählt. Er weiß nun über dich und mich Bescheid. Allerdings kennt ihr beide womöglich nicht die genaue Ursache für diese Trennung und fragt euch sicher, was danach mit mir geschah.
Und genauso musst du, Irdina, mir schildern, was es mit der Hainbuche, die du Sabia nennst, auf sich hat.
So lasst mich also von dort beginnen, von wo ich mich von meiner Familie verabschiedete und euch, dich, Irdina, und deine Mutter, Sonshea, das letzte Mal sah."

Wie ihr euch erinnern könnt, flog ich zu Oldolengo, um hier neue Aufgaben, Nachrichten und Anweisungen für den verbannten Rangkor zu erhalten.
Gerade als ich vom Berg wieder abfliegen wollte, erblickte und hörte ich es, das Unglück, das über einen Teil Tales und mich hereinbrach.
Ein ohrenbetäubender Knall, Donner, dumpfer Laut ertönte.

Damals befand ich mich auf der anderen Seite dieses Berges in ähnlicher Höhe wie dieses Plateau hier, auf einem Felsvorsprung, der sogenannten Melder- und Senderbahn, oder auch Oldolengos Hafen genannt.

Von dort aus sah ich, weit vor den Küsten Tales im Norden, wie eine gewaltige Säule aus Wasser, Feuer und Dampf aus dem Meer hochschoss.

Am oberen Ende der Säule entstanden graue, grellrote und weiße Wolken, die zuerst einen Kranz, dann ein flaches Dach bildeten.

Man hatte den Eindruck, ein monströser Pilz bedeckt das Meer.

Der Schirm des Pilzes wuchs und breitete sich immer weiter aus.

Eine Urgewalt entstand.
Böen kamen auf. Warme, heiße, glühende.
Ein Orkan fegte vom Norden her über das Land.
Ein Drache spie sein Feuer aus.

Ich sah noch die Eiszone schmelzen und die ersten Wälder im Norden in Flammen aufgehen. Dann wurde ich zurück in das Haus Oldolengos geschleudert. Durch eine schmale Öffnung aus dem Innern des Berges, verfolgte ich mit Entsetzen das Verderben, das über den Norden Tales hereinbrach.

Die vordrängende Feuerwolke richtete Chaos und Zerstörung an.

Ein Flammenmeer bedeckte bereits einen Großteil des Nordreiches.

Und die Feuerwolke drang weiter und weiter vor.

Und mit ihr Rauch, Qualm, Asche, Tod, Gestank, Schreie, Verzweiflung.

Sonshea, Irdina! Oldolengo bitte für sie, hilf! betete ich innig, flehte ich.

Oldolengo half!

Laut, kraftvoll, tief drang der Gesang aus dem Innersten des Berges nach außen. Fast brüllend warf Oldolengo seine Lieder, seine Melodien der Apokalypse entgegen.

Dazu erhob sich trompetengleich der Südwind und blies pralle Regenwolken in die Feuersbrunst hinein und über sie hinweg. Wassermassen entluden sich, rangen die Flammen nieder und löschten den Brand.

Die Todeswolke wurde aufgehalten, zurückgedrängt und aus Tale vertrieben.

Der Schirm des Giftpilzes klappte zusammen und verschwand im Meer.

Leichter Schnee fiel und es begann zu nieseln.

Vorsichtig kroch ich aus meiner Schutzhöhle.

Die Sorge um meine Familie erfasste mein Herz und drückte es.

Angst um meine Liebsten bemächtigte sich meines Verstandes, meiner Sinne.

Sonshea, Irdina, wo seid ihr? Was ist mit euch geschehen?

Ohne mir Pause und Ruhe zu gönnen flog, nein, stob ich durch die noch dampfenden Luftströme in Richtung hin zu meinem Revier.
Ein Feld des Grauens und der Verwüstung begleitete meinen Flug unter mir.
Schwarze, graue Erde, verkohltes Holz, entwurzelte Bäume, Leichen, Gestank.
Wimmern und Klageschreie, Hilferufe, Freud, Leid, Tränen.
Wesen Tales umherirrend, suchend nach Angehörigen, findend oder den Tod schauend.

Endlich erreichte ich mein Revier.
Anscheinend hatte das Feuer hier nicht gewütet.
Die Gräser waren noch grün und vereinzelt standen noch Büsche und Bäume.
Die Hoffnung war zurück.

Jedoch nur für einen kurzen Moment.
Die Eiche, unser Zuhause war gefallen!
Ihre Äste und Zweige teils gebrochen und abgeknickt. Das Wurzelwerk aus dem Boden herausgerissen, weit von sich streckend und wirr gen Himmel zeigend, lag sie da. Die Eiche war tot, unser Haus zerstört.

Und meine Liebsten?
Die Höhle, der Bau war leer.
Nur einzelne Federn, Gräser und Zweige lagen durcheinander darin.
Verzweifelt, in angsterfüllter Sorge, meine rationalen Sinne außer Acht lassend, suchte ich die Gegend ab. *Keine Spur von Sonshea und Irdina.*
Ich befragte Überlebende. Keine Antworten.
Vielleicht haben sie sich ja, genauso wie ich, nachdem die Gefahr vorüber war, sich ebenfalls auf die Suche nach mir begeben und sind womöglich nach Norden geflogen.
Mit diesen zutiefst emotionalen und verwirrenden Gedanken kehrte ich zu Oldolengo zurück.

Ach hätte ich doch damals wie der weise Rabe gehandelt und auf meinen Instinkt gehört. Doch meine Ohren waren taub und meine Sinne unklar, verworren und gebrochen. Genauso wie die Eiche, die zerstört in der Erde verging.

Natürlich fand ich meine Familie beim Berg und im Norden nicht vor.
Das einzige, was ich fand, war Tod und Verwüstung.

Niemand wusste was von zwei Eulen. Niemand hatte zwei Eulen gesichtet. Lediglich von einer einsamen, schwarzen, furchterregenden, mordlüsternden Gestalt wurde mir berichtet, die vom hohen Norden her, aus der ehemaligen Eiszone kommend, die Gegenden durchstreift.

Wie sich später herausstellte, handelte es sich hierbei um Rangkor, über den in seinem tiefen Verlies die Todeswolke hinwegfegte, ohne ihn ernsthaft zu verletzen. Ganz im Gegenteil! Sie gab ihm einen Teil ihrer unheilbringenden Energie, brachte die Mauern, die ihn umgaben, zum Bersten und sprengte die Tore seines Gefängnisses, das das Böse vom Guten fernhalten sollte. Allein, einem Phönix gleich entstieg der Höllenhund somit aus Asche um die Reviere Tales abermals in Angst und Schrecken zu versetzen.

Wie grausam eng liegen manchmal Freude und Leid, Glück und Unglück beieinander!

Ausgemergelt vom ewigen, erfolglosen Suchen, jegliche Lebensfreude verloren, sinnentleert, kehrte ich dann alleine wieder zum Berg Oldolengo hierher zurück, wo ich kraftlos und krank im Fieber, genauso wie du, Irdina, zusammenbrach.
Und genauso wie dich, pflegte man mich in der Grotte gesund.

In der Grotte vernahm ich dann jene Worte, die mir wieder Hoffnung, Zuversicht, Mut und Leben zurückgaben:
„Habe Geduld, du weißer und weiser Rabe!
Vertraue deinem Inneren, höre auf deinen Instinkt!
Glaube an Wunder, glaube an die Kraft Tales!
Alles hat einen Sinn, auch, wenn der Sinn sich dir noch nicht erschließt!
Habe Geduld, al-gurab hotah, du weißer und weiser Rabe!
Der Tag wird kommen!"

Als erstes bekam ich die Aufgabe, mich um die Wiederbelebung und den Wiederaufbau des Nordens Tales zu kümmern.
Jahrzehnte nahm mich diese Arbeit in Anspruch und befreite mich zumindest etwas von der nagenden Sorge um dich, Irdina, und um Sonshea.
Aber nie gab ich die Hoffnung eines Wiedersehens auf!
Immer waren meine Gedanken stets bei euch!
Und eine Erkenntnis lieferten mir die lebensspendenden Worte in der Grotte:
Ihr lebt!

Nachdem sich meine Arbeit im Norden erledigt hatte, wurde ich schließlich wieder als der verlängerte Arm des Gesandten eingesetzt und wurde so ebenfalls zu einem Gesandten. Und die Grotte, das Plateau, der See, der Wasserfall wurden zu meinem neuen Revier.
Immer wieder erkundigte ich mich auf meinen gelegentlichen Flügen über das Land nach Irdina und Sonshea. Doch bis zum gestrigen Tag blieben die Antworten stumm. Bis zum gestrigen Tag war ich allein!

Wieder rannen Glückstränen aus den Augen des weißen Raben.
Wieder berührten sich die Federn von Vater und Tochter.
„Ich bin da, ich bleibe und nichts soll uns mehr trennen!" sprach Irdina.
Gerührt verfolgte der Otter die Szene.
Allein. Jetzt musste er an seine Eltern und an die Angehörigen seines Urclans denken. *Lange hatte er sie schon nicht mehr gesehen. Viel zu selten hatte er bisher sein Revier verlassen, um sie zu besuchen. Wenn die Mission hier beendet ist, wird er dies öfters tun. Bestimmt!*

„So und nun zu dir, Irdina." unterbrach al-gurab hotah die abschweifenden Gedanken Silvers. „Was ist mit dir bei und nach dem Ausbruch des Unglücks von damals geschehen? Wie geht es deiner Mutter, Sonshea? Wo ist sie? Erzähle!"
„Von Mutter kann ich dir leider nicht viel berichten", fing traurig Irdina mit ihrer Geschichte an.

Es gab einen ungeheuren Knall.
Noch sehe ich das erschrockene Gesicht Mutters vor mir. Die Eiche bewegte sich heftig hin und her. Mutter wurde aus dem Bau geschleudert. Dann stürzte die Eiche um und ich wurde bewusstlos.
Als ich wieder zu mir kam, war alles vorüber.
Benommen kletterte ich aus der Höhle.
Rings um mich herum lagen Äste, Sträucher und einzelne entwurzelte Bäume.
Die Luft war stickig, feucht, dampfig. Nebelschwaden trieben umher und ein unerträglicher Gestank machte sich breit. Das Atmen fiel mir immer schwerer.
Von Mutter war weit und breit nichts zu sehen.
Ich suchte alles ab und rief nach ihr. Vergebens. *Allein!*

Immer neue Nebelwände schoben sich vom Norden her vor, angereichert mit Rauchwolken und Qualm. Ich konnte kaum noch Luft holen. Schon wurde mir übel und Schwindel überkam mich. Ich musste sofort von hier weg. *Wohin?!* Der pure Überlebenswille, mein Instinkt setzte ein.
In entgegengesetzter Richtung, nach Süden, so schnell wie möglich!
Ich flog und flog.
Ich weiß nicht mehr, wie lange. Jegliches Zeitgefühl war weg.

Ich gelangte auf eine Lichtung.
In der Mitte der Lichtung stand ein Baum, der mir zuwinkte.
Es war eine Hainbuche, wie sich später herausstellte.
Sie wies mir eine leere Baumhöhle an ihrem Stamm zu und ließ mich in ihr Innerstes.
Es war kein dunkler Bau, den ich betrat.
Von innen leuchtete die Höhle, der Stamm, eigenartig hell.
Einladend, freundlich, warm, sicher.
Ich fiel in einen tiefen, wohligen, heilenden Schlaf.

Die Stammeswände des Baus, meines neuen Zuhauses, begannen ihre Poren zu öffnen. Aus den blauen Madern, den Fasern des Holzes floss der Lebenssaft in meinen Schnabel. Ich wurde erfüllt von neuen Lebensgeistern.

Die Seele der Hainbuche berührte mich und gab mir Stärke, Vertrauen und Zuversicht.
Die Stimme der Hainbuche sprach beruhigend zu mir und nannte mir ihren Namen: *Sabia!*

Sie lud mich ein, bei ihr zu bleiben, und das Revier, die Lichtung mit ihr zu teilen. Und ich blieb und wir wurden eins im Sinne. Sabia, die Hainbuche, meine Freundin, und ich. Ich war nicht mehr allein!

Doch trotz der schönen Zeit mit Sabia, musste ich immer wieder an Mutter und an dich, Vater, denken.
Und die Zuversicht in mir sagte mir, dass ich euch eines Tages wiedersehen werde.

„Ja, meine Irdina, ja mein Freund O´Connor, es ist so, wie ich es geahnt hatte, als du, Irdina, den Namen Sabia in deinen Fieberträumen plötzlich erwähntest. Jetzt ergibt alles, fast alles, einen Sinn.

Ihr werdet mehr verstehen, wenn ich euch die Geschichte von Sabia und Tome erzähle.

Eine Geschichte aus den Urzeiten Tales, eine Geschichte fast so alt wie Tale selbst.

Damals hatte ich noch nicht den Status, den ich heutzutage innehabe.

Damals wurde ich als Mittler und als Wegweiser für die scheinbar Blinden, Orientierungs- und Ahnungslosen eingesetzt.

Doch was ich euch berichten werde, ist wahrhaftig geschehen, und ich war dabei.

Ihr werdet weitere Einzelheiten über Rangkor, Rangthor und den Herrscher Tales, den Gesandten hören.

Ihr werdet erfahren, wer das Volk der Vrischikamakaris ist.

Ihr werdet Sabia und Tome erleben und kennenlernen.

Ihr werdet die Hainbuche und Ulme besser verstehen.

Ihr werdet die Bedrohung Tales wahrnehmen.

Und du, mein Freund, O´Connor McCloud, du Braveheart, du sollst endlich erfahren, warum du von mir als der Sohn der Wolken bezeichnet wirst."

Dann begann al-gurab hotah, der weiße und weise Rabe, zu erzählen.

Ende Teil 3

TEIL 4
„INDEX"

KAPITEL 1
PARADIES

Es war einmal weit vor eurer Zeit.
Damals lebten noch viele Zweibeiner in unserem Land.
Doch sie waren anders.
Ihre Haut war zwar weiß, doch von der Sonne gebräunt, fast so als nahmen sie den Ton der Erde auf.
Ihre Augen hatten das Aussehen der Kieselsteine am Fluss.
Braun, grün, grau, schwarz, rotbraun.
Ihre Haare waren unterschiedlich lang, teilweise mit Filzlocken oder Zöpfen, und hatten die Farben der Natur. Braun, schwarz, blond, sogar rot und grün.
Und da sie kein Federkleid oder ein Fell wie wir Tiere besaßen, zogen sie sich sogenannte Leder-, Pelz- oder Federkleider von ihren erlegten Mahlzeiten über die Haut. An den warmen Tagen weniger, an den kalten mehr.
Sie lebten eins mit der Natur, mit den Tieren, mit Tale.
Sie respektierten Mutter Erde und ihre Gaben.
Sie gingen zur Jagd und aßen, wenn sie Hunger hatten. Sie spielten mit den Tieren, redeten mit den Pflanzen, lauschten dem Gesang des Windes, freuten sich über das kühlende Nass des Wassers und des segensreichen Regens, strahlten beim Glitzern des Schnees und priesen den Tag, die Sonne, den Mond, die Sterne und die Nacht.
Sie lebten miteinander mit ihren einzelnen, unterschiedlichen Fähigkeiten und schätzten diese und sich gegenseitig und füreinander. Sie lebten in Freude, Freiheit und Frieden mit sich und ihrer Umwelt.
Und es gab Bandu und Tome.
Und es gab Sabia.
Bandu und Tome waren junge Männer im Alter von etwa 20 Sonnenwenden. Beide waren von mittlerer Größe. Bandu war etwas stärker gebaut und muskulöser als Tome, der etwas hager war. Bandu hatte braune Augen und kurze braune Haare am Kopf und auch am Oberkörper. Aufgrund seiner gesamten Erscheinung und seiner eher ernsten, besonnenen, mutigen, aber auch gutmütigen Art, wurde er somit auch Bär genannt.
Tome, der Tag, hatte blondes mittellanges Haar mit einem geflochtenen Zopf an der Seite. Seine Augen hatten ein einzigartiges strahlendes Blau, gleichsam des klaren Himmels und des Wassers in der aufgehenden Morgensonne. Tome war von verspielter, froher, freundlicher und neugieriger Natur.
Und es war Frühjahr.

Bandu hatte bereits schon mit einigen Mädchen seine Erfahrungen gemacht und lebte sogar mit einer jungen Frau in einer Hütte zusammen. Tomes Erfahrungen hingegen waren eher überschaubar, was aber nicht an seinem Äußeren lag. Nein, er war den Mädchen gegenüber eben eher zurückhaltend. Wenn es um das menschliche Thema Liebe geht, würde man dieses Verhalten als schüchtern bezeichnen. Er ließ sich allzu schnell vom Spiel mit anderen Kameraden ablenken und war noch nicht für das Leben mit einer Frau bereit.

Doch wie gesagt, es war Frühling.

Bandu wollte seinem Freund einen Gefallen tun und so lud er ihn zu sich in seine Hütte ein, um eine kleine Feier mit Mädchen zu geben.

Und dort lernte Tome Sabia kennen.

Etwas kleiner als er, etwas jünger, schlank, rotbraune Haare, graugrüne Augen, lebhaft, strahlend, einladend, vertrauend.

Sie sprachen und lachten viel miteinander an diesem Abend.

Sie sprachen und lachten viel miteinander bis zum nächsten Morgen.

Sie trafen sich einmal, zweimal, mehrmals. Sie sprachen, lachten und hatten Spaß miteinander, ohne wie manch andere fest zusammenzuleben.

Sie lebten miteinander, einen Sommer und einen Herbst.

Und im Winter lachte Sabia Tome an und fragte:

„Weißt du, wie das Volk der Kimos sich begrüßt?"

Sie trat näher an sein Gesicht, ihre Nasen berührten sich und sie rieb ihre Nase gegen die seine.

Sie schauten sich an und ihre Blicke verschmolzen miteinander.

Sie verstanden und küssten sich lange und innig.

Es wurde wieder Frühjahr und sie trafen sich weiterhin nahezu täglich.

Sie redeten, lachten und hatten Spaß miteinander.

Einfach so.

Und es kam der Sommer.

KAPITEL 2
RANSON

Und mit dem Sommer kamen die kurzen, aber heftigen Gewitter, angetrieben vom brausenden Westwind.

Am Morgen nach einem solchen Unwetter gingen die Zweibeiner an die Küste zum Strand hinunter. Dort suchten sie nach Fischen und sonstigem Allerlei, das von den stürmischen Wellen des Ozeans an Land gespült wurde.

Diesmal war ihr Fund reichhaltig und sie dankten dem Meer für die vielen guten Gaben. Freudig wollten sie schon zu ihrem Dorf heimkehren, als Tongsala, einer der Frauen, sie zurückrief.

Heftig winkte sie mit den Armen, alle mögen zu ihr kommen.

Hinter einem Felsen, halb im seichten Wasser, fanden sie ein mit groben Lederfetzen bedecktes Etwas.

Es hatte seine Glieder weit von sich gestreckt und lag auf dem Bauch.

Es hatte zwei Arme und zwei Beine, genauso wie sie, jedoch war seine Haut viel heller, nahezu weiß. Die schlammbedeckten Haare waren schwarz und schulterlang. Seine Füße und Beine waren mit schwarzen Lederstücken umschlossen und an seinem linken Bein entlang trug es einen schimmerten Stab, der an einem Gurt hing.

Die Männer und Frauen standen im Kreis um den ungewöhnlichen Zweibeiner herum und betrachteten ihn neugierig.

Tome kniete sich zu dem Fremdling hinunter, betastete ihn an seinen Lederfetzen, berührte vorsichtig den Stab und drehte den angeschwemmten Zweibeiner schließlich auf den Rücken.

Wieder tastete er ihn ab und rief Bandu um Hilfe. „Er lebt und atmet. Komm´ lass ihn uns zur nächsten Hütte oben beim Fluss bringen."

So trugen sie ihn unter Begleitung Sabias und den anderen vom Strand weg. In der Hütte legten sie ihn behutsam auf ein Schlafgestell nieder.

„Sabia, holst du bitte etwas frisches Wasser vom Bach", bat Tome.

Wenig später kehrte sie mit einem vollen Holzgefäß zurück.

Sie nahm eine Handvoll Gräser, tauchte diese in das Wasser, drückte sie dann zu einem festen Knäuel zusammen und strich damit langsam über das Gesicht und den Mund.

Schlagartig öffneten sich die Lider und zwei Augen, gleichsam wie grelle Blitze, starrten Sabia an. Leuchtend gelb loderten sie, rot umrandet und mit einer schmalen, elipsenförmigen, schwarzen Iris, welche das Aussehen wie die eines Reptils hatte.

Schon wollte sich Sabia vor Schreck abwenden, doch irgendetwas an diesem Blick hielt sie in Bann. Irgendetwas, das sie so noch nicht vorher gesehen und gefühlt hatte: *Faszination, Gier, Besitz, Zwang, Gefangenheit!*
Und die stechenden, gelben Augen sprachen zu ihr:
„Dich will ich! Du sollst meine Frau sein!"
Verwirrt wich Sabia nach einem Augenblick des Innehaltens zurück.

„Schaut´, der Fremde hat die Augen geöffnet. Aber was für Augen!
Solche habe ich hier bei uns noch nie gesehen", sprach Tome aufgeregt zu den übrigen Umherstehenden.
„Jawohl", stimmte ein weißhaariger Greis zu.
„Die Augen scheinen wie die Mittagssonne im Zenit, nur noch stärker und durchdringender. Deshalb soll dieser Zweibeiner den Namen Ranson erhalten, was so viel wie König und Herrscher der Sonne bedeutet."

KAPITEL 3
SONNENBRAND

Einen Vollmond lebte Ranson bereits bei den Indios, wie er die Bewohner Tales nannte. Nach und nach hatte er sich ihre Sprache angeeignet und konnte somit den staunenden und wissbegierigen Zuhörern von seinem Land und Volk berichten.

Er redete von Palästen, goldenen Statuen, von Reichtum und Wohlstand, von Gesundheit, dem ewigen Glück, von Kleidung aus edlen Stoffen, von Schiffen, die über den weiten Ozean segeln, von Essen und davon, immer satt zu sein. Dies alles wirkte auf die Indios verstörend, aber ebenso wie eine Art Gottes Paradies. Aus dieser Begeisterung heraus steigerte sich auch das Ansehen Ransons und dessen Bewunderung.

Viele hielten ihn fast schon für einen Gesandten des Himmels und der Erde.

Vor allem Sabia wurde immer mehr in seinen Bann gezogen.

Sehr zum Leidwesen Tomes.

Aber was sollte er machen? Sie und er waren frei und sie konnte schließlich tun, was sie wollte. Er überließ sie ihrem Leben. Noch hatten sie ja Spaß miteinander, tanzten und redeten, wenn auch nicht mehr so oft wie im Frühjahr und in den Monden davor.

So vertrieb er sich die übrige Zeit eben mit seinem Freund Bandu. Sie fischten im Bach, schwammen im kühlen Meer oder lagen einfach auf dem Rücken und schauten zum Himmel hoch, erzählten sich Geschichten und lachten. Und sie spielten mit den weißen, den goldenen und den blauen kristallenen Steinen am Bach.

Eines Tages kam Ranson vorbei und bemerkte die beiden Gefährten beim Spiel. Und er bemerkte die Steine!

Seine Augen fingen an zu lodern. Das rote Band, das seine gelben Augen umrandete, begann zu flackern. Das Gelb wurde fast weiß, stechend. Die schwarze Iris wurde schmaler und schmaler.

Endlich hatte er gefunden, wonach er ausgesandt wurde zu suchen!

Endlich war die Zeit gekommen!

„Was macht ihr da? Kann ich mitspielen?" fragte er völlig unbedarft.

„Komm´ her zu uns, mach´ mit und freue dich mit uns, Ranson."

So luden sie ihn ein und spielten dann zu Dritt weiter.

Nach einer Weile wollte Ranson wissen:

„Ein schönes Spiel. Wie wird es genannt?"

„Himmel, Sonne, Mond und Sterne", teilte Bandu mit.

„Lege die Steine und sag´, welcher Tag und welche Nacht gestern war, heute ist und morgen sein wird.“
„Ach so, deshalb braucht ihr diese farbigen Steine dazu, ich verstehe. Aber woher habt ihr sie, ich habe sie bisher nicht bei euch gesehen?“
„Jetzt bist du schon so lange bei uns und warst anscheinend noch kein einziges Mal im Bach um zu schwimmen!“ lachte Bandu.
„Das stimmt. Bisher bin ich nur im See oder im Meer Baden gegangen. Wird Zeit, dass ich mir die Gegend genauer anschaue.“
So spielten sie vergnügt weiter bis es zu Dämmern begann.

Am nächsten Morgen ging Tome zum Angeln an den Bach.
Da erblickte er Ranson am Flussufer.
Doch was tat er nur?! Er badete nicht, er fischte nicht!
Nein, er sammelte die bunten Steine ein und steckte sie in einen Beutel!
„Ay Ranson, was tust du?!
Lass doch die Kristalle im Bach, damit sie das Wasser sauber und blau erhalten. Es genügen doch unsere Steine für das Spiel. Sie sind bereits älter und schwach. Sie sind für uns ans Ufer gespült worden, um bei uns zu sein. Lass die jungen Steine im Bach. Er braucht sie!“
Mit diesen Worten entriss er Ranson den Beutel und gab den Inhalt zurück ins Wasser, das die Steine sprudelnd vor Freude dankbar aufnahm.
Ein kurzer hasserfüllter Blitz entsprang aus Ransons Augen, doch nahezu im gleichen Moment hatte er sich wieder unter Kontrolle und sagte wehmütig:
„Ach, du hast ja Recht, Tome. Verzeih´ meine unüberlegte Tat.“
„Mach´ dir nichts daraus. Du bist noch nicht lange hier und kannst eben über vieles hier nicht Bescheid wissen. Auch ich kenne nicht alle Geheimnisse Tales, obwohl ich ein Kind dieses Landes bin. Ich verzeihe dir. Komm´ lass uns lieber fischen.“
Gemeinsam wateten sie in das Wasser und Tome zeigte, wie man die Fische mit der Hand fängt und welche Fische man wieder frei ziehen lässt.
Ranson beobachtete Tome eine Zeit lang, als er plötzlich wild und machtbesessen losbrüllte:
„Genug Tome! Jetzt zeig´ ICH dir, wie man Fische fängt!“
Er zog seinen Stab, der im Sonnenlicht grell aufblitzte, schwang ihn hoch über seinen Kopf und schlug damit immer und immer wieder mit heftigen Hieben und Stichen in das Wasser.
Tome sah entsetzt den Bach sich rotviolett färben.
Er sah Fischköpfe, Fischhälften, rote, tote, treibende Fische, kleine und große.
Er sah das Wasser, dunkelviolett, fast schwarz.
Er sah Ranson, der immer noch seinen Stab schwang.

Unbarmherzig, gierig, nicht aufhören willens.
„Genug! Es reicht! Siehst du nicht, was du anrichtest?!
Willst du den Bach und seine Lebewesen zerstören?! Hör auf!"
Nun erst hielt Ranson inne.
Er drehte sich zu Tome und lachte, aber nicht aus Freude:
„Was ist?! Wer hat mehr Fische? Du oder ich?"
Er packte so viel er konnte von seiner Beute aus dem blutigen Wasser und
steckte sie in einen Sack. Was nicht hineinpasste überließ er dem Fluss.
Danach machte er sich mitsamt seinem Fang, ohne ein weiteres Wort darüber
zu verlieren, offenbar frohgelaunt und pfeifend auf den Weg zurück ins Dorf.
Tome blieb noch eine Weile am Ufer und schaute traurig in das sprudelnde
Wasser.
Was war eigentlich Ranson?
Er war kein Zweibeiner wie sie. Dessen war er sich sicher.
Sein Instinkt verriet: *Vorsicht, Gefahr, Verderben!*
Gefühle und Worte, die er zuvor noch nie so gespürt und wahrgenommen
hatte.
Langsam veränderte das Wasser wieder seine Farbe. Rot, Rosa, Weiß, Blau.
Die Strudel hatten die toten Fische fortgetragen.

Zurück im Dorf sah er Ranson inmitten der Bewohner, wie er seine Fische
hochnahm, allen zeigte und mit sichtlicher Freude und blitzenden Augen an
die Männer, Frauen und Kinder verteilte.
Und an Sabia.
„Seht´ her und greift zu! Es ist genug für alle da!
Seht´ was einer wie ich vermag! Ich werde euer Ernährer sein!
Mit mir sollt ihr ein neues Leben erhalten!
Kommt´ esst, trinkt, tanzt und lacht! Hört, woher ich komme!
Hört und genießt das neue Leben in vollen Zügen!"
Es wurden mehrere Feuer entzündet.
Man aß, lachte, tanzte, trank den gegorenen Saft der Trauben und folgte
gespannt den Geschichten Ransons bis spät in die Nacht.
Er erzählte von fernen Ländern weit über dem Ozean. Er erzählte von Hütten
und Bäumen aus funkelnden Steinen. Er erzählte von satten Männern und
Frauen in schimmernden Gewändern. Er erzählte vom ewigen Tanz, von der
unendlichen Lust und Freude. Und er erzählte von riesigen Drachenbooten mit
Männern, die von Land zu Land ziehen und dieses neue Leben als Geschenk,
als Gabe, mit sich bringen.

Alle schauten Ranson mit großen Augen an und klatschten Beifall, auch Sabia. Selbst Bandu hatte sich unter die Menge der bewunderten Zuhörer gesellt. Tome beobachtete das alles mit äußerster Aufmerksamkeit.

Das Ganze kam ihm vor wie ein großer Zauber und Ranson ist der Hexenmeister, der Blender, der mit seinen fabelhaften Geschichten, den betörenden Bildern und mit seinen im Feuerschein flackernden und stechenden gelben Augen alle in seinen Bann zieht. Vorsicht, Gefahr, Verderben!

Tomes Instinkt war erwacht.

Weit nachdem der Mond seinen Zenit überschritten hatte, endete das Fest und man ging in die Hütten zum Schlafen.

Und Tome sah Sabia mit Ranson zur Hütte gehen.

Ein dunkler Tropfen rann aus seinen blauen Augen.

Schließlich erblickte er Bandu wie dieser, betrunken vom gegorenen Traubensaft, ebenfalls zu seiner Hütte taumelte.

Er lief zu Bandu und griff seinem Freund stützend unter die Arme.

„Komm mein Bruder, lass dich nach Hause bringen. Wie ich sehe, hat der Saft unserer Trauben sehr gemundet oder sind es die Erzählungen Ransons, die dich taumelnd und trunken machten?"

„Oh ja Ranson mit seinen Geschichten. Er ist schon ein königlicher Zweibeiner! Was er bereits alles erlebt und gesehen hat!" seufzte Bandu. „Und was für edle Kämpfe und waghalsige Abenteuer er vollbrachte. Reich an Glück und ohne Sorgen ist er obendrein! Die Frauen liegen ihm zu Füßen! Selbst Sabia! Hast du gesehen? Sie sind zusammen in seine Hütte gegangen."

„Ja ich habe ihn gehört, den ach so tapferen und wagemutigen Ranson! Und ich habe ihn gesehen, den edlen Held, wie er mit seinem Stab, den er Schwert nennt, gegen wehrlose Fische kämpfte und immer wieder auf sie einschlug bis der Fluss sich vor Trauer rot färbte! Ja, ich habe seine blitzenden und kalten Augen gesehen, die gierig auf die Edelsteine im Bach starrten und sich am Tod von Lebewesen weideten! Und ich habe bei ihm mir gegenüber Verachtung und Feindschaft gespürt!"

Daraufhin schilderte Tome seinem Freund die Erlebnisse am sprudelnden Wasser.

„Ach mein Tome, ich glaube, du bist ebenfalls trunken", lallte Bandu. „Und zwar trunken von Liebe! Du siehst Sabia, wie sie mit Ranson zusammen ist, und dies verklärt deine Augen.

Du glaubst Dinge zu erkennen, die völlig anders sind.

Ranson hat doch die Steine zurückgetan. Er ist eben ein großer Jäger, und das wollte er dir beweisen. Und hat er nicht seine Beute mit uns geteilt?

Nein, du irrst! Du musst einsehen, Ranson ist ein Anführer, ein Kämpfer und ein Mann, den die Frauen begehren. Sogar Sabia!

So Tome, ich lege mich jetzt auf die Ohren, und das solltest du auch tun! Lass Ranson in Ruhe! Vergiss Sabia als deine einzige Frau! Andere Mütter haben auch schöne Töchter!"
Mit diesen Worten verschwand Bandu in seine Hütte.
Tomes Blick wanderte zu den funkelnden Sternen hinauf und nach Norden in Richtung Berge.
Du hast Recht, Bandu.
Ich werde Ranson in Ruhe lassen und Sabia soll ihr Leben leben.
Ich weiß, es kann nur Einen geben!
Deshalb werde ich fortziehen von hier, noch heute Nacht!
Lebe wohl mein Freund, lebe wohl Sabia, lebe wohl mein Volk!

Über seine Wangen verliefen, vom Mondschein angestrahlt, silberne Tränen, fielen in dunklen Tropfen auf die Erde und hinterließen eine letzte Spur Tomes inmitten seines Stammes.

KAPITEL 4
PILGERN

Längst war die Sonne aufgegangen und hatte bald ihren Höhepunkt erreicht.
Die Luft begann sich immer mehr zu erwärmen.
Es war ein heißer Sommertag.
Die Tiere zogen sich zurück in die Schatten der Sträucher und Bäume.
Oder sie begaben sich zum Wasser, um dort die ersehnte Abkühlung zu erhalten.
So wanderte auch Tome am Lauf des blauen Baches entlang in Richtung Norden. Zum heiligen Berg Gottes, zum Oldolengo – wie ihn sein Volk nennt – wollte er.
Dort hinauf, wo Feuer so klar ist wie Wasser, und wenn es an der Oberfläche erlischt, es wirkt, als sei der Boden schneebedeckt und mit weißen glitzernden Kristallen überzogen. Hier wollte er Stille und Erkenntnis finden.
Hier wollte er sich befreien von Verzweiflung, Angst, Trauer und Wut.
Hier wollte er wieder er selbst, Tome, werden und sein.
Schon einige, so erzählten die Alten, hätten diese Reise unternommen.
Die meisten kamen nie wieder zurück. Und die, die wiederkehrten, lebten dann wie Neugeborene. Oder sie wurden zu Schamanen ihres Stammes.
Tome war bereits seit Anbruch des Tages unterwegs und wurde zusehends müde und durstig. So stieg er ins nahe Wasser, trank und schwamm im erquickenden, frischen, sprudelnden Nass.
Unweit vom Ufer ließ er sich danach nieder, im Schatten einer Kastanie mit ihren ausladenden Ästen und großen Blättern. Angelehnt am Stamm der Kastanie spürte er deren starke Rinde. Er schaute nach oben und betrachtete die Zweige und das Laub, wie sie sich im leichten Nordwind bewegten.
Eine eigenartige Energie machte sich über seinen Rücken breit und durchströmte seinen Körper.
Ein Blatt fiel herab auf seine Stirn und wanderte, getrieben vom zarten Lufthauch, langsam über sein Gesicht.
Seine Lider fielen zu und er schlief ein.
Er träumte von Sabia, ihrem rotbraunen Haar, ihren grünen Augen, ihrem Kimogruß, ihrem Lachen, ihrem Wimmern?! Halt! Dies ist kein Traum!
Schlagartig öffnete Tome die Augen und horchte.
Ja, da war ein Wimmern zu hören! Irgendwo dort in den Büschen.
Aber das Wimmern klang fremdartig.
Voller Neugier und mit der entsprechenden Wachsamkeit schlich er zu den Büschen. Dort wurde das Wimmern lauter und lauter.

Es klang verzweifelt und verletzlich. Aus den Dornensträuchern kam es her! Vorsichtig kroch er nun auf allen Vieren voran, hinein in das Gestrüpp mit seinen messerscharfen Haken. Sofort wiesen seine Haut erste blutige Risse auf.

Doch er musste weiter. Er musste wissen, welche Kreatur in ihrer Not jammerte. Er musste helfen.

Das war sein Antrieb.

Ganz nah' jetzt! Nur noch einige Zweige vor ihm!

Verschwitzt und voller Aufregung schob er die Zweige auseinander.

Er blickte in die Augen einer Raubkatze! Eines Luchses!

Obwohl diese Augen das Aussehen jener von Ranson hatten, so strahlten diese Augen viel mehr Wärme und Gefühl aus. Nicht nur wegen des orangefarbenen Schimmers, der die Pupillen umgab. Und sie flehten um Hilfe.

„Hilf mir! Hab' keine Angst!" sprachen sie.

Oder war es der Luchs? Egal!

Ohne einen Moment zu zögern, ohne Scheu und ohne Rücksicht auf sich selbst, brach er die dornigen Zweige, welche den Luchs fest umklammerten, auseinander. Er löste unzählige Haken aus dem blutigen Fell, strich behutsam über die Wunden und nahm den verwundeten Tierkörper in seine Arme. Leicht gebückt, mit dem Rücken voran, drang er aus dem Gestrüpp.

Blut rann Tome von seinen Schulterblättern über den Rücken.

Aber das störte ihn nicht. Seine volle Aufmerksamkeit galt dem Luchs, der inzwischen die Augen geschlossen hatte. Noch atmete er. Er trug ihn zum Stamm der Kastanie und legte ihn dort unter das schattenspendete Laubwerk ins Gras.

Ein Zweig mit fünf großen Blättern neigte sich herab, so als wolle die Kastanie sagen *„Nimm!"*

Dankbar nahm Tome die fünf Blätter und formte sie zu einer Schale.

Mit ihr lief er zum Fluss, füllte sie mit klarem Wasser, kehrte zum Luchs zurück und säuberte dessen Wunden. Dies wiederholte er so oft, bis kein Rot mehr auf dem Fell war.

Tome betrachtete das reglose Tier nun genauer.

Eine stattliche Raubkatze. Weit größer als die Luchse, die er bisher kannte.

Die Katze hatte die Ausmaße wie die eines jungen Tigers. Kräftige, dicke Tatzen ließen die gefährlichen Krallen erahnen. Das Fell war dicht und hatte eine rotbraune Färbung mit dunklen Streifen und Punkten. Ab und zu war es auch mit weißen Haaren und Flecken durchzogen, wie bei den Beinen, an der Brust und der Kopfpartie. Der Kopf selbst bildete die perfekte Einheit zu dieser beeindruckenden Erscheinung.

Die spitzen Ohren wiesen an den Enden buschige, braun-weiße Pinsel auf.

An der rosa-braunen Schnauze befanden sich lange dunkle Schnurrhaare. Aus seinem geschlossenen Maul blitzen jeweils zwei helle Reiß- und Eckzähne hervor. Unterhalb des Mauls am Kinn verliefen weiße und hellbraune pelzige Barthaare zur Brust.

Ein wunderschönes, edles Tier.

Der Luchs kam wieder zu sich.

„Danke dir, mein Freund, und Zweibeiner obendrein.

Wer bist du? Woher kommst du?

Ich habe dich hier in dieser Gegend noch nie gesehen. Wohin willst du?"

Wieder zuckte Tome erstaunt zusammen.

Es war also doch keine Einbildung. Ein sprechender Luchs!

„Worüber wunderst du dich, mein zweibeiniger Retter?

Darüber, dass ich mit dir rede oder darüber, dass du mich verstehst?!

Ein gutes Zeichen zum Anfang, das kann ich dir auf jeden Fall schon versichern. Aber mach dir keinen Kopf darüber. Wundere dich nicht, sonst kommst du vor lauter Wundern nicht weiter! Und nun beantworte mir erst mal meine Fragen!"

Beeindruckt vom herrischen Ton, erzählte der junge Tome dem Luchs seine Geschichte.

„Oje, mein Guter." Mitleidvoll sah er Tome an.

„Die Liebe und das Leben, das Glück und die Trauer. Das Gute und das Böse, die Macht und die Gier. Die ewige Suche nach der Wahrheit. Das Erkennen und Verstehen. Die Sehnsucht nach Freude, Freiheit und Frieden.

Ich muss schon sagen, du hast dir ganz schön viel Gepäck aufgeladen, auch wenn ich keines bei dir sehe. Doch hab nur Mut und Vertrauen!

Ich werde dir beistehen.

Den ersten Schritt auf deinem Weg, deiner Pilgerreise zur Erkenntnis, zur Erleuchtung, zu deiner und zu der Hilfe deines Volkes hast du bereits gemacht.

Komm mit! Ich weise dir den Weg, und es werden weitere Schritte folgen."

Wieder befal der Luchs, stand auf und lief am Fluss entlang gen Norden.

Tome folgte.

KAPITEL 5
LEBENSWERT

Am Abend trafen sie auf einen jungen entwurzelten Baum.
In der untergehenden Sonne erschienen die dunklen, nach allen Seiten ragenden, freistehenden Wurzeln wie verzweifelte, nach Hilfe greifende Arme und Hände.
Tome blieb wie gebannt vor diesem Bild des Elends stehen.
Sein Herz begann laut zu schlagen.
Die Arme und Hände jammerten:
„Fremder, pflanze uns ein. Gib uns fruchtbare Erde und Wasser.
Noch jung ist dieser Baum, noch dünn sein Stamm, noch hat er wenige Zweige. Sein sehnlichster Wunsch ist es, groß und stark wie eine richtige Ulme zu werden. Bitte hilf! Wir flehen dich an!"
Die Arme und Hände bewegten sich im Schein der Abenddämmerung.
Sie reckten und sie streckten sich nach Tome.
Sie ergriffen ihn und er ließ sich führen.
Um das brachliegende Wurzelwerk herum grub er ein großes Loch.
Als er damit fertig war, gab er reichlich Wasser vom Fluss hinein. Immer wieder musste er hin und her laufen.
Nun packte er den schmalen Stamm des jungen Baumes und setzte dessen Fuß in die nasse Grube. Er nahm frischen Sand vom Bachufer, vermengte diesen mit der ausgehobenen Erde und füllte das Loch. Dabei trat er das Erdsandgemisch wiederholt fest und drückte es gegen den Fuß, gegen den Stamm des jungen Baumes.
Denn gerade sollte er in die Höhe wachsen und ausreichend Halt haben.
Zum Schluss warf er noch einige Schichten Erde über das Gemisch und begoss den Fuß des Baumes abermals mit klarem Wasser.
Der Schweiß rann Tome aus sämtlichen Poren über seinen Körper.
In der Anstrengung und in der zur Besessenheit anmutenden Ausführung seines Tuns hatte er jegliches Zeitgefühl verloren.
Der Mond stand im Zenit, als er mit seiner Arbeit fertig war.
Da geschah es!
Im vollen Mondschein trieb glänzendes, grünes Laubwerk aus.
Der Baum erwuchs zu einer jungen, standhaften Ulme.
Alle Mühen waren vergessen.
Freudig strahlte Tome diesen prachtvollen Baum an.
Und freudig und dankbar strahlte Ulme zurück und sprach:

„Wahrhaft und ohne Rücksicht auf dich selbst halfst und handeltest du, ein Zweibeiner obendrein!

Du hörtest auf deinen Puls, dein Innerstes, fühltest, erkanntest und verstandst. Keine Vorurteile. Keine rationalen Gedanken. Reines, freies Empfinden.

Einen neuen Gefährten hast du gefunden. Mich, Ulme!

Frag mich um Rat und ich werde ihn dir geben. Wenn du unsicher bist und schwankst, ich werde dir den Halt geben. Auf ewig werde ich zu dir stehen, so wahr ich hier wachse, gedeihe und wache, hier an diesem Ort der Blauen Lagune des sprudelnden Wassers!"

Stolz gelobte Ulme seine ewige Treue und Verbundenheit.

Wie wahrhaftig und traurig sollte sie sein und werden!

Dann fragte Ulme, ebenso wie der Luchs, Tome aus. Wieder musste er seinen bisherigen Weg schildern.

„Wohlan Tome, höre meinen Rat und tue, was ich dir nun auftrage.

Frage nicht! Mach dir keine Gedanken! Habe Geduld. Der Tag wird kommen.

Merke dir diesen Ort, präge ihn dir gut ein.

Nun geh zum Flussufer.

Dort sammle einige bunte Steine und gebe sie hier in den Beutel."

Ulme streckte Tome mit seinen langen Ästen ein Laubsäckchen entgegen.

Tome nahm dieses Geschenk dankbar an und tat wie ihm aufgetragen wurde.

„So, und jetzt begib dich in das klare Wasser und nimm vom Grund des Baches 5 kleine Exemplare der blauen Steine, die wir Aquamarine nennen.

Stecke sie hier in diesen zweiten Beutel."

Tome gehorchte.

„Gut gemacht, mein zweibeiniger Freund.

Du hast den zweiten Schritt deiner Pilgerreise erfolgreich getätigt.

Weitere werden folgen.

Nun wandere weiter nach Norden, stets dem blauen Fluss entlang.

Dein Begleiter, der Luchs, wird dich sicher an das ersehnte Ziel führen.

Habe die Ehre, Tome, und alles Gute auf euren Wegen.

Die Macht Tales sei mit euch!"

KAPITEL 6
LEBENSGABE

Es war bereits weit nach Mitternacht.
Keinen Schlaf hatte sich Tome bisher gegönnt. Er hatte aber auch nicht das Bedürfnis zu schlafen. *Weiter wollte er, immer weiter.*
So zogen er und der Luchs durch die dunkle Nacht am Fluss entlang.
„Wie wirst du genannt, Luchs? Woher stammst du?"
Es war das erste Mal, dass er, Tome, der Zweibeiner, ein Tier anredete.
Seltsam kam es ihm vor.
Jedoch wie selbstverständlich antwortete der Luchs:
„Mein Clan entstammt einer uralten Dynastie.
Man nennt mich Mhingo, den Wanderer, den Gefährten, der dich auf deinen scheinbar dunklen und verworrenen Pfaden geleitet.
Ich merke, du wirkst unsicher in der Dunkelheit, in der Nacht.
Doch ist die Nacht wirklich dunkel? Sie hinauf zum Himmel, zu den Sternen, zum Mond! Was siehst du? Was empfindest du?"
Tome blieb stehen und starrte in den Nachthimmel.
Er betrachtete die vielen kleinen Lichter am Firmament, teilweise willkürlich gestreut, teilweise geordnet in Reihen, in Konturen eine Form bildend.
Folgte man den Linien, den leuchteten Konturen, so ergaben sie Gestalten.
Gestalten von Dingen, von Tieren, von Wesen.
Wesen, die am Firmament tanzten, mit Leuchtern, die dem Himmel eine tiefe dunkelblaue Farbe verliehen und die Erde unter sie mit ihren Strahlen und Blitzen berührten.
Der Himmel lebt, genauso wie die Erde unter ihm.
Tag und Nacht verbinden sich, verschieben sich.
Und inmitten dieser Sternenschar der Mond, der Ruhepol.
Vater Licht in der Dunkelheit, in der Nacht.
Tome besah sich seine Umgebung.
Der Pfad war nicht mehr verworren und düster. Man konnte einen schmalen, hellen Weg erkennen, der am Bachlauf entlangführte. Man konnte Steine, Büsche und Gräser erkennen, die den Weg säumten. Im Bach selbst funkelten die Abbilder der Sterne und verliehen dem leuchtenden Pfad ein strahlendes Band, das ihnen die Richtung wies.
„So deine Augen sind nun geschärft. Lass uns deine Sinne gleichsam schärfen. Ich verspüre Lust, was Leckeres zu essen. Im Fluss soll es einzigartige Forellen geben. Ich wollte so eine Jagdbeute schon immer.
Los, mein Freund, steige in den Bach und besorge uns welche!"

Nachts war er bisher noch nie Fischen gewesen, aber was soll's, dachte Tome und befolgte abermals Mhingos Anweisung.

Bis zu den nackten Oberschenkeln stand er im Wasser.

Es war so klar und vom Mond hell beschienen, dass er, trotz der Nacht, bis auf den Grund blicken konnte.

Einzelne, längliche Schatten zogen an seinen Beinen vorbei.

Hin und wieder berührte ihn eine Flosse. *Das mussten die Forellen sein!*

Ganz still harrte er im kalten Nass aus und wartete auf eine günstige Gelegenheit.

Da schwamm ein großer Fisch ziemlich weit oben an seinen Oberschenkel heran und verweilte dort für einen Moment.

Diesen Augenblick des Haltens nutzte Tome.

Wie zwei Pfeile schossen seine Arme in das Wasser. Seine beiden Hände griffen zu und umklammerten fest den glitschigen, sich windenden Fisch.

Schnell riss er ihn aus dem Wasser hoch und brachte ihn zum nahen Ufer.

Dort legte er die zappelnde Forelle in den Sand.

Was für ein Exemplar! Mindestens so lang wie sein Unterarm und beinahe ebenso stark. Die Schuppen schimmerten in allen Farben des Regenbogens. Was für ein herrliches Tier, diese Forelle!

Gerade als er diesen Gedanken hatte, öffnete die Forelle ihr schmales Maul und sprach:

„Was willst du nun tun?

Hast du Hunger? Knurrt dir der Magen? Oder hast du nur Lust?

Warum hast du mich gefangen? Du bist doch ein Wesen Tales wie ich!

Wir kennen dich! Einige von uns berichteten von dir.

Warst nicht du es, der flussabwärts dem sinnlosen Morden an meinem Clan Einhalt gebot und meine Stammesgenossen verteidigte?!

Hast du vergessen, was das Leben hier auf Tale bedeutet?

Man soll das Leben achten und ihm danken.

Die Wesen auf Tale nehmen nicht das Leben aus Gier. Sie töten nicht aus Lust, sie verachten Gewalt. Wenn sie jedoch angegriffen werden, ihr Leben bedroht wird und sie verletzt werden, so setzen sie sich zur Wehr. Auge um Auge, Zahn um Zahn, Leben um Leben. Wenn sie Leben nehmen, dann nur, um selbst zu überleben, aus reinem Hunger heraus. Dabei soll das Leben des anderen Wesens als Nahrungsgabe dankbar, achtenswert und maßhaltig angenommen werden. So, und jetzt prüfe dich und sage mir, ob du Hunger hast oder ich dich bedroht oder verletzt habe!"

Tome erschrak bei diesen Worten. Erschrak vor sich selbst.

Nein er hatte keinen wirklichen Hunger!

Blind gehorchte er dem Befehl des Luchses. Lediglich aus dem Erfolg seiner geschärften Sinne heraus wollte er diese Siegestrophäe!
Nein, dies sind keine wahrhaften Gründe, um diesem wunderbaren Wesen das Leben zu nehmen! Er würde zu einem willenlosen, gierigen, machtgetriebenen Lebensräuber verkommen! Dieses Mal will er nicht gehorchen! Wenn der Luchs wirklich Hunger hat, so mag er sich selbst was zu essen besorgen, und das nicht nur zum puren Beutezweck!
Wieder ergriff Tome die Forelle mit seinen Händen, aber er musste sie nicht umklammern. Bereitwillig, ohne zu zappeln, legte sie sich still in seine Hände und ließ sich zurück in den Fluss geben.
„Hab Tausend Dank.
Genauso reich wie mein Dank, sollen meine Gaben für dich sein.
Wandere stets am Ufer entlang und du wirst keinen Hunger leiden.
Das lebende, sprudelnde, klare Wasser und seine Wesen werden dir stets getreue Gefährten sein.
Das gelobe ich dir, Tome, so wahr ich Fourral, die Regenbogenforelle, bin."
Mit ihrer schimmerten, farbigen Schuppenhaut tauchte sie unter und schwamm davon.
Langsam watete Tome aus dem Wasser. Sein Magen knurrte auf.
Na toll, und jetzt habe ich wirklich Hunger! Was wird wohl Mhingo zu all dem sagen? Bestimmt wird er zornig sein. Und wenn sein Magen genauso knurrt wie meiner, kann es sehr gut passieren, dass ich seine Essensgabe werde.
Der Luchs erwartete ihn schon.
„Höre Mhingo, meine Sinne wurden geschärft und schon bald fing ich eine Forelle", begann er mutig, um dann aber kleinlaut fortzufahren. „Doch danach kam alles anders. Ich hörte und fühlte den Geist Tales. Ich verstand und erkannte das Unrecht. Schließlich gab ich der Forelle ihre Freiheit und das Leben. So, und nun schimpfe mit mir und verachte mich, den hungernden, erfolglosen Jäger."
Mhingos Augen verengten sich zu schmalen, leuchtenden Schlitzen.
Tome rechnete bereits mit donnerndem Wutgebrüll, schlimmstenfalls, dass er angesprungen werde.
Mit scharfem Blick musterte der Luchs den Zweibeiner von oben bis unten.
Danach nahmen die Augen wieder ihre ursprüngliche Form an.
Mit heiterer Miene antwortete Mhingo:
„So, so, Tome, der erfolglose Jäger.
Hm. ich bezeichne dich eher als geschickten Zweibeiner mit scharfem Verstand. Einem wahrhaften Wesen Tales!
Dreh´ dich um und schau zurück zum Ufer!"

Tome gewahrte zwei Otter, die mit zwei großen Forellen zwischen den Zähnen vom Fluss heransprangen.

Vor Tomes Füßen legten sie die leblosen Fische nieder.

„Nehmt diese Fische als Geschenk.

Leben wird dem Lebenden mit Dank gegeben."

Sie machten noch eine kleine Verbeugung und verschwanden wieder im Wasser.

„So und nun wollen wir das Knurren aus unseren Mägen vertreiben. Lassen wir uns die Gaben schmecken."

Belustigt über den verdutzten Tome, sprang Mhingo vor, fasste sich eine Forelle mit den Reißzähnen und verzehrte sie genüsslich.

Als beide mit ihrem Mahl geendet hatten, legten sie sich in ein Gebüsch um dort auszuruhen.

Ja, jetzt endlich hatte Tome das Bedürfnis zu schlafen.
Unter freiem Himmel, freudig und friedlich zugleich.

KAPITEL 7
VIERBEINERSPIELE

Als der Morgen anbrach, setzten Tome und Mhingo ihre Reise fort.
Mittags rasteten sie am Flussufer und erfrischten sich am kühlen, klaren, sprudelnden Nass. Am Abend bekamen sie wieder zwei Fische, die von Ottern für sie auf einem Fels zurechtgelegt wurden.
So ging es Tag für Tag, drei Sonnen und drei Monde lang.
In dieser Zeit beobachtete Tome immer wieder Mhingo, der elegant, mit jeder Pfote achtsam die Erde berührend, und doch gewandt und flott vor ihm herlief. Und Tome gewöhnte sich diese ruhige, bedachte und ausdauernde Gehweise an. Geschickt wich er jedem Stein, jeder Wurzel, jeder Dorne aus. Selbst die Ameisen, Käfer, Schnecken und Echsen, die seine Wege kreuzten, wurden kein einziges Mal von seinen federnden, vorsichtigen und fast tänzelnden Schritten berührt.
Aber einen entscheidenden Vorteil hatte Mhingo, der Wanderer, Tome gegenüber. Er hatte vier Laufbeine.
Hätte Tome doch auch vier Laufbeine, so kämen sie doppelt so schnell voran!
So aber musste der Luchs immer wieder auf Tome warten und sein Tempo deutlich reduzieren.
Als hätte Mhingo Tomes Gedanken erraten, machte der Luchs plötzlich halt, spitzte seine Ohren und raunzte:
„Still, mein Freund. Hörst du auch, was ich höre?"
Tome horchte nun ebenfalls auf.
Aus einem kleinem Wäldchen heraus, etwas abseits des Pfades, ertönten eigenartige Laute, fast so wie die eines Pferdes. Jedoch war es nicht dieses typische langgezogene Wiehern, viel kürzer und schriller erklangen die Töne, vielmehr wie das heitere, frohe Lachen eines Kleinkindes. HiHiHahaHiHiHaHa.
Das Lachen kam näher.
„Was ist das, Mhingo? Macht sich ein Wesen Tales über uns lustig?"
„Eine weitere Überraschung für dich, Tome. Wart ab. Gleich wirst du das Wesen sehen, dass so über dich lacht. Nein, nicht lacht, sondern dich Willkommen heißt!"
Dann sah Tome das Wesen.
Ein kleines graues Pferd brach zwischen den Bäumen hervor und galoppierte auf sie zu. Ein Esel!
Kurz vor ihnen hielt der Esel an.

Der Esel schüttelte sein graues Haupt mit seiner dunklen, steifen Mähne, bleckte ihnen sein strahlend weißes Gebiss entgegen und wieherte, nein krächzte mit hoher und rauer Stimme:

„HiHa, ihr müsst Mhingo, der Schreiter und Wanderer, und Tome, der reisende Zweibeiner, sein.

Der Gesang Ulmes, getragen vom Wind und von den Baumgenossen, drang in meine großen Ohren. Er bat mich, einen Gefährten zu unterstützen, ihm sozusagen auf Trab zu bringen, damit er und sein Freund, der Luchs, schneller ans Ziel ihrer Reise gelangen mögen.

Nun denn, da bin ich, Ayah, der Grauhufer.

Zu euren Diensten, mein Zweibeiner, Tome. Steig auf!"

Der Esel verbeugte sich vor Tome und knickte dabei ein wenig mit seinen Vorderläufen ein, so dass Tome eingeladen wurde, sich auf seinen Rücken zu setzen. Zögerlich stieg Tome auf, denn er war nie zuvor auf einen Vierhufer geritten.

„So ist es richtig, mein Zweibeiner, und jetzt merke dir gut, was ich dir zu sagen habe.

Greife richtig in meine Mähne und halte dich fest. Umklammere mit deinen Schenkeln und Beinen meinen Leib und drück dich dagegen. Lass niemals locker. Wundere dich nicht, lass Wunder geschehen. Höre auf mich und vertraue mir. Versuche nicht, mich, den Grauhufer, zu lenken und zu führen. Ich lenke, ich führe, und zwar so, wie ich will. Akzeptiere dies. Kein Zweibeiner kann mir, den störrischen und sturen Ayah, seinen Willen aufzwingen.

Ich entscheide, ich allein. Ich bin ein freies Wesen Tales."

Kein Wort der Erwiderung fiel. Tome ließ es gewähren.

„Lehrstunde beendet! Kann es endlich losgehen?"

Auffordernd schaute Mhingo zu Ayah hoch.

„Nun wollen wir unserem Freund zeigen, was es heißt, mit Mhingo und Ayah zu wandern. Wir haben schon genug Zeit vergeudet. Was hältst du von einem kleinen Spiel, Ayah? Damit vergeht die Zeit noch schneller. Willst du mich wieder wie damals im Dorf bedienen?" maunzte der Luchs spöttisch und listig.

„So sei es! Wer von uns als Zweiter im Dorf ankommt, soll dem Ersten das Abendessen servieren.

Los, mein alter kleiner Flohtiger, es gilt! HiHa, HiHiHaHa!"

Sofort preschten Mhingo und Ayah los.

Ein Ruck ging Tome durch Mark und Bein.

Und wie sie „loswanderten"! Pfote und Hufe flogen den Pfad entlang.

Waren seine Sinne im Rausch dieser maßlosen Geschwindigkeit bereits völlig wirr und begann er zu fantasieren, dachte Tome entsetzt.

Tatsächlich flogen sie!

Zwar bewegten sie ihre Läufe, doch hatten diese keinen Bodenkontakt.
Rasend schnell glitten sie am Ufer entlang.
Tome blickte entgeistert nach links und rechts.
Der Bach und das Laubwerk verschwommen zu blauen und grünen Strahlen.
Wie zwei waagrechte Blitze schossen der Luchs und der Esel den Pfad entlang,
stromaufwärts in Richtung Norden.
Mit der Zeit hatten sich Tomes Sinne allmählich an diese stürmische Hatz
gewöhnt. Er bemerkte, wie das dichte Grün immer lichter wurde.
Die Landschaft wurde karger und felsiger. Nur vereinzelt säumten
Nadelbäume ihren Weg. Vor sich sah er schon die Gebirgsausläufer und wenig
später erblickte er einen massiven Berg, der bis über die Wolken hinausragte.
Das musste Oldolengo sein, der heilige Berg Gottes.
Am Fuß des Berges, unterhalb eines Wasserfalls, konnte man Stroh- und
Palmenhütten erkennen.
Sollte dies das Dorf sein, wovon Mhingo und Ayah gesprochen hatten?
Das Ende, das Ziel dieser Reise, dieses Rennens?
Es musste so sein, denn nun steigerten der Luchs und der Esel nochmals ihr
Tempo. Einmal war der Esel, ein anderes Mal der Luchs eine Hauptlänge
voran. Schon konnte Tome links und rechts von der „Rennstrecke" zwei riesige
buntbemalte, senkrecht in der Erde steckende Pfähle ausmachen, die
anscheinend den Dorfeingang, das Ziel markierten. Und ebenfalls links und
rechts stand eine kreischende, johlende Schar Zweibeiner, die ihnen mit
Armen und Händen wild zuwinkte.
Nur noch wenige Ellen.
Noch war der Luchs eine halbe Kopflänge voraus.
Da riss Ayah sein Haupt schnurstracks nach vorn, grölte heißer, schrill und laut
„HiHiHaHa" und ließ sein großes weißes Gebiss vorschießen.
Aufgrund dieser Finte durchquerten somit beide, Mhingo und Ayah, gleichauf
den markierten Dorfeingang, die Ziellinie. Angesichts dieses Eseltricks, dieser
Eselsbrücke, wurden die Rufe der tobenden Menge noch lauter, noch
freudiger. Kein Verlierer, nur Gewinner.
Man kicherte und zeigte belustigt auf den Luchs und den Esel.
Und selbst Mhingo musste über diesen pfiffigen Einfall Ayahs herzlich lachen.
„Wohl dir, mein lieber Grauhufer, anscheinend hast du im Laufe der Sonnen
und Monde doch dazugelernt. So muss dann eben jeder sein eigenes
Abendmahl zubereiten."
Da rief Tome aus:
„Ihr beide seid die Sieger dieses unterhaltsamen und wunderbaren Spiels.
Deshalb werde ich euch euer Essen bereiten und heute Abend euer Diener
sein. Das ist das mindeste, was ich tun kann.

Ohne eure Hilfe hätte ich mein Ziel nie oder erst sehr viel später erreicht.
Habt Dank meine Gefährten, Mhingo und Ayah."
Er stieg vom Esel ab, umarmte und streichelte innig die Häupter von Ayah und
Mhingo.
War es bei der Ansprache Tomes absolut still geworden, brachen die
Zuschauer bei dieser Geste in tosenden Beifall aus.
Jetzt erst blickte sich Tome inmitten der Menge um und musterte die
Zweibeiner. Er musste mehrfach mit den Augen ungläubig blinzeln, so
abwegig, so absurd kam ihm alles vor.
Genau wie sein Volk hatten sie bunte Haare und farbige Augen.
Genau wie sein Volk hatten sie dieselbe, leicht bräunlich getönte Haut, und
ihre Kleidung war ähnlich. Aber diese Zweibeiner waren wesentlich kleiner.
Sie waren Kinder! Die ältesten vielleicht zwölf Zeitenwenden. In ihren Augen
lagen aber der Mut, die Kraft, die Entschlossenheit und die Weisheit von
Erwachsenen und Alten.
„Mhingo, Ayah, wo sind wir hier?"
„Es ist Abend, Tome. Jetzt wird gegessen und gefeiert.
Lass geschehen, was geschehen soll. Wir sind am Ziel.
Wir sind bei den Vrischikamakaris."

KAPITEL 8
LEBENSKINDER

Man hatte Freudenfeuer angezündet, reichlich gegessen, getrunken, gelacht, gesungen und getanzt.
Immer wieder musste Tome den Vrischikamakaris von seiner Reise berichten und ihnen die Beutel mit den fünf Aquamarinen und den bunten Steinen vom Flussbett zeigen. Dann grinsten sie zufrieden, schauten ihn mit großen staunenden Augen an oder umfassten ihn sogar.
Ihr Gemüt war spielerisch, neugierig, offen und überaus herzlich.
Tomes anfangs scheue Zurückhaltung wich völlig. Er hatte diese kleinen Zweibeiner liebgewonnen und war froh, sie kennengelernt zu haben.
„Woher kommt das Volk der Vrischikamakaris? Warum hat man den Eindruck, es handle sich um Kinder? Warum altern sie äußerlich nicht?" wollte er am Lagerfeuer von Mhingo und Ayah wissen.

„Früher, in einer anderen Welt bestand das Volk der Vrischikamakaris aus zwei Stämmen, den Vrischika und den Makari.
Beide Stämme waren sich in ihrem Wesen sehr ähnlich.
Beiden war das Wohl ihrer Familien und ihrer Freunde sehr wichtig.
Beide waren mit den Naturzaubern und den mystischen Weisheiten sehr vertraut. Beide waren wissensdurstig und überaus ehrgeizig. Und genau in letzterer Eigenart lag das Problem. Da jeder in seinem Ehrgeiz den anderen übertreffen wollte, um letztendlich als Alleinherrscher beider Stämme zu regieren, mochten sich die Stammeshäuptlinge nicht besonders. Man tolerierte sich zwar gerade so, doch vermied jeglichen Kontakt miteinander. Und dies gebot man auch seinem jeweiligen Volk.
Die Legende besagt, dass sich die Vrischika-Häuptlingstochter Illia und der Makari-Häuptlingssohn Romeno kennenlernten.
Heimlich trafen sie sich, spielten miteinander und hatten ihren Spaß.
Schon im zarten Alter von 12 Wenden hatten sie sich liebgewonnen. Und auch die jungen Freunde beider nahmen an den gemeinsamen Spielen und Freuden teil.
Eines Tages wurden sie jedoch an einem ihrer geheimen Orte entdeckt.
Man informierte sofort die Häuptlinge und der Aufschrei über diese sogenannte Freveltat war groß.
Alle Kinder, die an diesem Treffen beteiligt waren, bekamen seitens ihres Stammes einen Dorfbann für die Dauer von zwei Wandlungen (Monate) und durften während dieser Periode nicht ein einziges Mal das Dorf verlassen.

Doch die neidvollen, selbstgerechten, egoistischen und uneinsichtigen Erwachsenen hatten nicht mit dem Erfindungsgeist und dem Gemeinwillen ihrer Kinder gerechnet.

Diese hatten sich Tauben gezogen und schickten sich jeweils durch eine geheime Gurrsprache Nachrichten zu.

So blieb der Zusammenhalt der „freien" Kinder trotz der Erwachsenengrenzen gewahrt.

In der zweiten Wandlungsperiode, der Wachstumszeit, beschlossen sie schließlich, die Grenzen zu überwinden und aus ihren Dorfgefängnissen auszubrechen.

In einer Vollmondnacht flohen sie zum Strand, fertigten dort aus mitgenommenen Beilen zwei Palmstammboote und fuhren hinaus auf die offene See. Es waren zwölf Kinder, jeweils sechs von jedem Volk.

Aber die offene See war weit, sehr weit. Hier hatten sie sich wohl in ihrem Übermut überschätzt. Die Fahrt war lang und beschwerlich.

Ausgezehrt von Sonne und Salz drohte ihnen ein klägliches Schicksal.

Doch die freien Meereswinde meinten es gut mit ihnen und lenkten sie hin zu Tale. Hier gingen sie an Land und nährten sich.

Nachdem sie sich erholt hatten, machten sie sich auf, um einen geeigneten Platz für ein neues Dorf, für ihr Dorf zu finden. Weit weg von der Küste, um nicht entdeckt zu werden, möglichst zentral im Landesinneren, sollte der Ort sein. Und um keine Spuren zu hinterlassen, schleppten sie die Boote mit sich.

Auf ihrer Suche gelangten sie auf eine Anhöhe.

Dort trafen sie einen uralten mächtigen Baum, umrundet von anderen alten Baumarten. Der riesige Baum streckte einen seiner starken Äste aus und zeigte nach Norden.

Dort hinüber müsst ihr ziehen.

Dort werdet ihr finden, was ihr sucht.

Dort könnt ihr euer Leben als Kinder weiterführen, unbedarft, ohne Vorurteile, frei von Zwängen.

Und Yggdrasil wies ihnen den Weg.

Schließlich kamen sie hier am Fuße Oldolengos an und mit dem Segen des Hüters gründeten sie ihr Volk, das Volk der Vrischikamakaris.

In Besitz ihrer magischen Fähigkeiten und in ihrem Geiste erschufen sie es.

Im Sinne der Kindheit, aber ausgestattet mit der Kraft der Erwachsenen und der Weisheit der Alten.

Sie gelobten, mit 12 Wenden aufzuhören, äußerlich zu altern.

Zum Dank für Yggdrasils Hilfe, errichteten sie ihm zu Ehren aus den mitgebrachten Palmstammbooten zwei mit mystischen farbigen Symbolen bemalte Totempfähle, die einerseits den Eingang ihres Dorfes markieren, andererseits drohendes Unheil von ihnen abhalten sollten.

Sie wurden zu den Wächtern des heiligen Berges, zu Helfern und zu Gefährten des Hüters Oldolengos, des Herrschers Tales. Sie wurden zu wahrhafte Wesen Tales."

Als Ayah erzählte, verspürte Tome *einen unausweichlichen Drang nach Freude, Freiheit, Frieden, nach Reinheit, nach purem Leben, nach wahrer Liebe.*
Er blickte traurig drein.
Die Erinnerungen an sein Volk, an Bandu und an Sabia kehrten zurück.
Die Erinnerung an Ranson, an Macht, Gier, Ungerechtigkeit, Lüge, Hohn, an das Böse.
Und Tome verspürte den unabwendbaren Drang, das Böse aus diesem Lande zu vertreiben.

KAPITEL 9
LEBENSGEISTER

Mhingo hatte Tome während der Erzählung Ayahs genau in Augenschein genommen. Instinktiv nahm er die Gemütsregungen und die Sehnsüchte Tomes auf. Schließlich sprach er verheißungsvoll:
„Komm Tome, der Tag ist gekommen.
Es ist Zeit aufzusteigen, zu empfangen und zu handeln."
Tome traute seinen Ohren nicht.
Jetzt, mitten in der Nacht soll er den Berg Gottes besteigen?!
Aber hatte Mhingo ihn bisher nicht immer sicher geführt und geleitet, und überdies seine Sinne wie die einer Katze geschärft?!
Es gab keinen Grund, ihm diesmal nicht zu vertrauen!
Leicht skeptisch antwortete er:
„Wenn du meinst, so sei es. Was geschehen soll, wird geschehen."
Mhingo nickte zustimmend und Ayah schlug bei diesen Worten dreimal mit den Hufen aneinander.
Zu Tomes Überraschung kamen vier Vrischikamakaris herbei, nahmen ihn in ihre Mitte und geleiteten ihn zu einer Palmhütte in der Mitte des Dorfplatzes.
Dort wiesen sie ihn an, einzutreten.
Dicke süßliche Rauchschwaden erfüllten seine Nase und seine Lungen.
Ihm stockte der Atem und er musste husten.
Die vier „Kinder" brachten ihn zu einer Art Bett aus grünen zackigen Blättern.
Hierauf sollte er sich mit dem Rücken ausstrecken. Er tat es.
Das Bett verströmte einen angenehmen, beruhigenden Duft. Es roch lieblich nach frischem Heu.
Zu seiner linken und rechten Seite knieten zwei Vrischikamakaris. Der eine hatte ein langes Holzrohr, in das er hineinblies, und an dessen offenem Ende ein süßer, wohliger Qualm entstieg. Der andere fächerte Tome mit den gezackten Graspflanzen zu.
Tomes Sinne wurden vom aromatischen Nebel eingehüllt.
Nun kam ein Dritter hinzu und reichte Tome einen Kelch mit einer klaren Flüssigkeit und einen Wurm darin.
Er trank das in seiner Kehle brennende Wasser mitsamt dem Wurm.
Dann reichte er ihm einen Teller mit gegarten roten und braunen Pilzen.
Er aß den Teller mit den bitteren Pilzen vollständig leer.
Waren Tomes Sinne kurz vorher noch verschwommen, getrübt, schlummerten vor sich hin, so erschien es ihm nun, als explodiere sein Geist!

Brach wie ein Vulkan auf, setzte Gefühle, Ängste, Sehnsüchte in Form von Feuerfunken frei und begann zu lodern, wie die rotglühende Lava zu wandern. Allerdings bergauf zu den schneeweißen Wolken.

Zuerst wurde er auf Händen getragen, durch den schäumenden und strahlenden Wasserfall hindurch, hinein in ein blinkendes, buntes Farbspektrum, hinein in eine mit verschiedenen Kristallen und Edelsteinen geschmückte Grotte.

Dann schwebte sein Körper, sein Geist, durch einen silbernen Gang den Berg hinaus über ein weißes, funkelndes Diamantenfeld.

Vogelgleich, gelotst von einem weißen Raben, durchstieß er die pulverige Wolkenkette und landete in einer riesigen, goldenen, hellen Halle.

Spiegelbilder von Tomes Gestalt, seines Ichs erschienen an den glänzenden Wänden.

Vier graue Schatten auf je vier Pfoten kamen zwischen den schimmernden Bildern hervor. Graue Schatten wie ungewöhnlich große Wolfswesen.

Zwei Gestalten mittig voran, die anderen beiden etwas seitlich zurückversetzt. Das größere der mittleren Wolfswesen trat vor.

Zwei zu Schlitzen verengte Augen, das eine blau, das andere orange, bewegten sich nach vorne, blitzten Tome an und blieben direkt vor seinem Angesicht ruhen. Die Wesensaugen drangen in die Augen Tomes ein, drangen vor zu seinem Bewusstsein.

Wie von Geisterhand geführt, übergab Tome der Gestalt den Beutel mit den fünf Aquamarinen. Das graue Wolfswesen stellte sich auf seine Hinterläufe und richtete sich auf. Es überragte Tome um mindestens einen Kopf.

„Wohl, Zweibeiner, der dort, wo er herkommt, Tome genannt wird. Alle fünf Steine sind noch da und unversehrt. Nun sollst du die Gaben Tales erhalten."

Ein zufriedenes Knurren entwich seinem aufgerissenen, gewaltigen Rachen, gesäumt mit einem Furcht einflößenden weißen Gebiss mit blinkenden, gefährlich spitzen vorderen und hinteren Eckzähnen.

Mit den Vorderpfoten nahm er behutsam die Steine und mischte sie so lange zwischen seinen mächtigen Pranken bis sie zu einem einzigen, runden, leuchtend blauen Aquamarin wurden.

Dann führte er am oberen Rand des Steins einen silbernen Faden hindurch, so dass es eine Kette wurde. Er nahm sie und steckte sie Tome über den Kopf.

Eine tiefe, herrische Stimme ertönte:

„Nimm dieses Amulett als Gabe Ranggeyors und seines Weibes Ranggaya an. Es gibt dir und deinem Volk die Freude, die Freiheit und den Frieden zurück. Trage den Aquamarin offen an deiner Brust. Habe keine Angst. Lass geschehen, was geschehen soll.

Füge dich und vertraue der Kraft des Aquamarins.
Nimm weiterhin die Wunder Tales an, ohne dich zu wundern.
Nun steige wieder hinab.
Deine Reise hat ein Ende und dein weiterer Weg eine Zukunft.
Kehre heim zu deinem Stamm und errette ihn, errette uns, errette Tale.
Meine beiden Söhne, Rangkor und Rangthor, werden dich begleiten und dir beistehen. Ebenso wie deine Gefährten Mhingo, Ayah und al-gurab hotah, der weiße Rabe. Von ihnen erhältst du die weiteren Anweisungen.
Der Geist Tales sei mit euch, mit dir und unser aller Leben!"
Die Augen des Wolfswesens wurden kleiner und kleiner, wurden zu farbigen Punkten und verschwanden.
In der Halle wurde es langsam dunkler.
Die grauen Schatten waren fort.
Die Spiegelbilder seines Ichs waren weggewischt.
Der weiße Rabe nahm Tome an die Hand und beide flogen zurück durch die Wolken, zurück über das weiße Feld des Oldolengo, zurück zur Grotte, zurück durch den Wasserfall hindurch, zurück in die Hütte, zurück auf sein Pflanzenbett.
Tome riss die Augen auf und stierte apathisch die Palmendecke der Hütte an.
Was hatte er für einen seltsamen Traum gehabt?
Seine Glieder fühlten sich bleiern an und sein Kopf furchtbar schwer und benommen. *Was war mit ihm geschehen?*
„Trink erst mal vom klaren, kühlen Quellwasser, mein Sohn der Wolken, der den Berg emporschwebte, empfing und hinab zur Erde glitt."
Mhingo saß neben ihm und reichte einen Becher.
Stückweise kam die Erinnerung zurück an das, was passierte, nachdem er von den Vrischikamakaris hierher geführt wurde. Langsam lichtete sich sein Geist und seine Augen wurden klarer. So klar, dass er den weißen Raben wahrnahm, der auf den Schultern des Luchses hockte.
Der Rabe aus seinem Traum!
Tome starrte den Luchs und den Raben erschrocken an und fuhr hoch.
„Mhingo, das was ich träumte, kann doch unmöglich wahr gewesen sein! Erkläre, was mit mir war!"
„Ich sagte dir doch am Anfang unserer Begegnung, wundere dich nicht über Wunder! Nimm an, was du empfangen hast! Nimm an das Erlebte! Nimm an das Leben! Nimm den Geist Tales an!
Und jetzt ertaste mit den Händen deine Brust und sehe. Sieh hin!"
Tomes Hände berührten vorsichtig seinen Oberkörper.
Er spürte etwas Hartes, Glattes, Rundes. Etwas hing um seinen Hals.
Er schaute auf sein Brustbein.

Ein runder, leuchtend blauer Aquamarin hing an einer feinen silbernen Kette von seinem Hals herab.

Das Blau des Aquamarins erstrahlte seine blauen Augen, drang ein in sein Innerstes. Tomes Lebensgeister waren erwacht.

Er stand auf. *Er wusste, was zu tun sei.*

Schon wollte er zur Hütte hinaus und aufbrechen.

Da erwartete ihn eine zweite Überraschung.

Zwei Vrischikamakaris betraten die Hütte.

In ihrer Begleitung befanden sich zwei riesengroße Wölfe mit glänzend silbernem, dichtem Fell und freudig wedelnden, buschigen Schwänzen.

Zwei leuchtende orangefarbene Augenpaare strahlten voller Freude, Vertrauen und Zuversicht.

Trotz ihrer imposanten Erscheinung und trotz ihrer gefährlich aufblitzenden Zähne zwischen den geschlossenen Mäulern hatte er keine Angst vor diesen Wölfen.

Denn er wusste, dies sind Rangkor und Rangthor.

Dies sind die Söhne Ranggeyors und Ranggayas, seine gesandten Begleiter und neuen Gefährten.

KAPITEL 10
LEBENSHILFE

Am Morgen wollte Tome mit den Gefährten heim zu seinen Stamm.
Da wurde er von al-gurab hotah in seiner Eile gebremst.
„Nicht so hastig, mein Freund.
Damit unsere Hilfe richtig ankommt, muss ich dir einige Anweisungen erteilen und du musst erfahren, was seit deiner Pilgerreise mit deinem Volk und Dorf geschehen ist.
Immer wieder war ich bei euch und musste dem Herrn Oldolengos und den Wächtern von der Gefahr für deinen Stamm und für Tale selbst berichten.
Kurz bevor Ranson erschien, kamen zwei große schwarze Schiffe mit zwei gewaltigen schwarzen Tüchern, die den Wind einfingen, über das Meer auf Tale zu. Sie landeten an der Südostküste, nicht weit von eurem Dorf entfernt, am dunklen Strand, dort wo Oldolengo einst in den düsteren Zeiten der Gewalten dem bösen Meeresdrachen Tsurnam, der Tale bedrohte, sein glühendes Vulkangestein entgegenschleuderte und besiegte.
Bald nachdem du, Tome, fortgegangen warst, sah ich den schwarzen Mann, wie er heimlich zu den Schiffen ging, und von dort andere schwarze Gestalten in das Dorf führte.
Ich sah, wie sie deine Stammesgenossen zusammentrieben.
Ich sah Bilder des Schreckens und des Grauens. Die schwarzen Männer brannten einen Teil eurer Häuser nieder. Sie meuchelten die Alten und die Kinder. Wer sich ihnen widersetzte, wurde unter ihrem schaurigen Lachen zu Tode gefoltert.
Ich sah Sabia, wie sie flehte und bat, und von Ranson geschlagen und ausgelacht wurde. Zusammen mit den übrigen Lebenden wurde sie mit Lederriemen gefesselt und in ein Bambusgehege eingepfercht.
Nur noch drei Hände deines Volkes sind am Leben. Der Rest fiel der Willkür und der Grausamkeit des schwarzen Mannes zum Opfer.
An den kommenden Tagen trieb man deine Brüder und Schwestern zum Fluss, wo sie unter Peitschenhieben gezwungen wurden, die Aquamarine zu suchen und heraus zu holen.
Die schwarzen Männer haben bereits einen Teil des südlichen Flussabschnittes ausgeraubt, etwa ein Siebtel des sprudelnden Wassers, und sie schreiten in ihrer Gier weiter voran."
Tome stand regungslos da.
Der Schock dieser Mitteilung ließ ihn wie zu einer Salzsäule erstarren.

„Höre Tome, noch ist Leben vorhanden. Bei deinem Stamm, im Fluss, auf Tale! Dafür lohnt es sich, zu kämpfen! Das Leben braucht unsere, deine Hilfe! Wach auf! Höre die Anweisungen! Dann wird das Böse besiegt und alles wird gut."
Und Tome wachte auf und hörte zu.
Nachdem der weiße Rabe Tome in die Pläne eingewiesen hatte, brachen sie auf. Al-gurab hotah flog den Fluss abwärts zum Dorf, zum schwarzen Mann mit seinen Gefangenen.
Tome, Ayah, Mhingo und die zwei Wölfe, Rangkor und Rangthor, schlugen einen anderen Weg ein. Sie mussten vorerst nach Südwesten, zum Ort des Lichtes, der Erleuchtung, der Errettung. Mhingo nahm Rangkor Huckepack, während sich Tome und Rangthor auf den Rücken des Esels setzten.
Wieder ging es im Blitzestempo dahin, vorbei an grünen Streifen. Wieder vereinigten sich Rausch und Geschwindigkeit.
Dann kamen sie an eine Lichtung, auf der, umgeben von Mischwäldern und inmitten einer blühenden Wiese, eine junge, aber ausgereifte Hainbuche stand.
„Wir sind da! Die Hainbuche erwartet uns bereits. Seht!"
Freudig winkte ihnen die Buche mit ihrem saftigen grünen Laubwerk zu.
Am schattigen Fuß ihres Stammes hielten sie schließlich an und nahmen Platz.
„Willkommen, meine Gefährten, gerade recht in der Zeit seid ihr. Willkommen, Tome. Viel Wunderbares habe ich schon von dir vernommen. Endlich sehe ich den zweibeinigen Wolkensohn von Habitus zu Angesicht. Aber sag, hast du den Beutel von Ulme mit den kleinen bunten Steinen dabei?"
Tome öffnete den Beutel und zeigte die Steine.
„Lege die Steine hier auf den Boden auf meine großen offenen Wurzeln. Ayah, zerkleinere sie mit deinen Hufen zu feinen Körnern."
Der Esel zermahlte die Steine.
„Rangkor, Rangthor und Mhingo, nehmt die bunten Körner und geht damit bis kurz vor das Dorf. Lasst euch nicht entdecken und streut die Körner entlang eures Weges.
Mhingo und Rangkor, ihr beide kehrt dann zu mir zurück, um hier die Vrischikamakaris zu empfangen und ihnen ihre zuerteilte Aufgabe zu erklären. Du, Rangthor, du wartest bis zum Vollmond versteckt in einem Gebüsch beim Dorf, nimmst dann die befreiten Gefangenen in Empfang und führst sie hierher.
Verwischt eure Fluchtspur nicht, die Verfolger sollen sie deutlich erkennen.
So, ihr beide, Ayah und Tome, ihr begebt euch nun zur Blauen Lagune, wo ihr von Ulme alles weitere erfahren werdet."

Die Gefährten teilten sich entsprechend auf und machten sich daran, den Anweisungen der Hainbuche Folge zu leisten.

Bald trafen Ayah und Tome bei Ulme ein.

Tome staunte.

Der junge Baum war seit jener Nacht kaum wiederzuerkennen, so prächtig hatte er sich entwickelt. Dichtes grünes Laub ummantelte sein Geäst, seinen gesund gewachsenen Stamm mit der gemusterten graubraunen Borke. Stark und edel stand er aufrecht da und strahlte Hoffnung und Zuversicht aus.

Und wenige Schritte von ihm entfernt die Blaue Lagune am sprudelnden Bach mit seinem kristallklaren Wasser. Mit den bunten Kieselsteinen am Uferrand und den Aquamarinen auf dem Gewässergrund, die dem Fluss dieses leuchtende Blau schenkten.

Ein wahrhaft magischer Ort, der auf Tome eine beruhigende Wirkung ausübte und ihm den sicheren Glauben an eine positive Zukunft gab.

„Wohl dir Tome, mit Freude erfuhr ich, dass du meine Ratschläge angenommen und Hilfe erhalten hast.

Fortan nennt man dich Wolkensohn und du trägst das verliehene Kraftzeichen deines Lebens, dein Amulett offen, ohne Ängste, mutig um den Hals.

So soll es auch weiterhin bleiben.

Du wirst es für deine anstehende Mission dringend brauchen und niemand wird es dir entreißen können. Es wird dir helfen, die kommenden Aufgaben mit Ruhe, Ausdauer und Scharfsinn zu überstehen.

Es wird dir den unerschütterlichen Glauben an das Gute geben, den du mehr denn jemals zuvor nötig haben wirst. Du wirst dich beugen müssen, du wirst wanken, aber du wirst nicht fallen.

Das versichere ich dir, Tome, bei der Ehre meines Stammesvaters Yggdrasil!

Nun gehe in dein Dorf. Völlig unwissend und unbedarft. Zeige den Aquamarin. Informiere dein Volk über die nahende Hilfe. Beruhige es.

Führe Ranson mit einem Teil seiner Mörderbande zu Beginn der ersten Sonne auf den Weg hierher. Lass dir dabei reichlich Zeit.

Wenn Oldolengo in der Nacht sein Feuer sendet, leite die Räuber endgültig zur Blauen Lagune und weise ihnen die bunten und blauen Steine im Fluss. Dann ist deine Mission erfüllt. Mach dir keine Sorgen um deinen verbliebenen Stamm. Er wird von anderer Seite Hilfe erfahren.

Ayah kehre du zur Hainbuche auf der Lichtung zurück.

Du und Mhingo, ihr beide eilt sofort mit Rangkor und Rangthor zu mir, nachdem das befreite Volk in Sicherheit ist, um Tome im Endkampf beizustehen.

Jetzt geh deinen Weg Tome!

Der Aquamarin lenke und beschütze dich!"

Wie ihm aufgetragen wurde, wanderte Tome am Ufer flussabwärts.
Er kam an den Dornenbüschen vorbei, wo er seine Begegnung mit Mhingo hatte. *Diese schicksalhafte Begegnung, die sein Leben veränderte und ihm Hilfe brachte.*
Er dachte an all die wunderbaren Dinge, die er erlebt hatte.
Er dachte an das Traumtreffen mit Ranggeyor und Ranggaya.
Er dachte an seine neuen liebgewonnenen und getreuen Gefährten.
Er dachte mit Wut und Sorge an das grausame Schicksal seines Stammes.
Er dachte an Bandu. Er dachte an Sabia. Wie es ihnen wohl erging?

Der Tag war bereits fortgeschritten, als er an den Grenzen seines Dorfes ankam.
Er musste nur noch an einigen Sträuchern vorbei, um die ersten Hütten zu sehen.
Da vernahm er aus einem dichten Busch heraus ein kurzes Knacken und Rascheln, und eine ihm bekannte Stimme raunzte ihm mit leisem Knurren zu:
„Halt Tome! Bleibe stehen. Schau nicht her zu mir. Tue so, als ob du deine Blicke umherschweifen lässt. Höre!
In der Nacht des zweiten Mondes, bei Vollmond, werden die Gefangenen befreit werden. Sie sollen sich dann hierhin zu mir begeben, wo ich sie erwarte und sicher zur rettenden Lichtung bringe.
Sag es ihnen, Tome!
Und nun trete in dein Dorf ein!"
Rangthor!
Welche getreuen Helfer er doch gefunden hatte!
Die Rettung ist da!
Tome schritt durch die Sträucher und betrat sein Revier, sein Dorf.

Der Aquamarin hing fest um seinen Hals und von seiner Brustmitte erstrahlte ein leuchtendes Blau.

KAPITEL 11
LEBENSRETTUNG

Sein Dorf! Was war daraus geworden!
Viele Hütten waren abgebrannt und vernichtet. Nur wenige hatten die
Zerstörungswut der Brandschatzer überstanden und waren heil geblieben.
Und diese wenigen waren von schwarz gekleideten Männern besetzt.
Mit festen, ruhigen Schritten ging Tome weiter zur Dorfmitte vor.
Die dunkle Meute gaffte ihn ungläubig an, wie er so aufrecht und stolz an
ihnen vorbeimarschierte.
Schließlich löste sich ihre Starrheit auf. Flüche und Wutgeschrei entbrannten.
Der Mob rannte auf Tome zu und man warf ihn zu Boden. Man schlug ihn,
bespuckte ihn, trat ihn. Man riss ihn hoch. Zwei Rohlinge hielten ihn fest,
während ein Dritter Tome von vorne mit der Faust in das Gesicht und in die
Magengrube hieb.
Tome verlor fast das Bewusstsein.
Blut schoss aus seiner Nase und aus den aufgesprungenen Lippen und rann
über seinen nackten geschundenen Oberkörper. Er sackte in sich zusammen
und fiel mit dem Gesicht in den Staub.
„Haltet ein!" gebot eine herrische Stimme der aufgebrachten Schar.
„Der Tag neigt sich dem Ende und geht langsam unter!
Das passt ja vortrefflich!
Seht her, der verlorene Sohn dieses Volkes, unserer Sklaven, ist heimgekehrt,
um seinem Herrn zu dienen!"
Hämisch, menschenverachtend erscholl es über den Dorfplatz.
Die Menge lachte und johlte.
Aus seinem unverwundeten Auge zwinkerte Tome leicht hoch.
Eine schwarz gekleidete Gestalt in schwarzen Lederstiefeln und mit einem an
einem Gürtel seitlich herabhängenden langen Metallstab, kam herbeistolziert.
Die schwarze Gestalt kniete sich zu Tome, packte ihn bei den Haaren, drehte
seinen Kopf etwas und höhnte ihm ins Ohr:
„Sei willkommen Tome!"
Dann befahl die schwarze Gestalt den Männern:
„Hoch mit diesem Wurm! Ich will mich nicht bücken müssen."
Tome wurde auf seine Beine hochgezerrt.
Antlitz in Antlitz stand er nun seinem Erzfeind, dem Zerstörer seines Volkes,
dem Bösen, das Tale und das Leben bedroht, gegenüber – Ranson!
„Schau dich um! Habe ich euch nicht versprochen, dass ich euer Häuptling sein
werde!

Ja, ich bin nun euer Herrscher. Ich befehle und ihr habt mir zu gehorchen und zu dienen. Und wer mir nicht gehorcht, wen ich nicht gebrauchen kann, dem ergeht es wie einen Großteil eurer armseligen Hütten. Er wird zerstört und vernichtet. Das Land, das Dorf, der Rest von deinem Stamm und du, Tome, alles ist mein Besitz!"

Ranson hielt mit seiner Rede inne.

Sein Blick fiel auf die Kette mit dem Aquamarin um Tomes Hals.

Seine Augen bekamen wieder den gierigen Ausdruck, den Tome einst am Bach bei ihm beobachtete.

Sie wurden zu schmalen stechenden, lodernden, gelben Schlitzen.

Gier, Machthunger, Besitzverlangen, Kaltblütigkeit und Brutalität blitzten auf.

Schon griff er nach der Kette und versuchte sie Tome vom Hals zu reißen, doch zu stark war der silberne Metallfaden.

Ranson schrie Tome wütend an:

„Woher hast du diese Kette? Woher hast du diesen Edelstein von dieser Größe? Sprich, du niederer Eingeborener!"

Dabei schüttelte er Tome heftig.

Tome blickte Ranson fest in die Augen und sprach mit ruhiger Stimme:

„Ranson, was bist du doch für ein kurzsichtiger Herrscher. Gibst dich hier mit den kleinen Steinen zufrieden, wo du doch woanders viel größere, wertvollere finden könntest."

Ranson zückte schon sein Schwert, um Tome für diese Anmaßung niederzustechen. Aber er hielt sich dann doch zurück, schmunzelte leicht süffisant und fragte neugierig:

„Worauf willst du hinaus, Tome? Was meinst du mit deinen Worten? Warum bist du mit dieser Kette hier erschienen?"

„Ich bin hier um meinen Stamm von dir zu erbitten, Ranson.

Ich werde dich morgen an einen Platz führen, wo es solche Aquamarine gibt, wie der, den du gerade siehst. Und wo es solche funkelnden Steine gibt, die noch um einiges größer und edler sind. Ich werde dir den unbeschreiblichen Schatz dieses Landes zeigen.

Dafür verlange ich nichts mehr als die Freiheit meines Volkes."

Voller Hinterlist leuchteten Ransons Augen grellgelb.

Genauso hatte er es sich gedacht. Glaubte doch dieser einfältige Wilde, er könne ihn, Ranson, den mächtigen und siegreichen Herrn vieler Länder und Völker, übertrumpfen, ihm Bedingungen stellen. Doch soll er seinen Glauben bekommen, seinen kurzen Triumph haben. Sobald er im Besitz des Schatzes ist, soll dieser affige Indianer büßen, und der verbliebene Rest seines Stammes dazu!

Scheinbar ging Ranson auf die Bedingung Tomes ein und erwiderte voller Spott: „Nun gut. Mutig bist du ja, und für deinen Mut will ich mich erkenntlich zeigen. Bringe mich zu den Edelsteinen und du sollst dein Volk erhalten. Aber wehe, der Schatz ist nicht so immens wie du sagtest, dann schlage ich dir den Kopf ab und erobere mir den Aquamarin von deinen Rumpf!

So und nun werft ihn zu den anderen in den Pferch!" befahl er seinen Männern. „Sicher ist die Wiedersehensfreude groß. Das wollen wir ihnen doch in unseren Großzügigkeit gewähren!"

Tome wurde zu einer mit Weidengeflecht umzäunten Stelle geschleppt. Eine kleine Tür wurde geöffnet und er wurde zu einem gefällten Baumstamm gebracht, woran seine gefesselten Stammesgenossen am Boden lagen. Mit Lederriemen band man ihn schließlich neben ihnen fest.

Nachdem die schwarzen Männer die Gefangenen verlassen hatten, kam langsam Bewegung in die überraschte Gruppe der Überlebenden. Wie der glückliche Zufall es wollte, war Tome in unmittelbarer Nähe zu Sabia und Bandu festgezurrt worden.

Als diese Tomes malträtierten Körper besahen, fingen sie an, weh zu klagen und Sabia stammelte unter Tränen: „Oh Tome, wie konnte ich nur...verzeih."

„Es gibt nichts zu verzeihen, Sabia. Du bist ein freies Wesen und ich hatte dich frei gelassen. Du, Bandu, ihr alle ward verblendet, ward im Bann von Ranson. Habt keine Angst und macht euch keine Sorgen. Jetzt bin ich hier, um euch vom Fluch des schwarzen Mannes zu erretten. Und es gibt noch weitere Helfer, die nur darauf warten, euch und mir beizustehen."

In diesem Moment kam ein heller Schatten, von den Wächtern unbemerkt, herbeigeflogen und ließ sich vor ihnen nieder.

Es war al-gurab hotah, der weiße, weise Rabe.

„Verhaltet euch ruhig und folgt meinen Worten. Ich habe das Lager genau beobachtet. Es sind nur drei Wächter. In der Vollmondnacht, nachdem euch Tome tags zuvor mit Ranson und einem Teil seiner Truppe verlassen hat, werde ich euch mit meinen Helfern befreien. Sorgt euch nicht um die Wächter, es wird keine geben. Verlasst dann sofort diese Umzäunung und begebt euch an die Grenzen eures Dorfes. Tome wird euch nun die genaue Stelle schildern, wo ihr erwartet und in Sicherheit gebracht werdet.

Wundert euch nicht, lasst die Wunder geschehen und habt Vertrauen.

Ihr werdet errettet. Näheres erfahrt ihr von Tome. Ich muss jetzt wieder fort und einige Vorkehrungen treffen.

Hört auf zu weinen. Freude, Freiheit und Frieden sind nah."

Dann flatterte der weiße Rabe fort.

Voller Staunen schauten die Gefangenen zu Tome.

„Tome, das übersteigt unsere Vorstellungskraft. Erkläre uns, was soeben passiert ist und passieren wird."

Und Tome schilderte die Geschehnisse seiner Wanderschaft, erklärte und wies sie ein.

Am nächsten Morgen wurde Tome von seinen Brüdern und Schwestern getrennt und man brachte ihn zu Ranson.

„Na Tome, die Nacht gut verbracht und das Wiedersehen gefeiert?!" höhnte ihn Ranson an. „Es wird Zeit aufzubrechen und den Schatz zu heben. Wir wollen doch deine Freunde nicht unnötig in ihren Fesseln warten lassen. Hier, auch von mir sollst du eine Kette erhalten!"

Er band Tome einen Strick fest um den Hals und nahm das Ende wie bei einer Hundeleine.

„Wie es sich für einen großen, edlen Krieger ziemt, sollst du an der Spitze unseres Trosses marschieren und uns anführen. Ich werde hinter dir laufen, stets ein Auge auf dich haben, dich zügeln und mich persönlich um dich kümmern, damit wir sicher und zügig vorankommen."

Dann führte Tome den schwarzen Mann mit seinen zwanzig bewaffneten und mit Säcken bepackten Spießgesellen flussaufwärts in Richtung Norden zur Blauen Lagune.

Der übrige Teil der Todesarmee, etwa 40 Mann, blieb im Dorf.

Es war Mittag als sie an „Mhingos Dornengebüsch" vorbeikamen.

Sie lagen zu gut in der Zeit.

Immer wieder hatte er die schwarzen Männer im Zickzack vom Fluss weggelenkt, um sie später durch dichte Wälder wieder an das Ufer zu führen.

Einmal brachte er sie sogar dazu, unter Mühen das Wasser zu überqueren.

Die Sonne brannte erbarmungslos auf die Männer herab und trug dazu bei, dass sich die Marschgeschwindigkeit deutlich senkte.

Trotzdem kamen sie schneller voran als gewollt.

Er wollte nichts riskieren.

Daher ließ er sich fallen.

„Was ist mein Spürhund? Oder hast du Gold im Sand gerochen?!"

Zornig brüllte Ranson den am Boden liegenden Tome an und ruckte so sehr am Halsstrick, dass Tome kurz die Luft wegblieb.

„Pause, Ranson, Pause", hüstelte Tome, wobei er flehend seine Arme hob.

„Ausruhen kannst du noch früh genug, du Schwächling!

Soll ich dir Beine machen?!"

Ranson brach von einem nahen Dornenstrauch einen Zweig ab und drosch damit auf Tomes Arme und Rücken ein.

Blaurote Striemen zeichneten sich sofort ab. Tome krümmte sich vor Schmerzen. Zu guter Letzt versetzte Ranson mit seiner Stiefelspitze Tome einen dermaßen fürchterlichen Tritt in die Rippen, so dass dieser einen lauten, quälenden Schmerzensschrei ausstieß und völlig die Besinnung verlor.
Tome hatte einen ersten Sieg errungen!

„Na, endlich wach, du Langschläfer?!
Ich hoffe, du hattest schöne Träume."
Wieder nahm Tome die spöttischen Worte Ransons wahr.
Vorsichtig schlug er die Lider auf.
Am Stand der Sonne erfasste er, dass es bereits Nachmittag war.
„Tja mein tapferer Indianerfreund, ich hatte dir beim Antritt unserer Reise versprochen, dich im Auge zu halten, dich zu zügeln und mich um dich zu kümmern. Und was ich verspreche, das halte ich auch! In den meisten Fällen zumindest. Solltest du jedoch abermals versuchen, dich ohne jeglichen Grund fallen zu lassen und uns in die Irre zu führen – was mir sehr wohl auffiel - , um die Reise hinauszuzögern, so sollst du erst richtig spüren, was es bedeutet, mit mir, Ranson, zu spielen. Nun gebt unseren Gast zu trinken und dann weiter!" befahl Ranson seinen Männern. „Geruht haben wir alle genug.
Doch sag uns zuvor, Tome, wie lange wird es noch dauern?"
Tome begriff, dass er Ranson, mit dessen unersättlichen Hunger nach Macht und Reichtum, im Griff hatte.
Aber Vorsicht! Er erkannte auch, wie gefährlich, brutal und unberechenbar Ranson sein konnte.
Daher antwortete er bewusst demütig:
„Bis zum Anbruch des kommenden Tages sollten wir den Ort erreicht haben.
Und ich verspreche dir, Ranson, ich habe dir nicht zu viel versprochen."
Mit Absicht wählte er das Wort *„versprochen"*.
„So ist es recht. Das gefällt mir schon besser. Auf, Leute, wollen wir weiter!
Der Schatz erwartet uns!"

Endlich brach die Dunkelheit herein, so dass das Reisetempo nachließ.
Die schwarzen Männer hatten nicht die geschulten Sinne für die Nacht. Und sie wussten nichts von Mhingos Lektionen, die er Tome beigebracht hatte.
Der Vollmond stieg auf und hatte bereits seinen Höchststand erreicht.
Was wohl mit seinem Volk geschehen war? Ob es frei ist?
Die Gedanken an die Rettung seiner Stammesgenossen bestimmten seinen Geist. War sein Lebenswille bisher ausgeprägt gewesen, war er nun absolut stark geworden.

Im Dorf war es Nacht.

Die drei Wächter standen aufrecht und ihre Blicke fielen auf die Gefangenen, die vom Vollmond beschienen wurden.

Drei kleine Spinnentiere krabbelten lautlos durch das Gras.

Unbemerkt krochen sie an den Stiefeln und den Beinkleidern der Wächter hoch. Von dort hangelten sie sich vorsichtig weiter über die Rücken der Westen bis zu den blanken Hälsen der Wächter.

Dann stachen die Skorpione zu.

Plötzlich und tief traf der Stachel die Halsschlagader.

Die Wirkung des Giftes setzte augenblicklich ein.

Kein Schrei drang aus den Kehlen der schwarzen Männer.

Ihre Nerven waren gelähmt. Starr, all ihrer Sinne entledigt, standen sie noch einen Moment da. Dann fielen sie ins Gras, wo drei Schlangen sich um ihre Hälse wickelten, sie würgten und sie erstickten.

Es gab keine Wächter mehr.

Gespannt, was in der Vollmondnacht passieren sollte, waren die Gefangenen wach und beobachteten, wie die Wächter umfielen.

In diesem Moment spürten sie etwas Pelziges, das ihre Arme und Hände streifte und sich an den Fesseln am Baum zu schaffen machte.

Sie drehten ihre Köpfe und sahen, wie Eichhörnchen mit ihren scharfen Zähnen die Lederriemen durchbissen.

Wundert euch nicht, hatte Tome ihnen geweissagt, und sie wunderten sich nicht. Ganz im Gegenteil, dankbare Blicke schenkten sie ihren kleinen Befreiern.

Dann krochen sie zur Zauntür, öffneten diese und schlichen sich zum angewiesenen Holunderbusch.

Zu ihrer Überraschung kam ein schimmernder grauer, großer Hund - nein es war ein Wolf – mit einladend wedelndem buschigem Schwanz auf sie zu.

Nicht wundern, keine Sorge, keine Angst, redeten sie sich ein.

Von diesem Wolf hatten sie bestimmt nichts zu befürchten!

Rangthor sprach mit freundlicher, gedämpfter, tiefen Stimme:

„Kommt ihr Brüder und Schwestern meines Gefährten Tome!

Komm Sabia, komm Bandu! Folgt mir und folgt den bunten, blinkenden Körnern, die euch im Schein des Mondes den rettenden Weg zur Lichtung weisen. Schnell kommt!"

Gemeinsam liefen sie mit raschen Schritten den leuchtenden Pfad entlang.

Nach einer Weile gelangten sie zur besagten Lichtung.

„Seht dort die Hainbuche!

Lauft zu ihr, stellt euch an ihren Stamm und wartet ab! Alles wird gut."

Sabia, Bandu und die anderen liefen hinüber und stellten sich unter den Baum.

„Kauert euch hier an meinen Stamm. Bleibt hier, egal, was geschehen wird! Ich werde meine Äste und mein Laubwerk über euch legen und euch vor aller Entdeckung und Gefahr abschirmen."

Pilzgleich ummantelte die Hainbuche ihre Schützlinge.

Da ertönte ein fernes Donnern und es gab einen ohrenbetäubenden Knall. Flammende Bälle und glühende Steine schossen über das nächtliche Firmament in Richtung Südosten hinüber zur Küste des Landes, um dort auf den Decks der schwarzen Schiffe einzuschlagen.

Feuerzungen leckten an den schwarzen Tüchern und fraßen sie auf.

Die Galeeren verbrannten und zurück blieb verkohltes Holz, Schutt und Asche am dunklen Strand von Tale.

Oldolengo hatte sein Feuerzeichen ausgesendet!

Im Dorf schreckten die schwarzen Männer aus ihrem Tiefschlaf hoch.

Voller Panik und wild gestikulierend liefen sie hin und her. Schreie des Entsetzens und der Wut erschollen. Die Schiffe brannten lichterloh und die Gefangenen waren weg! Nach allen Seiten des Dorfes strömte die tobende Menge aus. Da fand man eine Spur, einen leuchtenden Pfad.

Hier entlang müssen wir! Dieser Fährte müssen wir folgen!

So rannten sie mit gezückten Waffen den hell markierten Weg entlang.

Man gelangte auf die Lichtung, wo die Hainbuche stand.

Hell erstrahlte die Lichtung.

Hell erstrahlte der grüne Schirm der Hainbuche, der die Entflohenen verbarg.

Wo waren die Gejagten? Wo waren sie, die Jäger? Wirr blickten sie sich inmitten dieser Fantasiewelt, dieses unwirklichen Ortes um.

Dann empfingen sie das Salz der Erde!

Unter der Leitung von Mhingo und Rangkor hatten sich die eingetroffenen Vrischikamakaris im Unterholz der umliegenden Wälder versteckt. Mittels Blasrohre schossen sie ihre aus dem Salz Tales hergestellten Pfeilspitzen auf die Mörderarmee ab. Jeder Pfeil traf.

Mehrfach drangen die scharfkantigen Kristalle in die Leiber der verfluchten Seelen, der dunklen, bösen Wesen. Die schwarzen Männer erstarrten zu schwarzen Salzsäulen, wurden zu schwarzen Steinblöcken und zerfielen.

Das Heer des Bösen war ausgelöscht, war zermalmt.

Es war zu einem Heer aus schwarzen Steinbrocken und Staub geworden.

Später trug man die schwarzen Steine und den Staub fort und zerstreute beides über den dunklen Strand Tales.
Die Gefährten kamen aus ihren Verstecken hervor.
Die Hainbuche lüftete ihren grünen Mantel.
Die Geretteten betraten die Wiese.
Der Vollmond erhellte die Lichtung.
„Nun aber sofort los zur Blauen Lagune, zu Tome!" rief Rangkor und setzte sich auf Mhingos Rücken.
„Halt! Nehmt mich mit zu Tome. Ich bin Sabia. Ich bin seine FRAU!"
Beeindruckt willigten die Freunde ein und Ayah musste wieder einmal zwei Wesen tragen, Rangthor und Sabia.

„Was war das Tome?" Das erste Mal verspürte Tome bei Ranson Unsicherheit. *Oder war es etwa Furcht? Angst?*
Omen gleich antworte Tome, indem er in die entsetzten Gesichter der schwarzen Männer sah:
„Oldolengo zürnt. Das kommt öfters vor.
Ein kleiner wütender Ausbruch des Vulkanberges. Aber wir haben nichts zu befürchten. Was ist mit euch? Wollt ihr jetzt, so kurz vor dem Ziel aufgeben? Kommt, es ist nicht mehr weit!"
Zwar murrend, aber mit der verlockenden Aussicht auf die angepriesenen Reichtümer folgten die schwarzen Männer. So plötzlich wie der Ausbruch erfolgte, so plötzlich war wieder Ruhe eingekehrt. *Ihnen war nichts passiert. Tome hatte recht gehabt. Also los, auf zum Schatz!*

Es dämmerte. Der Morgen brach an.
Frühnebel bedeckte mit seinem sanften Schleier das Ufer des Baches.
Eine Einbuchtung am Flussbett, worin das klare Wasser still stand und an dessen Enden die Strudel vorbeizogen. Zwei große flache Felsen und grüne Farne umgaben diese kleine Bucht. Weißer Sand und bunte Kieselsteine am Ufer. Unweit davon der Schatten eines Baumes. Einsam, dieses Revier überblickend.
So hatte sich Tome damals den Ort eingeprägt. Die Blaue Lagune!
„Wir sind am Ziel!" rief Tome Ranson und dessen Gefolgsleuten zu.
„Geht dort ans seichte Ufer der Einbuchtung und schaut hinein in das glasklare Wasser. Auf dem Grund werdet ihr den ersehnten Schatz erblicken, der auf euch wartet."
Bis auf Ranson, der Tome immer noch an der Leine hielt, stürmten alle zwanzig Männer hin und starrten erwartungsvoll in das Wasser.

Sie sahen bunte und blaue Steine, die am Grund des Baches funkelten und glänzten. Sie sahen das Blau des Wassers. Sie sahen zwei dunkle große Steine. Sie sahen zwei schwarze Pupillen, die sie anstierten. Sie sahen Rot, eine rote Zunge, einen gewaltigen dunkelroten Rachen. Sie sahen Weiß, ein strahlend weißes Gebiss, spitze weiße Zähne. Das Schwarze, das Rote und das Weiße flogen auf sie zu. Sie wurden umschlungen von einer schimmernden grünen Haut, von einem monströsen Arm, von einem gigantischen Muskel, wurden gequetscht und zerquetscht.

Das Tier, die Königin des Flusses, die riesige Wasserschlange Anacon, begann zu reißen, zu zerren, zu schlucken, zu würgen.

Die Todgeweihten wurden gefressen, verschlungen und mitgenommen in die Tiefen des Wassers, den Bach hinab.

Alle Männer fielen der Königin des Flusses zum Opfer. Sie wurden ihr zum Dank für die Rettung Tales geopfert. Die Königin entschwand in den Sprudeln genauso schnell wie sie erschienen war.

Ranson verfolgte mit Entsetzen und weit aufgerissenen Augen das kurze Schreckensszenario.

Tome wollte diese Gelegenheit nutzen und sich losreißen. Doch Ranson hielt ihn weiterhin fest, hatte IHN im Griff!

Er hatte Ranson in seiner Beherrschtheit unterschätzt.

Ein unverzeihlicher Fehler!

Von einem Moment zum anderen wandte Ranson sich Tome zu, zog seinen blutrostbefleckten Metallstab aus dem Gurt und brüllte:

„Du Hund, das sollst du büßen! Dafür schlachte ich dich wie eine Sau!"

Er riss mit aller Wucht an der Halsleine und zerrte Tome auf sich zu, den stichbereiten Säbel in der wutgeballten Hand.

Tome stemmte sich mit seinen Füßen fest in die Erde. Verzweifelt versuchte er, sich der todbringenden Gefahr zu widersetzen.

Er hatte Ransons unmenschliche Kraft unterschätzt.

Der zweite unverzeihliche Fehler!

Wieder stand er Antlitz in Antlitz seinem Erzfeind gegenüber.

Wieder blickte er in diese grellgelben, flackernden Reptilaugen.

Die schmalen, purpurroten Linien, die die Augen umrandeten.

Die Todesfeuer flammten auf, loderten.

Brennendes Metall durchbohrte Tomes Leiste. Ein beißender Schmerz durchfuhr seinen Körper. Rein, raus! Ranson hatte zugestochen.

Tome fiel auf die Erde. Er wälzte sich, krümmte sich. Er blickte nach oben zu Ranson. Triumphierend stand dieser mit gespreizten Beinen über Tome und schwang seinen bluttriefenden Metallstab. *ENDE!*

„Ich gelobte, dir den Kopf abzuschlagen, wenn ich den besagten Schatz nicht erhalte! Nun Tome, so sei es! Dein Aquamarin ist.."
NEIN! Ranson kam nicht dazu seinen Satz zu beenden. Er kam nicht dazu, sein Todesschwert auf Tome niederzuschmettern. Zwei graue Blitze fuhren Ranson in den Rücken und schleuderten ihn zu Boden.
Der Metallstab entglitt seinen Händen. Er wurde gebissen und gekratzt. Er schlug wild um sich. Er wälzte sich, er krümmte sich vor Schmerzen. Er drehte sich auf den Rücken. Er blickte nach oben zu seinen Gegnern. Antlitz in Antlitz. Rangkor und Rangthor!
Seine Augen blitzen noch einmal grellgelb auf. Die gelben Blitze suchten die Augen seiner Überwinder, dessen war er sich gewiss. „Verflucht sollt ihr sein, ihr Höllenhunde! Der Geist des schwarzen Mannes soll über euch kommen!"
Die gelben Blitze trafen das Orange der beiden Wölfe.
Laut und schrill heulten sie auf. Dann bissen sie zu. Sie rissen ihm die Kehle auf, rissen ihm den Oberkörper auf, rissen ihm das Herz aus, rissen an Armen und Beinen, zerlegten seine schwarze Gestalt in Einzelteile, zerfleischten die dunkle Gestalt, fraßen das Böse vollständig auf. Das dunkelrote, fast schwarze Blut Ransons besudelte und verklebte ihr schimmerndes graues Fell.
Noch einmal heulten Rangkor und Rangthor auf.
Dies war das erste Mal, dass Wölfe einen Zweibeiner töteten.
Währenddessen waren Ayah, Mhingo und Sabia zu Tome geeilt. Gerade noch rechtzeitig waren die Gefährten eingetroffen.
Sabia nahm Tomes Kopf in ihre Arme und strich über seine Stirn.
Er öffnete seine Lider, seine blauen Augen glänzten, schwach sprach er leise und zart: „Sabia, mein Glücksstern in der dunklen Nacht. Sei du mein Sonnenschein am Morgen und ich will dein strahlender Tag sein."
Dann kippte sein Kopf zur Seite und er verlor das Bewusstsein. Blut schoss aus seiner verletzten Seite.
„Sabia drück hier mit den Gräsern fest auf die Wunde.
Ayah, Rangkor, Rangthor, packt mit an, wir müssen ihn sofort zu Ulme bringen!" rief Mhingo.
An Armen und Beinen schleiften sie ihn vorsichtig zu Ulme.
Der Abkömmling Yggdrasils neigte einen Ast und strich mit dessen Zweigen behutsam über Tomes Körper. Ein zweiter Ast senkte sich und ließ ein Blatt auf die verletzte Stelle gleiten. Ein dritter Ast kam nieder und seine Zweige hielten das Blatt fest auf die blutende Wunde gedrückt. Ein vierter Ast streckte sich und seine Zweige öffneten Tomes Mund. Ein fünfter Ast schließlich steckte einen frischen, grünen Austrieb dort hinein.
„Sabia, komm her und breche den dünnen Zweig in Tomes Mund auf.

Die Elixiere des Lebens, ein Teil meines Lebenssaftes, genährt vom Salz Tales, werden so in den Körper Tomes gelangen und ihm die rettende Heilung geben."

Sabia folgte den Anweisungen Ulmes.

Helle, weiß glänzende Flüssigkeit tropfte von der angebrochenen Stelle des Zweiges auf die Zunge Tomes und nässte sie.

Tome schluckte. Einmal, zweimal, mehrmals. *Gut so.*

Tome war gerettet.

Die schwarzen Männer waren weg.

Tale war gerettet.

KAPITEL 12
LEBENSLOS

Auf einer Bahre brachten die Gefährten den schlafenden Tome unter Mithilfe der Vrischikamakaris hinauf zur Heilsgrotte unterhalb des Thrones Oldolengos. Sabia lief dabei stets neben Tome her, hielt ihm seine Hand und streichelte ihn sanft über seine Stirn.

In der Grotte wurden sie von Ranggeyor und seiner Gattin Ranggaya empfangen. Al-gurab hotah hatte beiden zuvor von den Geschehnissen berichtet.

Man setzte den reglosen Tome in der Mitte der Höhle ab und entzündete zu seinen beiden Seiten zwei Fackeln.

Die Kristalle und Edelsteine in der Grotte begannen in allen Farben zu erstrahlen und warfen ihre bunten Lichter auf den erkrankten Körper.

Sabia saß weiterhin neben Tome und hielt seine Hand, während alle anderen sich stumm im Kreis um den Darniederliegenden aufstellten.

Ranggeyor und Ranggaya begannen Tome von Kopf bis Fuß zu erschnüffeln. Dabei wedelten sie unaufhaltsam mit ihren Schwänzen und ihr glänzend graues Fell kribbelte an seinem Körper entlang, berührte seinen Leib.

Ranggaya begab sich an Tomes Gesicht, an seine Nase und strich mit ihrer Zunge darüber. Dann ließ sie ihren Atem in seine Nasenlöcher frei. Tomes Brustkorb hob und senkte sich. Nun leckte Ranggeyor mit seiner rauen Zunge an Tomes Füßen und Beinen, an der geschlossenen Wunde, am Oberkörper, an den Händen, an den Armen, an den Schultern, am Gesicht, am Kopf.

Tomes Leib begann sich leicht zu schütteln, sich zu bewegen.

Ranggeyors Haupt mit seiner Schnauze war direkt vor Tomes Kopf. Er öffnete seinen gewaltigen Rachen, knurrte zuerst immer lauter werdend, brüllte dann los und heulte schließlich markerschütternd auf.

Tome zitterte, reckte ruckartig seinen Oberkörper hoch, hustete einmal kräftig und riss seine blauen Augen auf. Sie strahlten wie der blaue Aquamarin um seinen Hals.

Er war erwacht. Er war genesen.

„Höret nun, ihr Anwesenden, und verkündet dies allen Bewohnern Tales."
Feierlich, mit machtvoller Stimme setzte Ranggeyor zu seiner Rede an.

„Selbstlos und selbstaufopfernd hat sich dieser junge Zweibeiner, Tome, für das Leben seines Volkes, für das Leben der Wesen Tales und für das Leben Tales selbst hingegeben. Er hat sich sein Amulett, den blauen Aquamarin, in seinen Prüfungen verdientermaßen erworben. Und ihr habt ihn bereits einen neuen Namen gegeben, Wolkensohn. Und als solcher Sohn der Wolken will auch ich ihn annehmen. Er soll einer meiner verlängerten Arme von Tale werden, mein persönlicher Gefährte, genauso wie Yggdrasil einer ist. Zudem wird er der zukünftige Hüter und Bewahrer der Aquamarine, des Blaus und des klaren, sprudelnden Wassers sein.

Ein Hoch auf Tome, den Sohn der Wolken!"

Ein allgemeines Hurra erscholl.

Augen voller Freude erstrahlten bei diesen Worten.

Zwei Augenpaare jedoch blitzten gelb auf! Die von Rangkor und Rangthor!

Der Blitz Ransons hatte eingeschlagen. Das schwarze Virus hatte sie infiziert.

Der Geist von Neid, Besitz, Macht, Gier, Habsucht, Gewalt und Tod pflanzte sich unaufhaltsam wie ein Krebsgeschwür in ihren Seelen, in ihren Körpern fort. Der Fluch des schwarzen Mannes hatte sie in seinem Bann. Ihr Leben war verflucht. Sie waren lebenslos geworden.

Drei Vollmonde waren seit jenen Ereignissen vergangen.

Tome lebte mit seinem Volk in unmittelbarer Nähe der Vrischikamakaris unterhalb des Wasserfalls, der dem blauen Fluss das klare und sprudelnde Wasser schenkte.

Er, Bandu und andere Männer seines Stammes kontrollierten das blaue Wasser mit seinen Aquamarinen. Sie wanderten dann zu beiden Ufern flussabwärts und wieder zurück. Sie erteilten den Ottern und den anderen Bachwesen Anweisungen, sprachen und spaßten mit ihnen oder halfen ihnen in Schwierigkeiten und in Not.

Sabia war zu Tomes Frau geworden, seiner einzigen wahren.

Die Gefährten von damals besuchten ihn oft. Man feierte Feste, freute sich miteinander, lachte und tauschte Neuigkeiten aus.

Nur Rangkor und Rangthor zogen sich aus dieser Gemeinschaft immer mehr zurück. Kaum noch bekam man sie zu Gesicht oder waren sie gar zu Gast in Tomes Hütte. Und wenn, dann nur, um sich über Tomes und Sabias Tun und Handeln zu erkundigen oder mit Tome und anderen Zweibeinern wett zu eifern, wobei sie immer gereizter und übellauniger auftraten.

Aber auch ihr Äußeres hatte sich verändert.

Ihr Fell wurde zunehmend dunkler und struppiger, ihre Gestalt bulliger und furchteinflößend, was nicht zuletzt, an ihren offen zur Schau getragenen spitzen Eckzähnen lag, sondern auch an der Veränderung ihrer Augen und ihres Blickes. Das warme Orange war einem kalten Gelb gewichen, Vertrauen einem Misstrauen, Offenheit einer Verschlossenheit. Schließlich tuschelten sie nur noch verstohlen miteinander oder streiften einsam durch das Land.

So auch an jenem Tag, als Tome beschloss, die heilende Grotte zu besuchen, um dort dankbar für das Wohl seines Volkes zu beten. Und Sabia sich zur Hainbuche begeben wollte, um ihr ebenfalls Ehre und Dank zu erweisen. Tome schlug seinen Weg, den Berg hinauf, ein, Sabia den ihren gen Süden. Beide waren allein unterwegs.

Sabia hatte einen geflochtenen Korb mit einem Beutel Salz für die Hainbuche, und Beeren und Früchte für die Tiere der Lichtung als Geschenke dabei. Sabia lief über blühende Wiesen, vorbei an saftigen grünen Gräsern, unter Bäumen, deren Laub ihr den angenehmen Schatten spendete. Der Wind strich sanft durch ihre langen kastanienbraunen Haare. Die Vögel sangen fröhlich ihre Lieder und flogen am blauen Himmel über ihr. *Freude, Freiheit und Frieden begleiteten sie, die glückliche und lebensfrohe Sabia.*
Da knackte und raschelte es neben ihr.
Sofort schaute sie zum Gebüsch, aus dem eine vertraute Gestalt auf vier Pfoten auf sie zukam. *Rangthor!*
Doch diesmal war es nicht wie damals der heilbringende Holunderbusch, aus dem er erschien, sondern der wundbringende Dornenstrauch.
Wie lange hatte sie ihn schon nicht mehr gesehen. Wie hatte er sich verändert!
Ein leichter Schauer lief ihr über den Rücken.
„Was ist mit dir, Sabia? Wovon hast du dich so erschrocken? Hab keine Angst. Hast du mich denn nicht erkannt? Ich bin es, Rangthor, dein treuer Gefährte und Erretter." Säuselnd und schleimig kamen die Worte aus seinem triefenden Maul. „Wohin des Weges?"
„Zur Hainbuche, um ihr und den Tieren der Lichtung Ehre und Dank zu erweisen", antwortete Sabia.
„Ein schönes und achtenswertes Vorhaben. Aber wie ich sehe, bist du alleine und hast noch eine reichliche Strecke vor dir. Wie leicht kann man auf diesem unebenen, steinigen und wurzeligen Boden stolpern, hinfallen und sich verletzen. Und wenn dann keiner da ist, der einem hilft, kann es mitunter sehr gefährlich werden. Lass mich dich begleiten, dabei können wir uns wieder einmal so richtig aussprechen, was wir schon lange nicht mehr getan haben."
Eine unterhaltende Begleitung kann wirklich nicht schaden, dachte sie bei sich. Und außerdem war sie neugierig zu erfahren, warum sich die beiden Wölfe so verändert haben.
„Ein freundlicher Vorschlag von dir, Rangthor.
So wollen wir zu zweit zur Lichtung laufen."
Schon wollten sie losziehen, da ertönte ein Krächzen von einem Ast über ihnen.

„Hallo Sabia, schön dich zu sehen. Allerdings gefällt mir dein Begleiter bei weitem nicht so. Hallo Rangthor, zurück zu den Lebenden?"
Scharf musterte der weiße Rabe den dunkelgrauen Wolf mit den schwarzen Streifen.
„Hallo al-gurab hotah", begrüßte Sabia den Raben freundlich.
„Mach dir keine Sorgen. Rangthor begleitet mich zur Hainbuche und schenkt mir eine abwechslungsreiche Unterhaltung."
„Das freut mich sehr, aber …"
Al-gurab hotah wurde von Rangthor jäh unterbrochen.
„Hast du nicht gehört, was Sabia soeben gesagt hat?! Wir möchten weiter und unsere nette Unterhaltung fortsetzen. Lange haben wir uns nicht gesehen und haben uns viel zu erzählen. Ein Dritter stört dabei. Also schwing deine Flügel, heb ab und fliege weiter, du Krähe!"
Zornig über diesen barschen und beleidigenden Ton, wollte al-gurab hotah loskrakelen. Sabia lenkte jedoch ein. „Lass gut sein, al-gurab hotah. Fliege ins Dorf und gib Tome Bescheid, dass ich bis zur Nacht zurück sein werde. Mach dir keine Sorgen."
Aus Rücksicht auf Sabia flog der Rabe ins Dorf. Doch er machte sich Sorgen. *Ernsthafte. Rangthor machte alles andere als einen vertrauenerweckenden Eindruck. Und Sabia allein mit diesem Widerling. Warum wollte er den Raben nicht dabei haben? Was war denn so geheim, dass es kein anderer erfahren sollte? Woher diese absolute und heftige Ablehnung? Und wo war eigentlich Rangkor?*

Als al-gurab hotah im Dorf ankam, erfuhr er von den Zweibeinern, dass Tome alleine zur Heilsgrotte aufgebrochen war. Allerdings erfuhr er auch, dass man ihn zuletzt beim Einstieg durch den Wasserfall in Begleitung eines dunklen Wolfes, vermutlich Rangkor, gesichtet hatte.
Sabia und Tome, beide alleine unterwegs. Und beide plötzlich in Begleitung der Wolsbrüder. Da stimmt etwas ganz und gar nicht.
Nun machte sich al-gurab hotah ernsthafte Sorgen um die beiden. Er hatte regelrecht Angst um sie. Er rief nach Ayah und Mhingo, die sich zufällig im Dorf befanden und schilderte ihnen seine Bedenken.
„Das ist kein Zufall!" sprach Mhingo ernst und bestimmt.
„Ayah, du nimmst dir zwei Vrischikamakaris mit Speeren und jagst so schnell du kannst Sabia und Rangthor nach. Ich nehme Bandu und al-gurab hotah und eile den Berg hoch. Los, wir haben keine Zeit! Sabia und Tome sind in Gefahr!"

Bald schon waren sie an der Lichtung angelangt. Nur noch durch den dunklen Wald.

Da blieb Rangthor stehen und fragte Sabia scheinbar neugierig:
„Sabia, du edle Gattin des so hochgeschätzten Wolkensohns, zeig mir doch, was du für Geschenke in deinem Korb hast."
Sabia stellte den Korb am Waldboden ab, so dass Rangthor besser hineinsehen konnte, und kniete sich dazu nieder.
„Bestimmt erntest du dafür wieder reichlich Dank, wie es bei dir und deinem Gatten, diesem Emporkömmling und Dieb unseres Reviers ja immer üblich ist." Rangthors Ton hatte sich deutlich verändert. Er wurde scharf und bedrohlich. Sabia zuckte zusammen.
„Doch jetzt ist genug mit eurer Herrschaft!
Rangkor und ich sind die einzigen Herren des gesamten Reviers unterhalb des Oldolengos. Wir sind die alleinigen Anwärter auf den Thron Tales. Und wir werden bald die einzigen Herren über ganz Tale sein. Aber eure, deine, die deines Gatten und die Zeit eurer Gefährten ist vorbei. Nach und nach werdet ihr vernichtet werden. Nur noch wir allein, Rangkor und ich, werden Tale führen und regieren.
Und jetzt sag Tale Lebewohl. Das Los hat es gut mit dir gemeint. Du solltest das erste unserer Siegesopfer werden."
Voller Hohn und Mordlust lachte er auf. Weißer Schaum trat aus seinem Maul und tropfte auf die Erde. Weit riss er seinen Rachen auf und entblößte seine langen, spitzen Zähne. Die Augen wurden zu gelben Schlitzen, deren grelle Strahlen Sabia blendeten.
Dann sprang er ihr an die Gurgel, riss und biss hinein.
Sabia wollte noch ihre Arme schützend vor ihr Gesicht legen. Zu spät.
Das Blut spritzte aus ihrer Kehle und besprengte ihren Hals und ihr entsetztes, starres Gesicht.
Rangthor stieß einen entsetzlichen, langgezogenen, heulenden Donnerton aus, der bis zu den Bergen zu hören war.
„Oh Rangthor, du verfluchte Bestie, was hast du nur verbrochen!" schrie voller Entsetzen der mit den beiden Vrischikamakaris angehetzte Ayah.
Er und seine Helfer blieben erstarrt vor dem blutigen Opfer und dem dunklen Täter mit dem rotverschmierten Maul stehen.
„Ha, da kommt ja schon eine unserer nächsten Lebensbeuten mit zwei Zugaben. Du warst zwar noch nicht an der Reihe, Ayah, aber das kommt davon, wenn man sich vordrängelt, du dummer Esel!"
Erneut zeigte Rangthor seine blutgetränkten gewaltigen Zähne und sprang Ayah an.
Doch er hatte nicht mit der Wendigkeit des Esels gerechnet, und nicht mit der Macht seiner Hufe.

Ayah stellte sich leicht auf die Vorderbeine, drehte sich blitzschnell und schlug dem angeflogenen Rangthor seine Hinterhufe mit all seinen Kräften wuchtig gegen den Kopf. Dieser wurde zur Erde geschleudert, überschlug sich noch ein paar Mal und blieb regungslos im aufgewirbelten Staub liegen.
Eilig liefen Ayah und die Vrischikamakaris zu Sabia. Doch ein Blick genügte, um zu erkennen, dass es zu spät war. Das Leben hatte sich von Sabia losgesagt.

Währenddessen hatten Tome und Rangkor das Plateau vor der Grotte erreicht.
Rangkor schritt zum Felsenrand vor, schaute hinab ins Tal zum blauen Fluss und blickte über die Wälder in die Ferne.
„Welch´ ein Ausblick, was Tome?! Komm her an meine Seite. Sage mir, was für ein Gefühl es ist, Herrscher über diese Reviere zu sein."
Tome stellte sich neben Rangkor.
„Du irrst Rangkor, ich bin nicht der Herrscher über all diese wunderbaren Gebiete. Ich bin lediglich der Bewahrer und Hüter eines Reviers, und zwar des sprudelnden, klaren Wassers mit seinen blauen Aquamarinen. Nicht mehr und nicht weniger. Und so soll es auch bleiben."
Während Tome sprach und er dabei seine Augen kreisen ließ, zog sich Rangkor unmerklich etwas hinter den Wolkensohn zurück.
Da ertönte von weit her ein heulender Donner.
„Hast du diesen Laut auch vernommen, Rangkor? Er kam aus der Richtung der Lichtung, zu der Sabia wollte. Was dies nur zu bedeuten hat?!"
„Das ist der Siegesruf eurer Thronfolger, von Rangthor und mir.
Der Siegesruf über Sabia und dir, du elender Zweibeiner!"
Schon wollte Rangkor Tome vom Plateau hinab in die Tiefe stoßen, da bohrten sich lange scharfe Krallen in sein Fell, in seinen Rücken und zerrten ihn weg von Tome. Ein kräftiger Arm packte ihn am Hals, würgte ihn und drehte den Wolf auf den Rücken. Ein zweiter Arm klemmte sein Maul und seine Schnauze zusammen.
Mhingo sprang mit ausgefahrenen Krallen auf den Bauch Rangkors, so dass sich diese leicht einbohrten und blutende Risse hinterließen. Dann setzte der Luchs seine Reißzähne an die Kehle des bösen Wolfes und fletschte:
„Noch eine Bewegung, Rangkor, und ich beiß zu. Halt ihn weiterhin gut fest, Bandu. Du kannst jetzt herfliegen, al-gurab hotah, und ihn knebeln."
Tome wusste nicht wie ihm geschah. Völlig konsterniert hatte er die Szene verfolgt. „Bandu, Mhingo, al-gurab hotah, ihr hier!? Was soll das alles? Was ist geschehen?"
Nun erinnerte sich Tome an das, was Rangkor über Sabia erwähnt hatte, und an den fernen Donner, der aus ihrer Richtung ertönte.

„Was ist mit Sabia? Geht es ihr gut? Wo ist sie?"
Nachdem Rangkor sicher und fest verschnürt worden ist, berichteten sie Tome. Kurze Zeit später trafen noch einige andere Zweibeiner ein und nahmen den geknebelten Verräter in Gewahrsam. Mit ihnen und seinen treuen Gefährten stieg Tome wieder bergab hinunter zum Dorf, wo er voller Sehnsucht, Sorge und Ungeduld auf die Rückkehr Ayahs mit Sabia wartete.

Endlich kam Ayah schwerfällig herangetrabt. Ungewöhnlich schleppend war sein Gang und sein Haupt war gesenkt. Quer über seinen Rücken lag eine Gestalt. Eine andere lag auf einer geflochtenen Bahre, die er hinter sich her zog. Daneben liefen die zwei Vrischikamakaris mit nach unten gerichteten Speeren, hängenden Schultern und gebeugten Köpfen.
Tome konnte sich nicht mehr beherrschen und stürmte den Ankömmlingen entgegen.
„Sabia, Sabia!" schrie er immer wieder verzweifelt aus und rannte zur Bahre. Schnell hatte er erkannt, dass die dunkle Gestalt auf Ayahs Rücken der gefesselte Rangthor war. Somit konnte die andere auf der Bahre liegende Gestalt nur seine alles geliebte Sabia sein.
Dann sah er sie. Friedlich mit geschlossenen Lidern auf der Bahre ruhen.
Die Vrischikamakaris hatten sie vorher vom Blut gesäubert und ihr ein großes grünes Blatt um die offene Kehle gelegt. Tome sollte sie rein und im Guten sehen und das Bild der frohen und glücklichen Sabia im Herzen behalten.
Er fiel vor sie, auf sie nieder, drückte sie an sich, weinte, heulte, schrie.
Trübes Wasser rann aus seinen blassblauen Augen.
Der Aquamarin an seiner Brust färbte sich dunkel.
Losgelöst hatte sich sein Leben von seiner Liebe.

Am nächsten Tag setzte man Sabia bei.
Man trug sie zur Hainbuche, zu jenem Ort, wo sie stets gerne und in Dankbarkeit verweilte.
Hier versammelten sich Tomes Volk, seine treuen Gefährten und die Vrischikamakaris und gaben Sabia in Andacht und Dank ihr letztes Geleit.
Ein letztes Mal hielt Tome seine Sabia in den Armen. Ein letztes Mal küsste er sie auf die Stirn. Ein letztes Mal rieb er seine Nase an die ihrige. Ein letztes Mal fielen seine Tränentropfen auf ihre geschlossenen Lider.
Ein letztes Mal sagte er: „Ay, meine Liebe, mein Leben, bis bald, wenn nicht heute, dann morgen oder übermorgen."
Dann legte er sie behutsam in ihre Ruhestätte, direkt unterhalb der Hainbuche, und bedeckte ihr Grab mit der Erde und dem Salz Tales.
Ein leichter Nordwind kam auf und mit ihm erklangen die Lieder Tales.

Voller Hoffnung und Zuversicht, voller Leben und Liebe, voller Freude, Freiheit und Frieden. Das Laubwerk der Hainbuche begann sich mit seinen Ästen und Zweigen zu bewegen, zu tanzen. Der Stamm erstrahlte von innen heraus. Die Hainbuche nahm das Salz Tales, und mit dem Salz Sabia auf. Die Hainbuche und Sabia vereinten sich. Es wurde wieder hell auf der Lichtung. Ein neuer Tag brach an. Licht in einem neuen Glanz.

Nach sieben Monden der Ruhe und Besinnung hielt man Gericht über Rangkor und Rangthor. Mittlerweile hatte sich deren Fell schwarz gefärbt. Ranggeyor und Ranggaya stiegen herab von ihrem Thron und kamen ins Dorf. Ranggeyor eröffnete den Prozess.
„Volk Tales, ich bin hier um Gericht über meine einstigen Söhne zu halten. Über ihren ungeheuren Verrat an meinem Volk, an euch, an dich, Tome. Und über ihre Freveltat an Sabia, der Frau des Wolkensohns.
Ihr wisst, meine Brüder und Schwestern, dass wir hier auf Tale Gewalt verachten. Doch ihr wisst auch, wenn das Leben Tales oder seiner Wesen bedroht wird, in Gefahr gerät und keine andere Möglichkeit gegeben ist, dass es dann gilt, Auge um Auge, Zahn um Zahn.
Und somit haben diese beiden Abtrünnigen den Tod verdient, auch, wenn es sich hierbei um meine Söhne handelt. Hebt nun eure Hände und sprecht so das Urteil, wenn der Tod das Urteil für die beiden ist!"
Da trat Tome vor und sprach mit beherrschter Stimme zu Ranggeyor und zur Menge: „Hört mich an! Auch, wenn es mir schwer fällt, dies zu sagen, und mein Herz gebrochen ist und trauert: Sabia ist nicht tot! Sie ist von der Hainbuche aufgenommen worden und ihr Geist und ihre Seele leben in ihr weiter. Der Tod dieser beiden kranken und verfluchten Kreaturen, die einst unsere Freunde waren, bringt Sabia auch nicht hierher zu uns Zweibeinern, zu mir zurück. Habt Gnade vor Recht, zeigt euch als echte Wesen Tales. Lasst den beiden Verdammten ihr jämmerliches Leben und sprecht ein anderes, jedoch gerechtes Urteil!"
Die Menge raunte anerkennend ob dieser erstaunlichen Worte. Und auch Ranggeyor zeigte sich sichtlich beeindruckt hiervon.
Gebieterisch erhob er seine Stimme und verkündete laut:
„Wahrhaftig hast du gesprochen, Sohn der Wolken, wahrhaftig soll mein Urteilspruch sein. Gefallen seid ihr, ihr meine ehemaligen Söhne und jetzigen Missetäter. Gefallen seid ihr vom Berg, vom Himmelsthron. Gefallen in die tiefsten Abgründe, gefallen in die Hölle. Und als Höllenhunde sollt ihr euer Leben führen. Verstoßen sollt ihr sein aus meinem Clan, aus meiner Familie. Ich und Ranggaya haben keine Söhne mehr! VERSTOSSEN aus eurem kranken Geist sollen eure ERINNERUNGEN an euer bisheriges Leben sein.

Orientierungslos umherirrend und von jedem Wesen gemieden sollt ihr euer Leben auf Tale führen. Man soll euch nur noch als die beiden schwarzen Zwillingsbrüder, Rangkor und Rangthor, die Höllenhunde, kennen und fürchten! Doch solltet ihr noch einmal einem wahrhaften Ort dieses Landes, einem Gefährten oder einem anderen wahrhaften Wesens Tales Leid antun, so soll Auge um Auge, Zahn um Zahn gelten, und zwar bedingungslos! Das Urteil ist VOLLZOGEN! Und jetzt weg mit dieser Schande für das Land und für meinen Clan! Schafft sie weit in den Süden und setzt sie dort aus! Soll das Los des Lebens über ihr weiteres Schicksal entscheiden."

Fünf Jahreswenden nach diesen Ereignissen trauerte Tome noch immer. Zu sehr war sein Herz gebrochen und zu sehr brannte immer noch die Wunde des blutrostigen Metallstabes in seinem Innern. Sein körperlicher Verfall wurde zusehends schlimmer. Längst schon erfüllte sein alter Freund Bandu einen Großteil der Aufgaben von Tome.
Eines Tages verschwand Tome heimlich aus dem Dorf, um noch einmal eine letzte Reise zu unternehmen. Ein letztes Mal wollte er nochmals vor den Thron Ranggeyors treten, um abzudanken. Längst schon war er des Lebens eines Zweibeiners überdrüssig. Schweren Schrittes durchwanderte er das Tor im Wasserfall. Ein letztes Mal blickte er im Vollmond hinab vom Plateau über dieses wunderbare Land. Ein letztes Mal betrachtete er die funkelnden Sterne am dunkelblauen Nachthimmel. Ein letztes Mal betrat er die Heilsgrotte mit ihren blinkenden bunten Edelsteinen. Ein letztes Mal entlang durch den silbern schimmernden Gang, der in zum weißen Feld Oldolengos führte, wo Feuer so klar ist wie sprudelndes Wasser, und wenn es erlischt, es wirkt wie kristallener Schnee. Ein letztes Mal hindurch durch die Wolkenkette und hinein in die helle goldene Halle. Ein letztes Mal trat er vor den Thron, trat vor Ranggeyor und Ranggaya.
„Eine letzte Bitte, bevor ich abdanke, ihr gütigen Herrscher Tales.
Eins will ich werden mit den Töchtern und Söhnen Yggdrasils.
Im Winde will ich mit Sabia singen und unser Laub soll unser Sender sein.
Im Frühjahr sollen sich unsere Blüten begegnen und unsere Samen sollen zusammen davonfliegen und in die Welt ziehen. Gemeinsam, doch jeder in seinem Revier, wollen wir alt und stark werden. Jeder von uns soll den Freiraum haben, den er benötigt, um prächtig und gesund zu gedeihen.
Keiner soll dem anderen die Sonne nehmen, die Elixiere des Lebens, das Salz Tales. Dies gewährt mir. Ich lege mein Leben, meine Liebe in eure Hände."
„Deine Bitte sei dir gewährt, Tome, Sohn der Wolken. Ich nehme dir den blauen Aquamarin von deinem Hals und erlöse dich hiermit von deinem

bisherigen Leben als Zweibeiner. Mögest du bei Yggdrasil mit Wohlgefallen aufgenommen werden."
Tome sank vor Ranggeyor und Ranggaya nieder und gab sein Leben hin.
Danach brachte man den entschlafenen Tome in sein Dorf zurück.

Zwei Monde später fand Tomes Begräbnis statt. Man begrub ihn zu Füße seines einstigen Beraters und Helfers, Ulme. Und man bedeckte sein Grab ebenso mit der Erde und dem Salz Tales. Und Ulme nahm Tome dankbar auf, an der Blauen Lagune am klaren sprudelnden Bach.

Kurz nach Tomes Begräbnis bat Bandu um Anhörung bei Ranggeyor und Ranggaya.
„Auch wir verbliebenen Brüder und Schwestern vom Volk Tomes haben beschlossen, seinem Beispiel zu folgen und uns vom Leben als Zweibeiner zu lösen. Allerdings wollen wir in seinem Vermächtnis und im Sinne Tales weiterhin als Bewahrer und Hüter des klaren blauen Wassers und seiner Aquamarine tätig sein. Daher wollen wir gerne dem Otterclan beitreten und ein Leben am blauen Fluss führen."
Ranggaya musste bei dieser rührenden Bitte leicht schmunzeln, stupste ihren Gatten an und nickte ihm kurz zu.
„Nun denn, wenn ihr es so wollt. Ich hoffe nur, die Vrischikamakaris bleiben uns erhalten. Geht beim nächsten Vollmond in den Fluss und jeder von euch soll einen kleinen blauen Aquamarin schlucken und euer Wunsch geht in Erfüllung. Und von nun an soll dein Name McCarpfen lauten. Du sollst mit deinem Otterclan solange über das Wasser und die Aquamarine wachen, bis ein neuer Bewahrer und Hüter des Reviers eintrifft, der wiederkehrende Sohn der Wolken. Und irgendwann wirst du in sein Gesicht schauen, seinen Geist erkennen, deinen Freund Tome."

Frühjahr.
Die Blätter der Hainbuche und von Ulme erstrahlten im satten Grün.
Leichter Nordwind kam auf.
Die Kronen beider Bäume neigten sich hin und her.
Die Zweige der Bäume begannen mit ihrem Gesang.
Bienen summten um Hainbuche und Ulme.
Die Blüten begegneten sich. Die Samen flogen auf und davon.
Gemeinsam zogen sie los in ein neues Leben, in eine andere Welt.

Ende Teil 4

TEIL 5
„POLLEX"

KAPITEL 1
WELTENFLIEGER

Bis zum frühen Nachmittag hatte al-gurab hotahs Erzählung gedauert. Gebannt lauschten Gold und Silver der Geschichte. Selbst nach ihrem Ende saßen sie noch eine ganze Weile stumm da und sannen vor sich hin. Zu beeindruckt waren sie vom eben Gehörten.

„Aber al-gurab", brach der Otter das Schweigen. „Das heißt aber nicht, dass Irdina und ich zu Sabia und Tome wurden und sind?"

„Nein, meine Lieben", antwortete der Rabe mit mildem verständnisvollem Lächeln. „Aber ihr habt deren Geist empfangen, und somit auch einen Teil ihres Lebens. Deshalb handeltest du, O´Connor, damals auch so in der Art und Weise wie es Tome gemacht hätte. Deshalb wurdest du auch von mir als der Sohn der Wolken bezeichnet. Denn mit deiner Bestimmung zum Bewahrer und Hüter deines Reviers, des sprudelnden Wassers und der Aquamarine, hast du die Nachfolge Tomes angetreten.

Und du, Irdina, du gibst nicht nur Frieden, sondern du gibst auch Glück und Frohsinn, und das sieht man auch deinem Äußeren an. Nicht umsonst hat dich anscheinend mein Freund als Gold bezeichnet. Du wirst von nun an die Hainbuche als Bewahrerin und Hüterin ihres Revieres, der Lichtung, unterstützen.

Ebenso wirst du Mittlerin zwischen ihr und Oldolengo sein, und zwischen anderen wahrhaften Stätten und Revieren Tales. So wie ich es tue, dein Vater."

Wieder umschlungen sich Tochter und Vater innig und voller Dankbarkeit. Durch diese Aufgabe blieben beide in ständigem Kontakt, konnten sich oft sehen, und Gold konnte weiterhin in ihrem Revier bei ihren Freunden und der Hainbuche bleiben.

Die Harmonie, der Gleichklang, der Kreislauf der Dinge nahm seinen Lauf.

„Doch welche Gefahr droht uns, droht Tale?" wollte nun Silver endlich wissen.

„War es der Sturm, dessen Donner weit hörbar erklangen und dessen Blitze nachts in der Ferne vereinzelt zu sehen waren? Der wurde wohl doch erfolgreich abgewehrt?!"

„Der Orkan aus dem Westen, der weit im Süden Tales an die Küste ging und bis zur Lichtung vordrang, wurde erfolgreich abgewehrt, das ist wahr."

„Bis zur Lichtung!?" erschrocken fuhr Irdina auf.

„Wie geht es meiner Freundin? Ist sie wohlauf?"

„Deiner Freundin, der Hainbuche, geht es gut, ebenso wie der Lichtung selbst und den anderen Wesen, die in diesem Revier leben. Mach dir keine Sorgen.

Doch dieser Sturm war nur der Vorbote, ein schwarzes Omen einer weit größeren Bedrohung für Tale, für das Leben, für die Welt selbst.
Und deshalb stelle ich euch nun einen Helfer aus der neuen Welt vor. Er wird von uns Aviator genannt. Er ist Flieger zwischen den Welten und ist vor einiger Zeit vom Himmel an Seilen und an einem großen Tuch zu uns herabgetragen worden. Er ist gekommen, uns zu warnen, und mit uns gemeinsam Tale und die Welt vor der Bedrohung zu erretten."
Von der Grotte her kam ein Zweibeiner auf sie zu. Er trug dunkelbraune knöchelhohe Lederstiefel, eine khakifarbene Hose und ein Hemd in der gleichen Farbe. Er war von mittlerer Größe, schlank und muskulös. Er hatte kurzes dunkelblondes Haar und bernsteinfarbene Augen mit einem leichten Blauton. Sein Auftreten war freundlich und offen.
Er sprach Gold und Silver unverblümt an:
„Guten Tag ihr beiden. Die Vrischikamakaris und die Behüter Oldolengos nennen mich Aviator. In der neuen, modernen Welt, in meiner Welt, aus der ich komme, heiße ich Leon da Capo."
Er ging in die Hocke und reichte Gold und Silver zur Begrüßung seine Hand.
So was hatten die Eule und vor allem der Otter bei einem Zweibeiner noch nicht erlebt. Völlig baff blickten sie kurz zu Leon hoch, sahen sich dann wieder gegenseitig an, nickten einvernehmlich und reichten ihm Flügel und Pfote.
Das Vertrauen war sofort da.
„Ich sehe, ihr versteht euch auf Anhieb. Gut so." sprach der Rabe zufrieden.
Und nun muss ich dir, Irdina, und dir, O´Connor, einiges über die Bedeutung dieses Zweibeiners, seiner Freunde und Tale für den anstehenden Kampf gegen das drohende Unheil erklären.
Wie ihr wisst, stehen wir mittels der Weltenflieger, den Zugvögeln, ständig in Verbindung mit der neuen Welt und wissen daher sehr gut über deren Fortschritt Bescheid."
Al-gurab hotah schilderte Gold und Silver die Entwicklung dieser neuen Welt seit dem letzten sogenannten Großen Krieg. Er erzählte ihnen von den Menschen, von den Maschinen, von der Ausbeutung der Erde. Er erzählte von den Nöten und Sehnsüchten. Er erzählte ihnen vom Virus der Macht, der Habgier, der Maßlosigkeit und der Perversionen. Er erzählte ihnen von der Organisation C.F.D. und von Randolf, der absoluten Gefahr. Das Böse, das die Existenz des Guten, die wahrhaften Länder und Gebiete, Tale, die Welt und letztendlich das Leben an sich reißen und vernichten will. Am Ende erzählte er ihnen aber auch von FFF, diesem geheimen Hilfsverbund.
„Und wir sahen den aufgegangenen Samen von Hainbuche und Ulme.
Doch wie sollten wir, die Wesen Tales, mit FFF Verbindung aufnehmen?
Das war bis vor einiger Zeit noch unser Kernproblem.

Aber dank unserer Weltenflieger, die uns genauestens über die Gewohnheiten der Helfer von FFF informierten, und dank einer bahnbrechenden Entdeckung in der Kommunikationstechnologie - so wird das Mitteln unter Mithilfe von Maschinen in der neuen, modernen Welt bezeichnet -, fanden wir die Lösung."

Woher hat al-gurab hotah all dieses Wissen und die Worte her, fragten sich Gold und Silver.

„Erstens werden wir, wie ich bereits erwähnte, von den Weltenfliegern über den Fortschritt bestens informiert, und zweitens brachte uns der Aviator in der Zeit nach seiner Landung das Notwendigste bei. Doch zurück zu meinen Erklärungen", fuhr der Rabe fort. „Also, wir sandten Mobs, den Wal, und Flips, den Delfin aus. Wir hatten nämlich herausgefunden, dass einige Helfer von FFF zu Rettern gestrandeter Meereswesen geworden sind. Und wir wussten, dass sich unter diesen Rettern einige Weise und Gelehrte befanden, die den Gesang der Wale und Delfine studierten. So ließen sich also Mobs und Flips an den Strand treiben und wurden prompt gerettet. Und dafür sangen sie FFF ein Dankeslied. Und FFF verstand! Im Laufe der kommenden Sonnenwenden tauschten wir dann immer mehr Informationen miteinander aus und kamen letztendlich auch mit den Machern von FFF in Kontakt. Beiden Seiten, den Bewahrern und Behütern der neuen und der mystischen Welt, war das Ausmaß der Gefahr von C.F.D. für das Leben gleichermaßen bewusst. Wir mussten und müssen das Böse mit der modernen Technik UND mit der Mystik bekämpfen! Und wir müssen das Böse bei seiner Hauptschlagader treffen – Randolf!

Gemeinsam entwickelten wir den Plan, Randolf, abgetrennt von einem Großteil seiner Gefolgsleute, hierher zu locken, um ihn dann auf Tale endgültig unschädlich zu machen.

Somit war aber auch die große Schar der C.F.D.-Gefolgschaft in der neuen Welt losgelöst von ihrem Führer und entscheidend geschwächt und konnte besser attackiert werden.

Und eins schon vorab: Einen Teilsieg über die C.F.D., über die Bedrohung, haben wir in der neuen Welt bereits erzielt. Nun muss der finale Sieg über das Böse auf Tale erfolgen!

Und dabei, genauso wie sie es beim ersten Teilsieg in der neuen Welt getan haben, werden sie uns hier auf Tale unterstützen, die Macher von FFF namens Barseba und Alain, und der Aviator."

„So ist es", fuhr Leon fort. „Schon vor langer Zeit wurde ich als Fotograf und Pilot – ihr würdet dazu Bildermacher und Flieger sagen – in das Netzwerk von C.F.D. eingeschleust.

Ich zeigte mich von deren Ideen überzeugt und spielte vor, an der Entdeckung neuer Ressourcen und am damit verbundenen Reichtum teilhaben zu wollen, indem ich mich als fliegender Späher bewarb. Schließlich waren sie von mir vollends überzeugt und nahmen mich in ihrem Bund auf.

Als Zeichen der Verbundenheit bekam ich ihr Runenzeichen am rechten Oberarm eingeritzt, bei uns sagt man tätowiert. Ich bekam von ihnen diese Kleidung, ihre Uniform, und ich bekam meine erste Aufgabe als Späher.

Ich sollte Neuland, möglichst in Form einer Insel, mit genügend Vorkommen zur Ausbeutung ausfindig machen. Dazu überließen sie mir ein kleines einmotoriges Flugzeug, einen stählernen Vogel, das ich alleine lenken durfte. Und sie gaben mir eine Kamera, eine Bildermachmaschine, mit Direktkontakt zu C.F.D..

Dies war die Gelegenheit für uns! Wir stimmten uns gegenseitig ab. Sodann flog ich mit der Maschine über Tale, machte einige beeindruckende Bilder und sendete diese mit den entsprechenden verlockenden Hinweisen über die Insel direkt zu Randolf. Danach sprang ich aus der Maschine, ließ diese ins Meer abstürzen und mich vom Himmel hier zum Fuße des Berges hinuntergleiten. Dort wurde ich dann auch schon von den sogenannten Behütern und Bewahrern freudig empfangen."

Nun schilderte Leon, wie sich die Macher von FFF die Gunst Randolfs erwarben und sich die Nähe zu ihm verschafften.

Er schilderte das Ereignis mit der mail, die von Alain ausgesandt wurde, und wie dadurch der erste Teilsieg erzielt wurde.

Dann zeigte der Aviator eine kleine rechteckige Maschine, in die man sprechen konnte, die leuchtete und summte, und womit man Signale zu anderen Empfängern schicken konnte. Womit Sender und Empfänger immer Informationen austauschen konnten.

Ein weiteres Mittlerding der neuen, modernen Welt!

Mit diesem wollte man in ständigem Kontakt mit Barseba und Alain bleiben. Und es sollte ihnen den Weg zur Lichtung und zur Blauen Lagune zeigen, wo man die Bedrohung erwarten, nach und nach schwächen und vernichten wollte. Es sollten in etwa die gleichen „Empfänge" für das Böse erfolgen wie damals zu Zeiten Tomes und O´Connors.

„Und was machen wir nun?" fragte Silver den weisen Raben.

„Du, O´Connor, wirst mit Aviator zur Blauen Lagune, zu Ulme und McCarpfen zurückkehren, um dort mit deinen Revierhelfern das Gebiet wie damals zu wandeln. Ebenso wird euch wieder das Heer von al-gurab hotah mit seinen Flug- und Bodentruppen beistehen. Sobald ihr das Signal von Barseba und Alain erhaltet, werdet ihr unserem Inselwächter die Freigesänge mit dem

Muschelhorn und mit Ulmes Hilfe senden, damit das grüne Metallschiff
geentert und vernichtet wird.
Irdina und ich werden zur Lichtung, zur Hainbuche eilen. Dort werden wir die
bereits vorausgeschickten Vrischikamakaris treffen, um uns mit ihnen auf das
Nahen der Bedrohung vorzubereiten."
„Aber um an die Orte zu gelangen und um dort alle Vorkehrungen zu treffen,
benötigen wir bestimmt fünf, bestenfalls vier Mondwenden." entgegnete
Silver. „Und ob wir diese Zeit haben, ist fraglich."
„Allerdings", mischte sich Leon ein, „mehr als fraglich. Kurz vorher erhielt ich
die Nachricht von Barseba und Alain, dass sie gelandet seien. Aber dies an sich
wäre nicht das Problem. Wären sie zu Fuß unterwegs, Tale zu erkunden,
hätten wir den Zeitfaktor auf unserer Seite. Jedoch wurden mit den Menschen
und dem Gepäck auch drei Jeeps an Land gebracht. Mit diesen Maschinen
kann sich die Gruppe rasend schnell von einem Ort zum anderen bewegen.
Und das Risiko, dass Barseba und Alain dabei erwischt werden, indem sie
diese Maschinen unbrauchbar machen, ist zu hoch."
„Wie macht man solche Maschinen unbrauchbar?" wollte Silver wissen.
Leon erklärte kurz die Funktionsweise von Jeeps bzw. Autos.
„So, so, adergleiche Verbindungen wie Stricke, Schnüre aus Kautschuk oder
lederähnlichen Materialien, die die nötigen Impulse weiterleiten", dachte der
Otter laut nach. „Die müssen wir auseinandertrennen. Das wär´s. Das wäre
der richtige Zeitvertreib für unsere Nagerfreunde!"
Al-gurab hotah schaute zu Silver, dessen Augen aufleuchteten.
Da war er wieder, der Sohn der Wolken.
„Natürlich, Nager!" Leon schlug sich die Hand an die Stirn.
„Sagt, gibt es auf Tale auch Marder?"
„Allerdings, doch sie sind mit Vorsicht zu behandeln", antwortete der Rabe
etwas mürrisch.
„Was soll´s. Diese Tiere fallen in der modernen Welt immer wieder bei Nacht
über unsere Autos her und machen diese absolut unbrauchbar. Sie können
mit ihren scharfen Zähnen jede Leitung durchbeißen und gelangen mit ihren
geschmeidigen Körpern überall innerhalb der Maschine hin. Nichts kann sie
davon abhalten. Und das Beste daran, an diesem Nagerspiel haben sie ihren
größten Spaß. Wir müssen die Marder für uns als Helfer gewinnen."
„Du hast Recht, Aviator", stimmte Silver bei. „Wenn es um die Existenz Tales,
um die Existenz des Lebens geht, müssen wir alle zusammenhalten!"
„Gut, meine Freunde", willigte der weiße Rabe ein, „so lassen wir Oldolengo
seinen Gesang an der Küste hören!"
Al-gurab hotah breite seine Schwingen aus und wedelte dreimal den zwei
Vrischikamakaris am Eingang der Grotte zu.

Da nahm der eine von ihnen sein Muschelhorn, das er an der Hüfte trug, hielt es in die Höhle und stieß dreimal kurz hinein.

Die Töne wurden lauter und lauter. Sie wurden durch den Grottengang hinaufgetragen, hinauf durch die Wolkenkette, hinauf zum Thron Oldolengos. Wenig später kam Nordwind auf, und mit ihm erklangen Gesänge, Töne, Laute. Und die Gesänge, Töne und Laute wurden brausend in den Süden geschickt, wo sich die Marder schon auf die willkommene Abwechslung freuten.

„Damit wäre das eine Zeitproblem gelöst" nickte al-gurab hotah und fügte schmunzelnd hinzu: „Und jetzt zeige ich euch die Lösung des anderen Zeitproblems. Denn auch wir verfügen über die Möglichkeit, uns rasend schnell von einem zu einem anderen Ort zu bewegen. Wir besitzen zwar keine Maschinen, aber wir haben unsere altbewährten Helfer Ayah und Mhingo! So aufgesessen und ab zu unseren Zielen, Aufbruch!"

Und wieder musste Ayah einen Zweibeiner tragen, allerdings diesmal in Begleitung des Sohnes der Wolken.

KAPITEL 2
RANGKOR

Gelbe Blitze. Schwarzer Mann.
Gestrandet in der schwarzen Bucht Tales, inmitten von Hitze, dunklem Gestein und Treibmüll.
Wasser geschluckt, klares, reines, sprudelndes Wasser.
Die Lungen dem Bersten nah.
Aufgetaucht, eingeatmet, abgetaucht. Ertrunken.
Fortgerissen von der Strömung.
Gefallen in das Blau, in das sprudelnde Wasser.
Rot vor den Augen. Schmerzen. Blindheit.
Kampf mit dem Otter und der Eule.
Rache gefunden.
Umherirren.
Raus aus dem Gefängnis.
Eisschmelze. Hitzewelle. Knall.
Kaltes Verlies. Hass und Einsamkeit. Verbannt.
Brennen, verbrennen.
Das Salz Tales.
Der weiße Rabe und O´Connor, der Otter.
Ulme und Aquamarin.
Vernichteter Bruder, toter Rangthor.
Gefecht im Nebel. Zweibeiner, die ich führe.
Edelsteine.
Getötetes Otterweib, Mord.
Umherirren mit Rangthor.
Einsamkeit, gefallen, ausgestoßen.
Verrat, Hass, Habgier, Neid.
Schwarzes Blut, gelbe Blitze, schwarzer Mann.
Freunde retten.
Tome und Sabia helfen.
Gefährten, Ayah, Mhingo, al-gurab hotah, Vrischikamakari.
Bewahrer Oldolengos.
Goldene Halle.
Ranggaya und Ranggeyor, Mutter und Vater.
Familie.
Thron.
AUFGEWACHT

„Wie geht es meinem neuen Wachhund, Professor?" fragte Randolf
ungeduldig, als er sein Zelt betrat.

Der Arzt und Wissenschaftler, der Randolf auf dessen Expeditionen stets
begleitete und ein enger Vertrauter des Führers war, antwortete freudig:
„Seht selbst, mein Führer, aber als Hund würde ich euren neuen treuen
Gefährten nicht unbedingt bezeichnen, vielmehr als Wolf!"

Mit diesen Worten öffnete er den Vorhang des kleinen Abteils, in dem er das
gefundene Tier pflegte und behandelte.

Randolf musste mehrmals ungläubig zwinkern.

Vor ihm stand ein riesiger, kräftiger Wolf mit dichtem grauem, schimmerndem
Fell, das leicht von schwarzen Streifen durchzogen war.

Ein edles, mächtiges Geschöpf.

Von den Wunden am Kopf war so gut wie nichts mehr zu sehen.

Der Wolf starrte Randolf aus seinem verbliebenen, zu Schlitzen verengten
Auge orangefarben an.

„Wundert euch nicht, mein Retter und Gebieter. Ihr seid hier im magischen
Tale, einem wahrhaft wunderbaren Land. Als Dank für meine Rettung gelobte
ich, euch an Orte voller Schätze und Zauber zu führen. Und was ich euch
versprochen habe, das halte ich!"

Mit wedelndem buschigen Schwanz lief er zu Randolf und leckte dessen
Hände, wobei aus dem Maul zwei weiße spitze Reiß- und Eckzähne
hervorblitzten.

„Ja, komm her, du herrliches Tier. Ein Tier, das einem wie mir zu Recht
zusteht. Ich werde dich jetzt meiner Gruppe vorstellen. Die werden Augen und
Ohren machen, wenn sie dich quasi wie neugeboren sehen, und vor allem
reden hören!"

*Was sagte der Wolf soeben vom magischen Tale, einem Land voller Wunder
und Schätze?! Diese Tatsache, diese Entdeckung wird den Wert dieser
Unternehmung ins Unermessliche steigern.*

*Vielleicht lasse sogar ich, Randolf, mich selbst zum Herrscher Tales küren und
behalte dieses Land. Wer weiß, welche Wunder noch warten.*

Hellgelb begannen Randolfs Augen zu flackern.

„Tretet ein, meine Freunde", Randolf öffnete sein Zelt, ließ die Teilnehmer der
Expedition eintreten und wies sie an, sich an den runden Tisch zu setzen. Er
hatte zur ersten Sitzung einberufen.

„Ich habe euch Schätze versprochen, immense Reichtümer. Es klang in euren
Ohren vielleicht alles zu wunderbar, zu sagenhaft, zu märchenhaft. Doch ich
sage euch abermals eins…"

Randolf stand auf, seine Stimme schwoll an und er hieb mit der Faust auf den Tisch. „Alles, was ich versprochen habe, wird eintreten, und weit mehr! Wir sind auserwählt worden, dieses Land zu finden. Eine Fügung brachte uns hierher und wies uns das erste Wunder. Und wir sind dazu bestimmt worden, diese Wunder zu erhalten. Wir sind die Auserkorenen, die Bestimmten! Und nun präsentiere ich Ihnen den ersten Schatz dieses Landes, das Tale genannt wird. Nun präsentiere ich Ihnen das erste uns zuteil gewordene Wunder ... Rangkor ... meinen sprechenden Wolfsgefährten!"

Rangkor kam hinter dem Verschlag hervor und zeigte sich der staunenden Runde.

Wieder so eine Inszenierung!

Sollte das die grausliche schwarze Bestie sein, die wir noch tags zuvor an diesem dunklen Strand gefunden und voll Widerwillen ins Lager gebracht hatten? Dieses prächtige Exemplar von einem Wolf! Doch, ja, es musste so sein. Denn nur ein Auge leuchtete orangefarben auf.

Aber es war kein Ekel mehr da, kein willkürliches Entsetzen, keine eigentliche Angst. Ehrfürchtig starrte die Gruppe dieses herrliche Tier an. Und ihr Staunen wurde zum Erstaunen.

Der Wolf begann mit tiefer, mächtiger Stimme in königlicher Weise zu sprechen.

„Meine verehrten Freunde, ich bin Rangkor, der Sohn und Thronfolger des Herrschers Tales.

Vor langer, langer Zeit hat man mich verstoßen und mich um mein Erbe beraubt. Nun bin ich zurückgekehrt, um mir zu holen, was mir zusteht.

Und Ihr, die Kameraden meines Erretters und Herren Randolfs, Ihr sollt alle daran teilhaben und eine Belohnung erhalten, die alles Bisherige übertrifft. Wir werden morgen früh aufbrechen und Ihr werdet die Schätze und Wunder erhalten, die Ihr verdient!"

KAPITEL 3
DA

Endlich da! Lunavia, die mittelnde Eule Yggdrasils erspähte ihr Ziel.
Das musste es sein! Eine knorrige kräftige Ulme mit wirr verzweigten Ästen an einer Flusseinbuchtung, wo das Wasser strahlend blau und klar war und sprudelte. *Das musste die besagte Blaue Lagune sein.*
Sofort setzte sie zum Anflug an und landete in der Krone von Ulme.
„Na, wer stört mich da oben in meinem Mittagsschlaf?" brummte Ulme unwirsch und seine Zweige fingen an zu wackeln.
„Ja, aufwachen sollt ihr, Ulme!" rief laut die Eule.
„Gebt Ruhe und hört mir zu, mir, Lunavia, der Mittlerin Yggdrasils!"
Als Ulme den Namen seines Stammesvaters vernahm, hielt er mit dem Hin- und Herschaukeln inne und blickte mit seinen Baumaugen neugierig zur Eule hoch. „Was gibt es so Wichtiges von Yggdrasil zu berichten? Hat es mit den Gesängen Tales und der Bedrohung zu tun?"
Und Lunavia berichtete.
„Das sind ja tolle Aussichten!" gab Ulme zynisch seinen Kommentar ab.
„Zumal O'Connor nicht da ist. Aber warte, ich winke seinen Vertreter, McCarpfen, herbei, damit wir gemeinsam überlegen, was zu tun ist."
Er schwenkte einen seiner großen Äste und wenig später kam der genannte Otter. Schnell teilte ihm Ulme die Neuigkeiten mit.
„Das mit Rangkor ist echt übel und macht die Sache richtig gefährlich", meinte McCarpfen daraufhin. „Wir müssen davon ausgehen, dass er Rache für seinen toten Bruder nehmen will und Rache für seine Verbannung und für den letzten verlorenen Kampf mit O'Connor.
Gut, O'Connor ist momentan nicht da, und wer weiß, wann er zurückkommen wird. Somit ist zumindest er einstweilen in Sicherheit. Doch was machen wir mit dir, Ulme? Wegschaffen und dich woanders einpflanzen, geht ja wohl schlecht."
„Hat dir denn Yggdrasil keinen Rat gegeben, Lunavia?" fragte Ulme besorgt die Eule.
„Er hat lediglich gesagt, ich solle euch warnen, auf euch hören und euch mit meiner Weisheit unterstützen. Und dann hat er immer wieder seltsame Worte wie *was geschehen soll, wird geschehen* gesagt, bevor er mich schließlich zu euch sandte."
In diesem Moment ertönte ein langgezogenes HiHaaaa und kurz darauf stand ein Esel mit einem Otter und einem Zweibeiner auf seinem Rücken vor Ulme.

„Ayah, O´Connor, was wollt ihr so plötzlich hier?! Woher kommt ihr und was ist das für ein Zweibeiner, der euch begleitet?!" fragte Ulme überrascht.

Silver schilderte kurz und bündig die Geschehnisse auf dem Plateau und wies auf seine Mission hin.

„Hast du al-gurab gesagt, Otter?! Meinst du etwa al-gurab hotah, den weißen und weisen Raben?! Und die Eule?! Hieß sie wirklich Irdina?! Und ist seine Tochter?!" Immer hysterischer, immer lauter wurde das Gekreische von Lunavia.

Alle schauen sie erstaunt an. *So eine Unbeherrschtheit war man von einer Eule, überdies Yggdrasils persönlicher Mittlerin, nicht gewohnt.*

„Was ist mit dir, Lunavia?" fragte Ulme.

„Oder soll man dich eher Sonshea nennen?" setzte O´Connor ein, der die Eule genau gemustert hatte.

Ja, das muss sie sein, so wie sie vom weißen Raben beschrieben wurde. Und dazu noch diese außergewöhnliche Erregung. Kein Zweifel, dies ist die Frau seines Mentors und die Mutter von Gold.

„Ja, es stimmt, Otter, ich bin Sonshea. Yggdrasil gab mir den Namen Lunavia und ich nahm ihn an. Ich nahm ihn an, aus dem Gefühl eines neuen Lebens heraus. Ich nahm ihn an, um den Schmerz der Vergangenheit zu verdrängen. Doch im Inneren geblieben sind die Sehnsucht, die Bilder des Glücks, die Liebe des früheren Lebens und die Hoffnung auf eine Rückkehr.

Aber nun ist dieses Leben wieder da! Und ich muss sofort los zur Lichtung. Nicht nochmals soll dieses Leben weg sein. Es soll da sein! Da, so wie ich, Sonshea, wieder da bin!"

Schon spannte die Eule ihre Schwingen, um davonzufliegen, wurde jedoch von Silver zurückgehalten.

„Warte Sonshea! Halt ein! Deine Familie ist in Sicherheit. Es besteht kein Grund zur überstürzten Eile. Ganz im Gegenteil. Du bist erschöpft und der lange Weg zurück zur Lichtung würde dir allzu sehr zusetzen und dich somit unnötig in Gefahr bringen. Handle nicht so wie deine Tochter, die mit ihren Kräften an ihre Grenzen angelangt war. Deine Familie braucht dich, und zwar gesund. Und wir brauchen dich mit deiner Weisheit vielleicht auch noch. Denke an die Worte Yggdrasils … *was geschehen soll, wird geschehen* … Ruhe dich eine Weile hier aus, sammle neue Energien und lass uns über die neue Situation mit Rangkor nachdenken. Danach kannst du immer noch zu deiner Familie."

Sonshea sah ein, dass der Otter Recht hatte, und willigte ein, auch wenn es ihr schwer fiel und sie innerlich sehr unruhig und aufgewühlt war.

„Also den Plan von al-gurab hotah können wir wohl vergessen", meinte Ulme. „Rangkor würde sofort die List durchschauen. Zu eindeutig wären die Hinweise von Sumpf und Nebel."

„Dann lasst sie uns eben offen empfangen, ohne Nebel und Sumpf. Und zwar gemischt mit dem magischen Handwerkszeug und den Helfern von Lichtung und Lagune."

Da war er, der weise Gedanke von Sonshea, der den Freunden helfen sollte!

„Du meinst, wir sollen beide Orte so belassen wie sie sind und lediglich unsere Abwehrkräfte gemeinsam nutzen und gegenseitig verstärken?!"

Silvers Augen blinkten verschwörerisch und listig zur Eule.

„Absolut. Kein Hinweis auf einen Hinterhalt sollte aufkommen. Auch muss Leben an den Orten stattfinden. Alles muss völlig normal vorzufinden sein."

„Aber wo sollen sich alle unsere Helfer verstecken?" fragte McCarpfen.

„Mischen und anders aufteilen, mein Freund", erwiderte O´Connor, „und das Leben für unsere Zwecke nutzen."

Nun erstrahlten Silvers Augen wie die Augen des Sohnes der Wolken, wie die Augen von damals, wie die blauen Augen Tomes.

McCarpfen zuckte einen Augenblick zusammen, freudig und verklärt.

„Wie sieht dein Plan aus?" wollten nun die Gefährten wissen.

„Gut, fangen wir mit der Lagune an. Betrachtet die Umgebung!

Eine Ulme mit viel Laubwerk, Steine, Wasser, am Ufer etwas Schilf, große Farne, dichte Büsche und Dornensträucher.

Im dichten Laub von Ulme soll sich ein Teil von al-gurab hotahs Armee der schwarzen Krähen verstecken. Der andere Teil pickt für jedermann sichtbar um Ulmes Stamm am Boden herum. Ebenso werde ich mich selbst mit ein paar Otterfreunden zwischen Ulme und dem Bach aufhalten. Wir werden miteinander spielen und zum Schein Forellen jagen.

Hinter und unter den Steinen und Felsen verkriecht sich das Heer der Hummeln und der Hornissen.

Im Wasser zwischen dem Schilf werden dann einige untergetauchte Vrischikamakaris mit ihren Bambus- und Blasrohren dem Feind auflauern und auf das Angriffssignal der schwimmenden Otter warten.

Hinter und in den Farnen können sich die Vielbeinerarmeen verstecken, die Ameisen und die Spinnen.

Im dichten Buschwerk kauert sich unser Freund Leon, der Zweibeiner, nieder.

Und in den Dornensträuchern kann sich ganz ungeniert und offen unsere neue Fliegerstaffel präsentieren, ohne dass es auffällt. Unsere Freunde, die Neuntöter, werden dort fröhlich dschä dschä und tr tr machen und ihrem Beuteritual nachgehen.

Doch sobald unsere Gegner an ihnen vorüber sind und auf die Lagune zukommen, werden diese Helfer die ersten sein, die angreifen und mit ihren zwar kleinen, aber spitzen und scharfen Falkenschnäbeln die Eindringlinge malträtieren und entscheidend schwächen.

Danach schlagen alle anderen Helfer gleichzeitig gebündelt los."

„Ein wirklich sehr guter Plan", meldete sich nun auch Leon zu Wort und klatschte anerkennend mit den Händen.

„Danke, Aviator," nickte Silver dem Zweibeiner zu.

„Und nun kommen wir zur Lichtung.

Im Laubwerk der Lichtung werden Eulen mit ein paar Spatzen sitzen. Und sie werden kleine Beutel unter ihrem Gefieder tragen. Beutel, gefüllt mit dem Salz Tales.

Die Wiese selbst muss frohlocken mit ihren saftigen Gräsern und mit ihrer bunten Blumenvielfalt. Dafür werden die Laubwanderer sorgen.

Es sollen sich Bienen, Hornissen, Wespen und alle anderen Stecher auf der Lichtung tummeln und summen, und so tun, als könnten sie nicht genug von der reichhaltigen Blütenpracht und dem Nektar bekommen.

Die Vrischikamakaris sollen sich mit brauner, schlammiger Erde beschmieren und in das Geäst der Bäume klettern, die die Lichtung umringen. Sie tagsüber in den Büschen zu entdecken, wäre zu risikoreich.

In den Büschen selbst soll aber die Vielbeinerarmee warten. Und ebenfalls in den Büschen, das heißt in den Hecken und Dornensträuchern, wird sich erneut unsere Staffel der Neuntöter befinden. Allerdings werden diese erst in der Mitte des Gefechtes, und nur im Notfall zum Einsatz kommen. Denn, wenn etwas schief geht, sollen etwaige Parallelen zu den beiden Kampfstätten vermieden werden.

Hier, auf der Lichtung, wird das schwarze Fliegerheer von al-gurab hotah, das hoch oben in den Fichten- und Tannenwipfeln ausharrt, den Anfang machen. Gleich darauf setzen die Vrischikamakaris ihre Pfeilgeschosse frei.

Dann folgen die Summer, Brummer und Stecher auf der Wiese, schließlich die Vielbeiner, bevor letztendlich die Eulen und die Spatzen mit ihren Beuteln zum Einsatz kommen. Wie gesagt, die Neuntöter nur als letzte Verstärkung oder, um davoneilende Feinde an der Flucht zu hindern."

„Ausgezeichnet. Eigentlich sollte man an beiden Orten siegen, egal, an welchem die Bedrohung zuerst erscheint", lobte wiederum der Aviator.

„Eines ist mir aber aufgefallen", mischte sich Sonshea ein.

„Otter, du sprachst von Eulen, aber es ist doch nur meine Tochter Irdina dort? Oder habt ihr vor, eine zusätzliche Eulenabordnung hinzuschicken?"

Nun grinste Silver. „Du hast Recht, Sonshea, noch ist deine Tochter allein, und wir werden eine Abordnung zu ihr schicken. Nämlich dich!

Und damit du nun auch schnellstens zu deiner Familie kommst, und damit du unsere Freunde frühzeitig über die Planänderung aufklären kannst, wird dich Ayah, unser grauer Blitzer, umgehend dorthin bringen."

Das ließ sich die Eule nicht zweimal sagen.

Sie schwang sich umgehend auf den Rücken des Esels und fuhr vorsichtig mit ihren Krallen in die dichte Mähne, um sich daran festzuklammern.

„Aber bevor ihr aufbrecht, noch eine Bitte an dich, Ayah.

Auch wenn es dir etwas mehr Kräfte abverlangt als sonst üblich, wirst du öfters zwischen den Orten blitzen müssen, um einige Vrischikamakaris hierher zu befördern. Mhingo soll dich hierbei unterstützen."

„Du hältst mich wohl für einen alten Esel, du Möchtegernsilberfisch?!" wieherte Ayah lachend wie ein Kleinkind.

„Genug der Worte. Krall dich richtig fest, Sonshea, wir wollen doch noch heute auf der Lichtung sein, da wo sich deine Familie befindet! Los geht`s, HiHa!"

Zeit und Raum verschmolzen. Im Blitzestempo ging es durch Wälder und Auen, über Wiesen, über Berg und Tal. Die Eule hatte ziemliche Schwierigkeiten, sich an der Mähne des Esels festzuklammern. Aber die Aussicht, ihre verlorenen Liebsten wieder zu sehen, gab ihr und ihren Krallen die nötige Energie und Kraft, der enormen Geschwindigkeit standzuhalten.

Wann sind wir endlich da, waren ihre ständigen Gedanken.

Da, endlich da!

Die dichten Baumreihen machten den Weg frei.

Da war sie endlich, die Lichtung!

Da war sie, die Wiese!

Da stand sie, die Hainbuche!

Und bei der Hainbuche erkannte sie die so lang Vermissten.

Da waren sie, Irdina und al-gurab hotah!

Da war sie, ihre Familie!

Ayah hielt direkt vor der Hainbuche an.

Anscheinend war Mhingo mit Gold und al-gurab hotah vor nicht allzu langer Zeit hier eingetroffen, denn sie diskutierten heftig mit der Hainbuche.

Jäh unterbrachen sie ihr Palaver und blickten überrascht zu Ayah, der mit einer fremden Eule vor ihnen stand.

„Ich grüße euch beide, Ayah und Lunavia."

Die Hainbuche wedelte ihnen mit ihren Zweigen freundlich zu.

„Was verschlägt euch so plötzlich hierher?

Gibt es irgendetwas Besonderes?"

„Lunavia?!" entfuhr es dem weißen Raben.

„Mutter?! Mutter?!" stammelte Irdina.
Beide schauten mit weit aufgerissenen Augen ungläubig die Eule auf dem
Rücken des Esels an.

„Ja, meine Lieben, ich bin es, Sonshea.
Deine Frau,
                    al-gurab hotah,
und deine Mutter,
                    Irdina,
ist wieder da!"

KAPITEL 4
TECHNICHT

Der Morgen dämmerte.

Noch war alles ruhig im Lager. Noch schliefen sie alle selig.

Nieder mit den Niederen, Alles mir, Gold, Edelsteine, Funkeln, Reichtum, Macht, König von Tale, Beherrscher der Welt, Ich der Alleinige, Ich der Gott, Ich Randolf, Herrscher über Erdkreise, Herr über Mensch und Tier, Herrscher über das Universum, Hexer und Zauberer. Unruhig wälzte sich Randolf auf seinem Feldbett hin und her. Die Vorstellung schon bald im Besitz von ungeheuren Reichtümern, von Zauber und Magie Tales zu sein, machte sich breit in seinem Schlaf, in seinen Träumen, in seinem Körper, in seinem Wahn.

Der Morgen dämmerte, vorbei war die Nacht, vorbei seine Träume. *Jetzt galt es aufzustehen und die Gegenwart zu erobern.* Randolf sprang aus seinem Bett, lief hinaus aus seinem Zelt und rief laut:

„Aufgewacht! Aufgewacht, meine Getreuen! Der Tag ist gekommen, die Schätze Tales zu finden und zu empfangen! Aufgewacht!"

Im Lager herrschte Unruhe und Hektik.

Das Nötigste wurde in Rucksäcken verpackt. Noch ein kleines Frühstück und eine kurze Besprechung. Gen Norden, in Richtung der großen Berge wollte man. Hier sollte sich laut Rangkor die Schatzkammer des Landes befinden. Mit den Jeeps wäre man in einem, maximal zwei Tagen dort.

„Nun, wo alles klar ist, wollen wir unsere Wagen besteigen und uns schleunigst auf die Expedition begeben.

Auf, meine Kameraden, die Jeeps erwarten uns!"

Man verteilte sich und das Gepäck.

Die Fahrer drehten die Zündschlüssel und gaben Gas.

Oink, oink, blub!

Kein Starten. Keine Motoren, die aufheulten.

Kein Auspuff, der roch. Nichts! Stille.

Einen Moment lang blieb die Zeit stehen.

Dann durchbrach das tobende Gebrüll Randolfs die Schockstarre.

„Was ist denn nun los?! Was ist das, verdammt?! Los dreht nochmal die Schlüssel! Legt den zweiten Gang ein! Lasst die Kupplung kommen! Runter von den Wägen! Helft anschieben! Was glotzt ihr so?! Los, unternehmt was!"

Randolf war außer sich.

Das war ganz und gar nicht die Inszenierung, die er geplant hatte!

Man probierte alles. Doch die Jeeps wollten einfach nicht anspringen.

Nun schaute man in den Motorblock.

Wo vorher noch Schläuche, Drähte und Leitungen verliefen, waren nur noch Fetzen von Gummi, Plastik und Drahtborsten auszumachen. Und dazwischen Haare, Tierhaare!

„Was ist das?!" Randolfs Brüllen und Schreien wurde hoch, heiser, hysterisch. Immer wieder schlug er mit seinen Fäusten gegen die Motorhaube und trat mit den Stiefeln gegen das Blech der Jeeps, so dass tiefe Dellen entstanden.

„Das waren Marder, mein Herr", sprach Rangkor, der ruhig neben Randolf stand und ihn mit seinem orangenen Auge genau musterte.

„Marder?! Wo zum Teufel kommen die denn her?!" fuhr Randolf den Wolf barsch an.

Der Wolf blieb gelassen und erwiderte stoisch:

„Ihr seid auf Tale. Blickt euch um. Die Gegend ist reich an verschiedenen Pflanzen und Tieren. Und es gibt auch Marder. Ist euch das denn nicht in den Sinn gekommen, als ihr hier landetet?"

Wieder leuchtete das Auge des Wolfes orangefarben.

„Ja, daran hätte ich denken sollen." Randolf hatte sich wieder im Griff, äußerlich, wobei sein gelbes Feuer immer noch loderte.

„Ich werde gleich unser Schiff anrufen und einen Mechaniker herbeiordern. Vielleicht kann er Abhilfe schaffen." Randolf nahm sein Handy aus der Brusttasche und wählte die Nummer des Green Hawk.

-Not Connected-

-Not Found-

Das waren die einzigen Signale, die Randolf empfing.

„Das gibt's doch nicht!" brüllte Randolf erneut los.

„Was ist denn nun schon wieder?! Was ist denn das für ein Scheißtag?! Klappt denn heute überhaupt nichts?!"

Immer wieder hielt er sein Smartphone hoch und quer. Immer wieder tippte er darauf ein, immer hektischer. Immer wieder die gleiche Anzeige.

-Not Connected-

-Not Found-

„Leute, probiert ihr mal eure Telefone und Funkgeräte aus, ob ihr eine Verbindung herbekommt!" befahl er der Gruppe mit herrischem Ton.

Alle nahmen sofort ihre Telefone und Funkgeräte zur Hand.

Bei allen die gleiche Anzeige.

-Not Connected-

-Not Found-

„Tja, das nennt man wohl Funkloch oder so ähnlich", sagte Alain zynisch.

„Na prima, jetzt sitzen wir da auf einer beschissenen Insel voller Schätze und müssen die Reichtümer zu Fuß suchen und mit den Händen schleppen. Und dann sollen wir wohl zum Green Hawk übers Wasser laufen?! Denn die Boote,

die uns herbrachten, haben wir ja zurückgeschickt, aus Vorsicht. Na klasse!"
Randolf fluchte.
Wieder blitzte das Auge Rangkors auf.
„Beruhigt euch, Herr Randolf. Wir sind auf Tale, einer Insel voller Wunder.
Vielleicht passiert ein Wunder für euch und ihr könnt euren Schatz doch
einfacher als ihr momentan glaubt heben und mitnehmen.
Und seht es doch so: Zu Fuß kann ich euch besser zur Schatzkammer führen,
auch wenn es etwa 6-7 Sonnen dauern wird. Aber ihr werdet wohlbehalten
das große Gebirge mit dem Berg Gottes, den Oldolengo, erreichen. Und dort
werdet ihr schnell allen heutigen Ärger vergessen."
Besänftigt säuselte der Wolf die Worte zu Randolf.
„Wohl dir, Rangkor, du treuer Gefährte.
Deine Worte klingen mutig und klug in meinen Ohren. So soll es sein.
Was steht ihr noch lange rum, Kameraden! Nehmen wir das Gepäck auf die
Schultern und lasst uns marschieren! Keine Aufgabe so kurz vor dem Ziel!
Nein, jetzt erst recht! Auf Freunde, los geht´s!"
Dann verließen sie ihr Lager und betraten die Wälder.
Allen voran Randolf mit Rangkor. Barseba und Alain bildeten das Schlusslicht.

Und als sie bereits knapp einen Tag unterwegs waren und es so langsam zu
dämmern begann, nahm Alain heimlich aus seiner Gesäßtasche ein
Smartphone. Er tippte eine Zahlenkombination ein.
-Connected-
Dann steckte er das Handy in die Vordertasche seiner Hose.

KAPITEL 5
FALKENVERSENKEN

An der Blauen Lagune war man bereits mit den Vorbereitungen von Silvers Plan beschäftigt. Die Helfer wurden eingewiesen und das Szenario des bevorstehenden Gefechtes wurde einstudiert.

Dann hörte man das erwartete Summen aus dem kleinen Mittlerding von Leon, dem Zweibeiner.

„Es ist soweit O'Connor", sagte der Aviator. „Der Niedergang von C.F.D. kann beginnen. Barseba und Alain haben soeben das Signal gegeben."

„McCarpfen, blas´ kräftig in dein Horn, und du, Ulme, weise mit deinen starken Ästen den Tönen ihren Weg zur Küste auf das weite Meer hinaus! Möge die See die Töne aufnehmen und möge Octopan, der Inselwächter, erwachen."

McCarpfen nahm das Muschelhorn und blies mehrmals in langen Zügen hinein. Tief und hallend erklangen die Laute. Ulme breitete seine Äste aus und fing mit seinen großen Blättern die Töne ein. Dann schwang er sie weit hinaus in Richtung Küste. Dort landeten sie im Wasser, wo die Gezeiten die Töne hinaustrieben auf die offene See. Die Tonsilben vermengten sich mit den Wasserbläschen und wurden von ihnen umschlossen, gingen unter, hinunter in die Tiefen des Meeres. Schließlich erreichten sie ihren Empfänger.

Octopan erwachte.

Er streckte seine riesigen Tentakel von sich und bewegte sich schwungvoll über den Meeresboden in Richtung des eisernen Schiffes, des Green Hawk. Langsam schwamm er an die Wasseroberfläche. Er konnte schon den dunklen Schatten des Schiffsrumpfes von unten erkennen. Mit seinen Saugnäpfen klebte er am Schiffsbauch, umspannte diesen beinahe vollständig und kletterte achtsam Stück für Stück die stählerne Bootswand hoch.

Es war Nacht und die Besatzung, bis auf vier eingeteilte Wachen, schlief tief und fest in ihren Kabinen.

Octopans Mittelkörper mit Auge und Maul lugte über die Reling.

Er sah zwei Wachmänner, die sich an Deck in der Mitte des Schiffes lebhaft unterhielten. Von den anderen Wächtern stand einer am Heck, der andere am Bug des Green Hawk. Beide schauten auf das Meer hinaus. Keiner bemerkte ihn. Lautlos schob sich Octopan über die Bordkante an Deck.

Wieder streckte er seine Fangarme weit von sich.

Dann schlug er zu.

Blitzartig schossen vier Tentakel auf die Wachleute zu.

Sie hatten keine Chance. Unbarmherzig schlangen sich die Fangarme um ihre Hälse und Körper. Sie pressten sie zusammen, so dass nur noch stille Luft aus ihren vor Schrecken aufgerissenen Mündern entwich.

Dann wurden sie förmlich eingerollt und hin zum offenen Maul des Riesenkraken gebracht, worin sie verschwanden.

Dies alles geschah innerhalb weniger Augenblicke.

Nun zog sich Octopan wieder vom Deck zurück und ließ sich mit dem Mittelkörper ins Meer gleiten.

Seine vier Fangarme blieben aber weiterhin fest an der Bordwand haften.

Octopan setzte nun all seine Antriebskraft der restlichen Tentakel ein und stieß sich vom Schiff fort aufs Meer.

Der Green Hawk wankte und begann sich langsam und stetig zu neigen.

Schließlich kippte er vollends um. Wasser drang unaufhaltsam in das Schiffsinnere vor.

Das Schiff wurde schwerer und schwerer.

Der Bug lag schon unter der Seeoberfläche. Das Heck hob sich mehr und mehr bis es senkrecht in die Höhe ragte. Der Bug und die Hälfte des Schiffes waren nicht mehr zu sehen.

Ein letztes Aufstöhnen.

Der Green Hawk stieß in die tiefe See hinein und ging unter.

Der Falke war versenkt!

Von all diesem bekam Randolfs Gruppe nichts mit. Sie waren bereits einen Tagesmarsch davon entfernt.

KAPITEL 6
UMLEITUNG

„Jetzt sind schon drei Sonnen vergangen und kein Trupp ist weit und breit in Sicht", rief Sonshea den Gefährten auf der Lichtung zu.
Sie befand sich auf den Wipfeln des Baumwalls.
„Das ist sehr merkwürdig", meinte al-gurab hotah nachdenklich.
„Normalerweise hätten sie bereits nach zwei Sonnen hier eintreffen müssen.
Es sei denn, sie hätten den direkten Weg zur Lagune genommen."
„Was ja eigentlich nicht von der Hand zu weisen ist, wenn man bedenkt, dass Rangkor sie führt und er höchstwahrscheinlich Rache an Ulme und Silver nehmen will", bemerkte Gold scharfsinnig und sorgenvoll.
„So wird es sein, meine Tochter. Wir müssen sofort handeln.
Mhingo, mach dich auf die Pfoten und blitze zur Lagune. Unsere Gefährten müssen alarmiert werden."
„Und nimm mich mit", bat Gold.
„Vater, Mutter, Hainbuche, seid nicht böse oder traurig. Aber Silver stand mir damals in der Grotte so sorgsam bei, und nun will ich ihm beistehen.
Ich verspreche euch, wieder wohlbehalten zurückzukehren."
„Wir vertrauen dir, Irdina", sprach der weiße Rabe.
„Und wir vertrauen dem guten Geist Tales. Geht schon ihr beiden! Eilt hinüber zur Lagune, zu unseren Freunden! Die Macht Tales sei mit euch."
Und weg waren sie.

Noch am Abend kamen sie bei der Lagune an.
Wie schön ihr Gefieder im Mondschein flimmert, dachte Silver, als er Gold überraschenderweise mit Mhingo erblickte.
„Was ist passiert? Was ist mit der Lichtung?" fragte er sogleich.
„Nichts ist passiert, Silver", antwortete die Eule.
„Rein gar nichts. Allem Anschein nach führt Rangkor sie doch zuerst zu euch.
Zum einen aus Rache, zum anderen wegen der Aquamarine, die es hier zu plündern gibt. So, mein edler Ritter im silbernen Fell, nun führe dein Heer siegreich in den Kampf!"
Seine Gold und ihre schnippische Art, wie hatte er sie vermisst.
„Aviator, hast du irgendetwas Neues von Barseba und Alain erfahren?
Weißt du vielleicht, wo sie sich derzeit aufhalten? Was sagt dein Mittlerding?"
„Ich muss dich enttäuschen, O´Connor. Es gab keine neuen Informationen seit dem letzten Signal. Ich könnte zwar versuchen, mit ihnen in Kontakt zu treten, um sie so zu ordern, aber das will ich momentan noch nicht. Meine Signale

könnten vom Feind bemerkt werden. Dies würde die Situation drastisch verschlechtern. Lass uns abwarten, was morgen geschieht, und uns weitere Vorkehrungen treffen."

„Na gut. Mhingo blitze zurück zur Lichtung und hole mit Ayah Verstärkung herbei. Zusätzliche Helfer können nicht schaden. Wer weiß, was der morgige Tag bringt. Wir anderen wollen weiter am Plan feilen und dann ruhen. Wir werden unsere Energien gut gebrauchen können."

Man stimmte sich ein letztes Mal ab und ging die einzelnen Gefechtsabschnitte durch. Dann legte man sich nieder und schlief.

Der Mond und die Sterne strahlten auf die Lagune hinab und verliehen ihr eine beruhigende und friedliche Aura. Die Aquamarine im Bach blinkten auf und gaben dem Ort ein sanftes, dunkles Blau.

Die vierte Sonne hatte bereits ihren Höhepunkt erreicht.
Inzwischen waren einige Vrischikamakaris mit Sonshea und al-gurab hotah eingetroffen. Ayah und Mhingo hatten vortreffliche Dienste geleistet.
Alle erwarteten gespannt das Nahen der Räubertruppe.
Man wartete und wartete.
Der weiße Rabe und die zwei Eulen übernahmen Wächteraufgaben in den Wipfeln der einzelnen umstehenden Bäume. Doch sie sahen nichts. Soweit ihre scharfen Späheraugen blickten, konnten sie nichts Ungewöhnliches wahrnehmen. Die Umgebung lag ruhig und friedlich vor ihnen.
Man wartete und wartete.
Schon zeigte sich das Abendrot. Immer noch nichts vom Gegner auszumachen. Weit und breit kein Hinweis, der das Kommen von Randolf und seiner Bande ankündigte.
Die Nacht brach ein. Die Gefährten wurden unruhig.
Dann endlich leuchtete das Mittlerding von Leon auf und summte.
Das erhoffte Signal von Barseba und Alain!
Alle Augen richteten sich gespannt auf die kleine Maschine und auf Aviator.
„Meine Freunde, irgendetwas stimmt nicht", brach Leon das Schweigen.
„Seht selbst. Diese zwei grünen Punkte weisen die Orte der Lagune und der Lichtung. Dieser rote Punkt zeigt die Position von Barseba und Alain. Aber dieser rote Punkt befindet sich ganz woanders, viel weiter nordwestlich, 1-2 Sonnen von hier. Könnt ihr euch das erklären?"
„Nordwestlich, hm." Al-gurab hotah kratzte sich mit seinen Federn am Kopf.
„Seltsam", lenkte Silver ein. „Wenn Rangkor die Gruppe führt, hätte er doch auf jeden Fall zuerst den Weg hierher, gegebenenfalls noch über die Lichtung, genommen. Was wollen sie denn dort?

Dort kommen sie ins Hochland und dann beginnt das Gebirge mit dem Berg Oldolengo. Die Strecke hier unten ist doch viel kürzer zu den Schätzen und die edlen Steine im Wasser sind viel leichter zu erbeuten."

„Es sei denn, Rangkors Gier und Rache ist noch weit größer als wir uns gedacht haben!" Al-gurab hotah stellten sich die Nackenfedern auf. Seine Unruhe wurde für alle sichtbar. Seine Augen weideten sich und fingen an zu flackern.

Dann entfuhr ein Kreischen seinem Schnabel:

„Rangkor hat Randolfs Schar umgeleitet und führt sie über das Dorf der Vrischikamakaris direkt zur Heilsgrotte mit den Edelsteinen und den Kristallen. Wenn nicht sogar weiter hoch zum Thron Oldolengos!

Hört zu, meine Gefährten und Helfer, das Leben Tales ist in unmittelbarer Gefahr! Wir müssen sofort handeln! Die Bande könnte bereits in 2-3 Sonnen den Thron Tales gestürzt haben!"

Diese absolut neue Erkenntnis schockierte die Gefährten.

Alle redeten durcheinander und überlegten krampfhaft, was zu tun sei.

Mit Ulmes Hilfe alarmierende Töne in Richtung Oldolengos zu senden, kam nicht in Frage, denn dies könnte die Feinde stutzig machen und unnötig warnen.

Schließlich bat Silver um Einhalt und Ruhe, und sprach:

„Ayah und Mhingo, nun müsst ihr an eure Grenzen gehen.

Blitzt so, wie ihr noch nie zuvor geblitzt seid.

Zuerst bringt ihr al-gurab hotah, mich und ein paar Vrischikamakaris ins Dorf, um die dort Anwesenden von der Bedrohung in Kenntnis zu setzen.

Wir hier werden vor Ort bereits erste Schritte zur Verteidigung veranlassen.

Dann pendelt ihr und bringt unsere übrigen Freunde in das Dorf.

Noch haben wir Zeit, doch die Zeit eilt!"

„Und ich", ergänzte Leon, „werde Barseba und Alain inzwischen ein Signal schicken. Dieses Risiko muss eingegangen werden, egal was passiert. Das Leben aller steht auf dem Spiel. Vielleicht können sie Randolfs Trupp etwas aufhalten, damit wir Zeit gewinnen."

Schon gab er die entsprechenden Zeichen in sein Mittlerding ein und sandte das Signal aus.

„Sehr gut, Aviator," lobte Silver. „Aber nun aufgestiegen.

Los, Ayah, Mhingo, ab ins Dorf!"

Randolf hatte währenddessen mit seiner Gruppe Rast gemacht. Man saß im Kreis zusammen und besprach mit Rangkor den weiteren Verlauf der Route.

Und es war Nacht.

Und die Nacht war still.

„In vielleicht zwei Sonnen werden wir an der Höhle angekommen sein. Von dort ist es nicht mehr weit bis wir die Goldene Halle, den Thron Oldolengos betreten werden. Seid gewiss, alles, was ihr dort sehen werdet, übersteigt an Glanz und Reichtum eure Vorstellungskraft."
Rangkors Augen leuchteten orangefarben.
Eine kurze andächtige Stille trat ein.
Jeder hatte einen Moment des Träumens vor seinem inneren Auge.
Jeder hatte einen Moment von Erfolg und Macht.
Und es war Nacht.
Und die Nacht war still.

Brr, Brr, Brr.
Was waren das für Töne?
Alle schauten zu Alain. Alle blickten zu seiner Hose.
Aus dem Schlitz der linken Vordertasche war ein grelles, hellblaues Blinken zu erkennen. Alain starrte unberührt geradeaus in die Runde.
Brr, Brr, Brr.
Blink, Blink, Blink.
Die Augenpaare der Runde rückten näher an ihn heran.
Eines mit grellgelben Schlitzen war jetzt direkt vor ihm.
„Zeig uns doch mal, Alain, was du da Schönes, Glitzerndes, Brummendes in deiner Hosentasche hast." Zynisch und bedrohlich klangen Randolfs stille Worte.
Immer noch starrte Alain geradeaus, unbeeindruckt.
Dann wurde er von zwei Kameraden von hinten an den Armen gepackt und hochgerissen. Gierige, lange Finger griffen in die Hosentasche und ergriffen das blinkende, brummende Etwas. Sie rissen es aus der Tasche und hielten das blinkende, brummende blaumetallene Smartphone hoch.
Grelle Blitze schossen aus den Augenschlitzen Randolfs während er das Handy anstierte. Im Blitzlicht nahm er an der Seite des Metallgehäuses drei winzig kleine, eingravierte Buchstaben wahr: FFF
Die schmalen grellgelben Augen bekamen einen blutroten Rand.
Die schwarze Reptilpupille wurde schmaler und schmaler.
Dann drehte Randolf seinen Kopf und Körper, und stellte sich breitbeinig, beide Arme in die Hüften gestemmt, vor Alain.
„Erkläre mir nochmals das mit dem Funkloch, du Arschloch!" schrie er Alain an, wobei Geifer dessen Gesicht benetzte.
Immer noch starrte Alain geradeaus, unbeeindruckt.
„Dem coolen, unterkühlten Alain fehlt es wohl an Wärme, an Hitze?!

Na, ich werde dir schon dein Blut in Wallung bringen!" brüllte Randolf los und trat Alain mit einem seiner schwarzen Lederstiefeln mit einer solchen Wucht gegen die Schienbeine, dass dieser zusammenbrach und sich krümmte.

Dann noch ein Tritt in die Rippen und zum Abschluss den Stiefelabsatz schräg und heftig über die obere Gesichtspartie gezogen.

Alain lag bäuchlings ausgestreckt am Boden. Blut rann über das Gesicht und die Tropfen färbten das Gras rot.

Da sprang urplötzlich Barseba mit einem gezückten Dolch vor und wollte Randolf niederstechen.

Aber Randolf hatte den Instinkt eines wilden Tieres, einer Bestie. Aus den Augenwinkeln hatte er gemerkt, dass Barseba immer unruhiger wurde, je mehr er Alain zusammentrat.

Er machte einen leichten Sprung zur Seite. Barseba flog an ihm vorbei.

Doch bevor sie stürzte wurde sie aufgehalten, und zwar an ihren langen schwarzen Haaren. Mit der linken Hand hatten Randolfs lange klauenartigen Finger zugegriffen, zerrten an ihrem Kopf, wirbelten sie herum und ruckartig schoss seine rechte Faust nach vorne in ihr Gesicht.

„Du Hexe, du Miststück!

Du sollst spüren, wie es sich anfühlt, mich zu verführen!"

3x, 4x, 5x drosch er auf sie ein bis auch sie mit blutüberströmten Gesicht und gesprungenen Lippen im roten Gras lag.

„Los Männer, foltert die beiden solange bis sie ausspucken, was hier vor sich geht! Und wenn sie nicht reden, dann schlagt ihnen mit der Machete die Köpfe ab. Los, auf sie, sie gehören euch!"

Schon wollten sich seine Getreuen auf die Beiden stürzen, da wurden sie vom Geheul und der tiefen, rauen, mächtigen Stimme Rangkors aufgehalten.

„Halt! Hört auf mich Freunde, hört auf das, was ich euch zu sagen habe! Hört zuerst meinen Vorschlag an!

Was bringt es, sich mit diesem Gesindel unnötig lange abzugeben.

Denn das kann dauern. So wie ich die beiden einschätze, würden sie lieber sterben, als uns irgendwelche Informationen zu verraten.

Denkt an den Schatz und an alles, was wir bald in unseren Händen haben.

Eher lasst uns die beiden fesseln und als Geiseln nehmen.

Wer weiß, wozu wir sie noch brauchen können. Zumal sie anscheinend keine gewöhnlichen Mitglieder eurer Gegner sind."

Randolf sah den Wolf nachdenklich an.

Rangkor hat Recht, grübelte er. *Die beiden sind keine gewöhnlichen Mitglieder von FFF. Womöglich sind sie sogar in der Leitung tätig. Damit hätten wir ein entscheidendes Druckmittel, um diese Organisation zu schwächen oder gar aufzulösen. Wir wissen nicht, was noch alles geschieht.*

Und wenn alle Stricke reißen, können wir sie immer noch umbringen.
Ach, eigentlich egal. So oder so sollen sie sterben für das, was sie mir angetan
haben. Und der Schatz ist ja auch noch da.
Richtig, dieser sollte Vorrang haben. Meine Gefolgsleute erwarten diese
Erfolge von mir. So mögen sie ihre Erfolge bekommen, und zwar rasch.
Ich bin es nicht gewohnt zu warten. Und wer weiß, was noch alles passiert.
„Dein Vorschlag gefällt mir. Man sieht, wir gehören zusammen.
Kameraden, wollen wir dieses Pack ordentlich zusammenschnüren und dann
weiterziehen. Vorher werde ich aber dieses Smartphone abschalten. Nicht,
dass uns die von FFF noch ausfindig machen."
Das Display des Handys wurde schwarz.

Der sechste Sonnentag brach an und mit ihm wuchs die Ungeduld der
Gefährten und Helfer, die auf Randolf und Rangkor warteten. Hier beim
Wasserfall beim Dorf war der einzige Zugang zur Heilsgrotte, durch die man
weiter zum Thron Oldolengos vorankam. Hier musste die Bande vorbei.
Wieder hatte man entsprechende Vorkehrungen getroffen, hielt sich versteckt
und wartete.
Wieder wartete man. Und wartete und wartete.

Schon war der sechste Tag um und die Nacht brach ein.
Der Mond ging auf und stieg höher, überschritt seinen Zenit und verschwand.
Die Nacht machte Platz für einen neuen Tag.

„Was ist Aviator, immer noch kein Signal von Barseba und Alain?" fragte Silver
merklich nervös.
„Nein. Ich verstehe das nicht. Seit ich das letzte Signal verschickte, kam keine
Antwort. Ebenso bereitet es mir Kopfzerbrechen, dass ich keine Verbindung
mehr mit Barseba und Alain habe. Mein Gerät meldet mir andauernd, dass der
Kontakt nicht erreichbar sei."
Ernst und voller Sorge war seine Stimme.
„Habe keine Angst Aviator. Du wirst sehen, alles wird gut. Die Macht Tales
wird es schon richten. Was geschehen soll, wird geschehen."
Die Worte des Otters klangen zwar zuversichtlich, doch im Innern rührten sich
leichte Zweifel.
Da hörten sie es plötzlich aus einem nahen kleinen Waldstück heraus knacken
und rascheln.
Das Warten hat sich gelohnt.
Gleich ist der entscheidende Moment da.
Gleich wird die Falle zuschnappen. Gleich werden sie auftauchen.

Das Knacken wurde lauter.

Man sah schon einen Zweig im Unterholz brechen.

Quiek, Quiek! Ein Keiler mit seiner Familie kam ins Dorf gerannt.

Kurz vor den Verstecken der Gefährten blieb die Rotte Wildschweine stehen und grunzte aufgeregt.

„Quiek, Quiek, ist hier jemand? Al-gurab hotah, ich habe eine wichtige Mitteilung für dich und deine Freunde."

Der weiße Rabe kam aus seinem Versteck vor.

„Was willst du, Elbros? Wir haben dir doch schon gestern gesagt, dass deine Hilfe hier nicht unbedingt nötig ist. Geh´ und bring lieber wieder deine Familie in Sicherheit. Der Feind kann jeden Moment eintreffen."

„Das glaube ich nicht. Da bin ich mir sicher", entgegnete der Keiler.

„Was willst du damit sagen?! Sprich!" krächzte al-gurab hotah und verlor fast die Fassung ob dieser Aussage.

„Kurz vorher war ich mit meiner Familie an der Ostseite Oldolengos, unterhalb der sogenannten Landeplattform für die fliegenden Mittler. Wir wollten dort nach frischen Pilzen wühlen.

Da vernahmen wir plötzlich Zweibeinerstimmen.

Schnell versteckten wir uns im nahgelegenen Gebüsch und sahen zu unserer Verwunderung einen großen grauen Wolf mit schwarzen Streifen, vermutlich Rangkor, der den Trupp der Zweibeiner in Richtung zur Landeplattform hinaufführte. Ach ja, und zwei Zweibeiner waren gefesselt und sahen sehr zerschunden aus. Sobald die Gruppe an uns vorbeigezogen war und uns nicht mehr hören und sehen konnte, sind wir dann sofort hierher zu dir gerannt, um dich und deine Gefährten zu benachrichtigen."

Die Landeplattform von damals, von wo er den Pilz über dem Meer sah.

Von damals, wo schon einmal Unglück über ihn und Tale hereinbrach.

Sollte diese Plattform zum bösen Omen werden? Nein, auf keinen Fall!

Doch im gleichen Moment erkannte al-gurab-hotah das wirkliche Ausmaß des Schreckens. *Die Höhle auf der Plattform!*

Ihr Gang führt ebenso zum weißen Feld Oldolengos, von wo aus man weiter durch die Wolkenkette zum Thron gelangt!

Was für eine Unachtsamkeit von ihm! Wie hatten sie sich alle von den sogenannten eindeutigen Eindrücken und Vermutungen verleiten lassen!

„Leon, nimm sofort dein Knallding, das du Pistole nennst! Steig auf Ayahs Rücken! Silver soll ebenfalls bei sitzen. Komm, McCarpfen, wir nehmen Mhingo! Und ihr anderen folgt so schnell ihr könnt. Es geht um alles!"

Zwei Blitze verschwanden hinter dem Wasserfall. Denn dies war der etwas kürzere Weg.

KAPITEL 7
TALE

Randolfs Trupp hatte bereits den Höhlenausgang erreicht, als der siebte Tag anbrach. Die Sonne stieg langsam hoch und brachte den Gletscher zum Glänzen und das weiße Feld Oldolengos zum Strahlen.
Das weiße Feld, wo Feuer so klar ist wie Wasser, und wenn es an der Oberfläche erlischt, es wirkt, als sei der Boden schneebedeckt und mit weißen glitzernden Kristallen überzogen.

Die Gruppe trat aus der Höhle.
Was für ein grandioser Anblick! Ein riesiges schneeweißes Feld mit glitzernden Diamanten offenbarte sich ihnen. Fasziniert stierten sie mit verklärten Blicken auf das Wunder. Alle Blicke waren gebannt auf das Feld gerichtet.
Das Auge Rangkors blitzte orangefarben auf.
Diesen Augenblick der allgemeinen Ohnmacht galt es zu nutzen!
Unbemerkt wendete er sich den Gefangenen zu, zerbiss ihre Fesseln und raunte kaum hörbar:
„Lauft so schnell ihr könnt dort zum Ausgang der anderen Höhle hinüber. Haltet euch geduckt und nutzt die hohen Felsen des Geröllfeldes. Viel Glück."
Sofort sprangen Barseba und Alain zur Seite und rannten in die angegebene Richtung.

Noch immer bemerkte niemand ihr Verschwinden.
Noch immer waren Randolf und seine Getreuen gebannt vom wunderbaren Anblick, gebannt von Reichtum, Macht und Habgier.
Rangkor hatte sich wieder unbemerkt nach vorne begeben und stand neben Randolf. Das Auge des Wolfes leuchtete orangefarben.
Dann stürmten die ersten Kameraden los und andere folgten. Randolf selbst und drei seiner Männer zögerten noch ein wenig, dann wollten auch sie zum Diamantenfeld eilen.
Da preschte Rangkor vor, blieb ruckartig stehen, drehte sich zu Randolf um, bellte diesen wild an und schrie:
„Sofort halt, mein Herr! Folgt nicht diesen Narren, die in ihr Verderben rennen!"
Randolf und seine drei Gefolgsleute stoppten abrupt, eingeschüchtert vom drohenden Fauchen und dem Gebell Rangkors.
„Was bedeutet das, Rangkor?!" fuhr Randolf den Wolf an.

„Warum verweigerst du uns den Zugang zu diesen Schätzen? Warum hältst du uns auf?"

„Habe ich euch denn nicht gesagt, dass Tale ein Land des Zaubers ist? Nicht alles ist so, wie es im Augenblick scheint!

Habe ich euch nicht gesagt, euch zu dienen, und euch geschworen, euch einen weitaus größeren Schatz zu geben?

Seht selbst, was mit diesen Leichtgläubigen passiert, mit diesen verblendeten Niederen eures Stammes! Sie sind es nicht würdig so wie ihr, mein Herr und Gebieter, den wahren Reichtum Tales zu erobern."

Mit Entsetzen verfolgten Randolf und die drei Verbliebenen den Untergang der Kameraden. Diese hatten das weiße Feld erreicht und stoben wie die Verrückten weiter hinauf auf die kristallene, glitzernde Oberfläche.

Wie auf ein Kommando erstarrten sie plötzlich alle. Ihre Beine, ihre Leiber gerieten in Flammen. Rauch stieg auf, weißer Rauch.

Die Feuersäulen begannen zu kreischen, hochtönig zu wimmern.

Die menschlichen Fackeln wankten, fielen und wurden vom Feld verschluckt.

Weißer Rauch bedeckte das Feld. Die Diamanten hatten aufgehört zu glitzern.

„Rangkor, warum hast du uns nicht rechtzeitig gewarnt?! Nahezu mein komplettes Gefolge ist dahin! Meine Gläubiger, meine Helfer, meine Kameraden!" Nun brannten Randolfs Augen fast rot.

„Willst du mit Narren und Wahnsinnigen teilen? Willst du den Thron Tales teilen?" Der Wolf blitzte Randolf an. Randolf hielt inne.

Seine schmalen Schlitze begannen wieder gelb aufzuflackern.

Ja, es stimmt, nur ich, Randolf bin der Einzige, der Wahre.

Nur mir allein gebührt der Thron Tales. Nur mir allein soll die Welt gehören.

„Nun denn, dann wollen wir den Thron besteigen! Rangkor, geh voran."

Randolf wandte sich zu den übriggebliebenen Männern:

„Ihr Drei folgt mir und nehmt die Gefangenen mit."

„Randolf, mein Führer, die Gefangenen sind weg!" rief einer der Männer entsetzt.

„Wie weg?! Dann sucht sie gefälligst, ihr Tölpel! Los, beeilt euch! Weit können sie ja mit ihren Fesseln nicht sein."

Denn, dass die zerfetzten Stricke am Boden lagen, übersahen sie. Randolf in seiner blinden Machtgier, und die Männer in ihrer panischen Angst vor dessen Wutausbrüchen.

„Wenn ihr sie geschnappt habt, wartet hier auf uns. Dann sehen wir weiter."

Niemand sollte an seinem Triumph teilhaben.

Niemand, auch der Wolf nicht.

Grimmig sprach Randolf:

„Und nun auf, Rangkor, hinauf zum Gipfel meines Erfolges, meines Ruhms!"

Voran lief Rangkor mit seinem orangefarbenen leuchtenden Auge, unmittelbar gefolgt vom Wahnsinn getriebenen Randolf.

Barseba und Alain hatten indessen unbeschadet den besagten Höhlenausgang erreicht.
Aus einer Felsnische hervor verfolgten sie das Geschehene.
Sie beobachteten, wie Rangkor und Randolf in der Wolkenkette verschwanden.
Und sie sahen zu ihrem Leidwesen die drei Männer auf sie zukommen.
Noch hatte man sie nicht entdeckt.
„Wir müssen weiter in den Gang hinein, Barseba", flüsterte Alain. „Komm."
Dann hörten sie die Rufe der Männer.
„Hier verlaufen ihre Fußspuren weiter.
Bestimmt haben sie sich dort in der Höhle versteckt."
Steine im Geröllfeld knirschten und die Schritte der Männer wurden deutlicher vernehmbar.
„Komm schnell, noch weiter hinein." Alain zog Barseba mit sich.
Die Schritte hinter ihnen wurden schneller und schneller, lauter und lauter.
„Los Männer zum Endspurt. Gleich werden wir sie haben!"
Barseba und Alain gewahrten gerade noch wie zwei Gestalten blitzartig im Gang an ihnen vorbeischossen, direkt in die drei Männer hinter ihnen hinein.
Schreie, Rufe, Fauchen, Wiehern.
Dann war es still.
Jetzt erst nahmen Barseba und Alain die Silberstreifen an den Wänden des Felsenganges wahr.
Silberstreifen am Horizont waren ihre spontanen Gedanken.
Aus der Richtung der Männer hörten sie Hufgeklapper auf dem steinigen Boden auf sie zukommen.
Ein Reiter auf einem Esel erschien. Ihr Freund und Gefährte Leon!
Er stieg ab und lief auf sie zu.
„Alles klar mit euch? Habt keine Angst. Ihr seid in Sicherheit."
„Uns geht es einigermaßen gut, aber was machst du hier, Leon? Wie kommst du hierher?"
Leon erklärte kurz das Nötigste.
„Kommt mit und seht", sagte er abschließend und führte sie mit Ayah zu seinen Gefährten.
Dort lagen die drei starken Männer mit zerschmetterten Köpfen auf dem blutverschmierten Boden.
Ayah hatte ganze Arbeit geleistet.

„Darf ich euch unsere Gefährten und Helfer aus Tale vorstellen:
Ayah, der Esel, Mhingo, der Luchs, O´Connor und McCarpfen, die Otter, und
schließlich hier den weißen und weisen Raben, al-gurab hotah, mit dem wir
bereits in der Vergangenheit Kontakt hatten.
Aber halten wir uns nicht unnötig mit langen Worten des Dankes auf.
Ihr wisst ja, wie ernst die Lage für uns alle ist.
Sagt, wo ist der Wolf, den man Rangkor nennt, und wo ist vor allem Randolf?"
„Sie sind beide vorausgeeilt. Sie haben bereits die Wolkenkette durchschritten
und wollen hinauf zum Thron Tales."
„Dann ihnen nach!
Barseba und Alain, bleibt hier und wartet bis die Nachhut kommt, dann folgt.
Wir müssen diesen beiden Ausgeburten der Hölle augenblicklich nach und sie
vernichten, bevor sie uns alle vernichten.
Kommt steigt auf Gefährten, lasst uns blitzen!"
Schon wollten sie los, da hielt sie Barseba zurück.
„Eins müsst ihr jedoch noch wissen.
Es gibt nur einen Höllenhund, und der heißt Randolf.
Der andere, Rangkor, der edle Wolf, hat uns gerettet.
Er ist bestimmt kein Höllenhund, da bin ich mir sicher!"
Verdutzt schauten sich die Gefährten an. Doch nur einen Augenblick, dann
blitze es zweimal.

In diesem Moment standen Rangkor und Randolf bereits vor dem goldenen
Tor zur Großen Halle.
„Wir sind am Ziel, Randolf.
Öffne das Tor und lass uns eintreten. Der Schatz, dein Thron hat lange genug
auf dich gewartet. Tale empfängt dich, mein Gebieter."
Zitternd vor Erregung drückte Randolf die große, schwere, goldene Klinke.
Er öffnete das Tor und trat in die Halle.
Die Ledersohlen seiner schwarzen Stiefel hallten laut auf dem goldenen
Fliesenboden. Herrschend und gleichzeitig bedachtsam schritt er durch die
Halle bis zur Mitte vor.
Seine Augen begannen zu glühen, grellgelb.
Das Feuer brannte lichterloh. Schweiß rann ihm von der Stirn.
Seine blonden Haare wurden feucht, nass, zunehmend dunkel, dunkelbraun.
Mit seinen feuchten Händen strich er sich den Scheitel von links nach rechts.
Die Reptilpupillen weiteten sich, sowie die Schlitze um seine Augen.
Er fing an, sich im Kreis zu drehen.
Er sah zur Decke. *Gold.*
Er sah zu den Wänden. *Gold.*

Er sah Spiegel mit Bildern.
Spiegelbilder aus der Vergangenheit, der Gegenwart und der Zukunft.
Er sah Ranson. Er sah sich. Er sah Schwarz. Er sah NICHTS.
Dann sah er den Thron. *Gold.*
Er sah zwei riesengroße Wölfe auf sich zuschreiten.
Mit glänzenden schimmernden Fellen und mit leuchtenden Augen.
Die Augen des größeren Wolfes waren zweifarbig.
Das eine hatte ein leuchtendes Orange, das andere ein strahlendes Blau.
Ein Blau, das er so noch nie zuvor gesehen hatte.
Er musste dieses Blau besitzen. Um jeden Preis. Koste es, was es wolle.
Er duldete niemand neben sich. Er allein soll der König von Tale sein.
Er allein der Herrscher der Welt. Er allein Gott.
Seine Augenschlitze wurden wieder enger. Berechnend, bösartig.
Die grellgelbe Flamme flackerte wirr.
Die schwarzen Reptilpupillen wurden zu senkrechten Strichen.
Feuerrote Linien umrandeten seine Augen.
Seine Hände fuhren zum Gurt.
Seine langen Finger umgriffen die Pistole, die er bei sich trug.
Er zog die Pistole aus dem Halfter.
Seine zittrigen Hände betätigten den Abzug.
„Nein!"
Ein Schrei gellte durch die Halle.
Eine graue Gestalt sprang auf ihn zu.
Ein Auge blitzte orange.
Ein Feuerblitz entfuhr der Pistolenmündung. Ein ohrenbetäubender Knall
folgte. Randolf hatte abgedrückt.
Randolf lag mit dem Rücken auf dem Boden, die Pistole immer noch fest im
Griff. Die graue Gestalt lag schwer auf ihn. Ein leuchtendes orangefarbenes
Auge blickte ihn an.
Dann sprach Rangkor mit brüchiger, aber majestätischer Stimme:
„Du bist kein Mensch. Du bist kein Wesen aus Materie.
Nur Hass, Habsucht, Gier, Neid, Lust, Zwang, Respektlosigkeit treiben dich an.
Hinweg mit dir Randolf! Hinweg mit dem Bösen!"
Nun blitzten auch Randolfs Augen auf.
Er hob die Pistole und setzte sie Rangkor an den Schädel.
„Ja, du hast Recht. DAS bin ich! Aber du weißt, ich dulde niemand neben mir.
Es kann nur EINEN geben! MICH!"
Wieder spannten die langen Finger den Hahn.
Wieder gab es einen ohrenbetäubenden Knall.

Ein schwarzes Loch zeichnete sich auf Randolfs Stirn ab. Schwarzes Blut strömte aus und rann über Randolfs Augen.

Die Flammen wurden schwächer, loderten nur noch wenig in den Schlitzen.

Dann erfolgte ein weiterer Knall. Und noch einer.

Nun war das Feuer aus.

Zwei schwarze Krater, aus denen sich dunkle Lava ergoss, blieben zurück.

Leon, der Zweibeiner, war gerade noch rechtzeitig eingetroffen.

Nun kamen auch die anderen Gefährten herbei.

Alle standen im Kreis um den großen grauen Wolf mit den schwarzen Streifen in seinem dichten Fell.

Rangkor lag schwer auf dem vernichteten Randolf.

Sein Auge leuchtete orangefarben.

Blut trat aus seiner Seite aus. Blaues Blut.

Ranggeyor und Ranggaya betraten den Kreis.

Beide sprachen sie gemeinsam:

„Tale ist gerettet. Der Kreis hat sich geschlossen.

Die Einheit ist wieder so wie vorher. Das ist das Wichtigste.

Alles andere sind Nebenschauplätze.

Es muss alles einen harmonischen Sinn ergeben."

Dann ließen sie sich nieder zu Rangkor.

„Du bist in den blauen Fluss gefallen.

Das klare sprudelnde Wasser kam über dich.

Du bist untergetaucht und wieder aufgetaucht.

Du hast das klare, reine Wasser getrunken. Und du hast viel getrunken.

Das klare Wasser strömte in deinen Körper, in deinen Geist. Das Wasser des blauen Flusses hat dich gereinigt. Komm her zu uns, unser Sohn.

Der Kreis hat sich geschlossen, so wie die anderen Kreise auch."

Sommer und Monde zogen vorüber.

Leon, der Aviator, war zurückgekehrt in seine Welt um die FFF-Organisation zu leiten. Der Kontakt zu Tale blieb.

Barseba und Alain hatten beschlossen, auf der Insel zu verweilen.
Hier konnten sie sich gehen lassen, so wie sie waren, ihr Leben leben und lieben, in Freude, in Freiheit und in Frieden.

Rangkor war vollends genesen und er hatte gelernt zu blitzen.
Hin und wieder blitzte er mit Ayah und Mhingo fröhlich in das Dorf der Vrischikamakaris. Hier gab es dann bei ihrer Ankunft stets eine lustige Feier, bei der der große graue Wolf mit den schwarzen Streifen im dichten Fell oft und gerne mit orange leuchtendem Auge den Esel und den Luchs beim Fest bediente.

Sonshea und al-gurab hotah genossen ihre wiedergefundene Zweisamkeit.
Gemeinsam flogen sie zwischen dem Oldolengo und Yggdrasil hin und her.

Silver und Gold erhielten von Ranggeyor und Ranggaya zwei Amulette.
Gold den hellblauen Chalcedon, Silver den blauen Aquamarin.
Beide trugen sie die kleinen Edelsteine in einer Kette um ihre Hälse.
Oft besuchten sich Silver und Gold.
Dann flogen oder schwammen sie miteinander. Und hin und wieder saßen sie zusammen auf einen Felsen und betrachten den Himmel. Dann sprachen sie miteinander, lachten miteinander und träumten miteinander.
Und die Edelsteine um ihre Hälse erstrahlten.

Und McCarpfen? Er wurde Mitbewahrer und Mitbehüter der Aquamarine, des Blaus und des klaren sprudelnden Wassers.
Eines Nachts kam er zur Blauen Lagune. Dort sah er O´Connor auf einen Felsen. Er ging zu ihm hin und setzte sich neben ihn.
O´Connor schaute hinauf zum Nachthimmel. Dann fragte er McCarpfen:
„Ay, was ist Heimat?"
Der Freund antwortete:
„Ay, Heimat ist mein Leben. Alles andere sind Reviere aus der Vergangenheit, der Gegenwart oder vielleicht der Zukunft, Tome."
O´Connor betrachtete den leuchtenden Mond und die funkelnden Sterne.
Aus seinen strahlend blauen Augen rollten silberne Tränen des Glücks.

Frühjahr.
Die Blätter der Hainbuche und von Ulme erstrahlten im satten Grün.
Leichter Nordwind kam auf.
Die Kronen beider Bäume neigten sich hin und her. Die Zweige der Bäume begannen mit ihrem Gesang.
Bienen summten um Hainbuche und Ulme.
Die Blüten begegneten sich. Die Samen flogen auf und davon.
Gemeinsam zogen sie los in ein neues Leben, in eine andere Welt.

Hoch oben auf dem Gottesberg saßen Ranggeyor und Ranggaya auf ihrem Thron.
Zufrieden und mit Freuden überblickten sie Tale, ihre Reviere, ihre Heimat, ihr Leben.
Ein Rudel Wölfe kam aus den Wänden und den Spiegeln hervor.
Die Wölfe traten in die Mitte der goldenen Großen Halle Oldolengos und begannen zu singen.
Ein leichter Nordwind kam auf und mit ihm erklangen die Lieder Tales.
Voller Hoffnung und Zuversicht, voller Leben und Liebe, voller Freude, Freiheit und Frieden.

T(H)E END

EPILOG

PROJEKTION

5 Jahreswenden waren vergangen.

Barseba und Alain hatten inzwischen zwei Kinder. Eine Tochter und einen Sohn. Die beiden hießen Sabia und Tome.

Eines Tages gingen Sabia und Tome in den Wald, um Pilze zu suchen.
Als sie schon eine Weile gegangen waren, hörten sie es neben sich im Gebüsch rascheln und knacken.
Erschrocken blieben sie stehen. *Wer oder was mag das sein?*
Da sprang urplötzlich ein großer grauer Wolf mit schwarzen Streifen aus dem Gebüsch heraus.
Sein Auge blitzte orangefarben auf.
Er riss die Zwei zu Boden, beugte sich über sie und knurrte die Beiden an:
„Na, wer hat Angst vorm bösen Wolf?"
„Wir nicht, wir nicht!" kicherten und quietschten die Kinder vergnügt.
Der Wolf leckte mit seiner rauen, rosafarbenen, großen Zunge ihre Gesichter ab.
Fröhlich tollten die lachenden Kinder und der Wolf am Boden umher.

Der liebe Rangkor, ihr treuer Gefährte, war doch für jeden Spaß zu haben!

YALLA, YALLA **

MA̅ BEN ARRA̅

** THX Joe Strummer

FIGUREN und ERKLÄRUNGEN

Im Roman selbst wird T(H)ale (Wortspiel zu „Helgerth") als Tale (Wortspiel zu engl. „Geschichte"/„Märchen") benannt.

Alain
Zweibeiner, Macher von FFF, Begleiter und Gefährte von Barseba. Der Name soll einen Hinweis zum deutschen „Allein" geben und somit eine philosophische Mehrdeutung beinhalten (vgl. Teil 3, Kapitel 11 „Allein"), europäische Merkmale aufweisen und ist bewusst in der französischen Sprache auszusprechen. Gleichzeitig ist der Name eine Adaption und eine Hommage an einen bekannten französischen Schauspieler (vgl. Der Eiskalte Engel).

Al-gurab hotah
Der weiße und weise Rabe, Beschützer und Bewahrer Tales und des Thrones Oldolengos, Lehrmeister und Mentor von Silver, Vater von Gold, Gatte von Sonshea. Der Name *al-gurab* geht auf die arabische Bezeichnung für Rabe zurück (vgl. Sternbilder). Der Zusatz hotah kommt aus der Indianersprache und bedeutet *weiß*. Siehe auch Teil 3, Kapitel 10, Frieden auf Erden: *Väterlicherseits entstamme ich dem uralten Geschlecht der gurab aus dem fernen Südosten, mütterlicherseits bin ich ein Nachkomme des Stammes der kangee aus dem fernen Nordwesten.*

Ayah
Esel, Gefährte und Mentor von Tome und Silver, Helfer und Blitzer. Vergleiche auch „Esel recke und strecke dich" nach Grimms Märchen und *Shrek-der Film*.

Bandu
Zweibeiner, Tomes Freund und Gefährte, alter ego von McCarpfen. Der Name selbst soll an traditionelle Volksstämme erinnern.

Barseba
Zweibeinerin, Macherin von FFF. Namensdeutung: vgl. Barbara: fremd, wild (griech.); vgl. Bathseba (Bibel). Gleichzeitig ein Hinweis auf eine der schönsten Küstenabschnitte von Barbados: *Die Legende sagt, dass Bathsheba, Frau von König David, in Milch gebadet hat, um ihre Haut schön und weich zu halten. Die Legende sagt aber auch, dass die Brandung bedeckt ist mit den weißen Gewässern von Bathsheba. Dies ist die schroffe Ostküste von Barbados, wo die Besucher die Luft atmen, in die belebenden Bathsheba-Pools eintauchen und das Leben fühlen.*

Gold, Irdina
Eule, Vertraute der Hainbuche, Tochter von al-gurab hotah und Sonshea.
Irdina ist eine Kombination aus dem Namen der griechischen Friedensgöttin
eirene und den Begriffen *irden* und *Erde*. Der Charakter entstammt dem
Indianerhoroskop für Eule. Vgl. Teil 3, Kapitel 10, Frieden auf Erden: *Und es
soll Irdina heißen, der Friede auf Tales Erde. Es soll Freude, Freiheit und Frieden
erhalten und weitergeben, so wie wir sie erfahren haben.*

Hainbuche
Baum, Bewahrerin der Lichtung, Golds beste Freundin. Der Charakter der
Hainbuche entstammt dem Baumhoroskop und dem Sternzeichen Schütze.

Leon da Capo
Zweibeiner, Aviator, Mitglied von FFF. Der Name *und dessen Zusatz* sind ein
Danke für den ideellen Einsatz eines Filmstars.

McCarpfen
Otter, Gefährte und Vertrauter von Silver, Bewahrer und Beschützer des
Blaus, Zeitreisender. Alter ego von Bandu.

Mhingo
Luchs, Gefährte und Mentor von Tome und Silver, Helfer und Blitzer. Der
Name ist eine Kombination von *Ming* (vgl. Ming-Dynastie) und *go*. Siehe auch
Teil 4, Kapitel 6, LEBENSGABE: *Mein Clan entstammt einer uralten Dynastie.
Man nennt mich Mhingo, den Schreiter, den Wanderer, den Gefährten, der
dich auf deinen scheinbar dunklen und verworrenen Pfaden geleitet.*

Oldolengo
Berg Gottes, der Berg der Götter, Ort des Thrones von Tale, höchster Berg
Tales. Der Name *Oldolengo* entstand aus dem Namen *Ol Doinyo Lengai*. Dieser
ist ein aktiver Vulkan des Ostafrikanischen Grabenbruchs im Norden
Tansanias. In der Sprache der Massai bedeutet Ol Doinyo Lengai so viel wie
Gottesberg.

Ranggeyor, Ranggaya, Rangthor, Rangkor, Ranson, Randolf
Hier sei nur so viel gesagt: *Ran* bedeutet Herrscher, König und kommt aus
dem asiatischen Kulturkreis (vgl. *Ran*/A. Kurosawa), wobei *Ran*... für einen
Zweibeiner und *Rang*... für ein Wesen Tales steht.
Rang/geyor: Fantasiegebilde aus gaya, männlich, quasi Vater Erde.
Rang/gaya: vgl. auch gaia, Mutter Erde, Urmutter in der griechischen und
römischen Mythologie, imaginärer Planet in Isaac Asimovs Foundation-Zyklus.
Gaya ist aber auch ein gewisser Hinweis auf ein historisches Reich im
mittleren Süden der Koreanischen Halbinsel.
Rang/thor: Ist gleichzusetzen mit dem nordischen bzw. dem germanischen
Begriff für Gott des Donners und des Blitzes.

Rang/kor: Fantasiekürzel für Krone (corona, lat.). Steht aber auch für cor (lat.), das Herz.

Ran/son: Steht hier für Sonne.

Ran/dolf: In diesem Fall ist dies nur die Endung eines Namens der mit A beginnt. Wobei sich hier das „n" aus *Ran dazwischen gemogelt* hat.

Sabia

Zweibeinerin, Tomes Lebensliebe. Der Name *Sabia* stammt ursprünglich aus dem Keltischen, wo er „süß" bedeutet. Später verbreitete er sich dann in arabische und türkische Länder, wo *Sabia* die Bedeutung „Vormittag" bekam.

Silver, Braveheart, Connor McCloud

Otter, Bewahrer und Beschützer des Blaus, Zeitreisender. Die Namen und Handlungsweisen sind Adaptionen der Filmwelt. Der Charakter von Silver setzt sich aus dem Sternzeichen Wassermann und dem Indianerhoroskop für Otter zusammen.

Sonshea, Lunavia

Eule, Vertraute Yggdrasils, Mittlerin, Mutter von Gold, Frau von al-gurab hotah. Der Name *Sonshea* setzt sich aus *Sonne* und *sea* zusammen, ist aber auch Hinweis auf den Western „Der gebrochene Pfeil" (Häuptlingstochter). Vgl. Teil 3, Kapitel 10, FRIEDEN AUF ERDEN: *...so war der Name der Eule ... wie die aufgehende Sonne über dem Meer ...* Der Name *Lunavia* kommt von *luna* und *via*, quasi der Weg des Mondes oder vom Mond geleitet. Vgl. Teil 3, Kapitel 9, VERMITTELN: *Sie kam eines Nachts, angestrahlt vom Mondschein, taumelnd auf seine Anhöhe zugeflogen.*

Tome

Zweibeiner, Bewahrer und Beschützer des Blaus und des sprudelnden Wassers. Der Name ist eine Anlehnung an die Hauptfigur des Films *Der Smaragdwald*.

Ulme

Baum, Mitbewahrer der Blauen Lagune am sprudelndem Wasser, Sender und Empfänger. Gefährte und Mentor von Silver. Der Charakter der Ulme entstammt dem Baumhoroskop.

Vrischikamakaris

Zweibeiner, Volk auf Tale, Behüter Oldolengos. Der Name ist eine Kombination der Begriffe Vrishika und Makara aus dem indischen Sternzeichen.

Yggdrasil

Vater aller Bäume. Neben Oldolengo einer der zentralen Orte und einer der ältesten Wesen Tales. Yggdrasil ist in der nordischen Mythologie (Yggdrasill) der Name einer Esche, die als Weltenbaum den gesamten Kosmos verkörpert.

Reflexion
Frei nach der Offenbarung nach Johannes (Bibel).
Minimus, Anularis, Medius, Index, Pollex
Die lateinische Bedeutung der 5 Finger, vgl. Gitarrenspiel. Mit dem kleinen
Finger fängt es an, das Greifen des Kleinkindes etc. Mit dem Ringfinger
gewinnt Manches an Bedeutung, kann aber auch zu Zwängen führen. Mit dem
Mittelfinger entsteht der Kern. Man streckt denselben aber auch manchmal
jemanden zu. Der Zeigefinger weist die Richtung, klärt Vieles auf und mahnt.
Der Daumen hat Kraft und Macht (Daumen nach oben oder nach unten), kann
besiegeln und zerdrücken.
Im Einzelnen die wichtigsten ergänzenden Erklärungen:
Minimus: Behutsamer und stark gefühlsbetonter Beginn der eigentlichen
Geschichte. Einführung in die Grundcharaktere und Basis aller zukünftigen
Handlungen. Bewusste (philosophische) Auseinandersetzung mit
Lebenserfahrungen und Erkenntnissen. Hommage an die Romantik, die Klassik
und den Naturalismus. Einflüsse: „Braveheart", „Highlander", Ansiedlung im
Westen (Trapper).
Anularis: Einflüsse: „Zwölf Uhr Mittags", „Braveheart", Horrorfilme, Western,
Amerika, Goldrausch.
Medius: Einflüsse: „King Kong", „Sie leben", Maya, Kanaren (El Golfo), Drittes
Reich, Zweiter Weltkrieg, Hiroshima, G20.
Index: Einflüsse: „Apocalypto" „10.000 BC", „Die Eroberung des Paradieses",
„Der Smaragdwald", „Das Gold von Caxamalca" (Novelle), „Romeo und Julia",
Lakotaphilosophie und Indianerkult, Bibel, Grimms Märchen, Francesco
Pizarro (Spanien), Inka, Maya, Südamerika, Indien.
Pollex: Einflüsse: „Aviator", „Wolfen", Bibel, Lakotaphilosophie und
Indianerkult, Drittes Reich.
Projektion
Frei nach Rotkäppchen (Gebrüder Grimm).

Titelfoto/Umschlag
Aufnahme von Barbara Späth: Bellachini-Brunnen/St. Martin.
Das Foto ist ein Sinnbild für Zauber und Magie, für die Reinheit von Natur,
Wasser und Mineralien. Es soll stehen für Hoffnung, für Inspiration, für
Lebensfreude und für die Quelle des Lebens. Ein herzliches Dankeschön an
den Landkreis SÜW, die Verbandsgemeinde Maikammer mit ihren herrlichen
Weindörfern Maikammer, St. Martin und Kirrweiler, an die Menschen, die
Natur und die vielen wunderbaren Plätze voller Mystik, die mir die letzten
Inspirationen zur Vollendung meines Buches im August 2017 gaben.

Aufgewachsen im Nürnberger Norden, dortige Schulen besucht, als Kind die Burg erobert, auf dem Marienberg Fussi gespielt, sich mit Freunden im Stadtpark getroffen, um die Häuser gezogen, auf den Glubb angestoßen, gezittert, gelacht, gefeiert, getrauert, gehofft.
Liebe, Glaube, Leidenschaft.
Und das nicht allein für einen Fußballverein. Nein. Menschen und Firmen begegnet, getroffen, geschätzt, geachtet, beraten, betreut, geholfen. FRANKUNDFREI im Leben und in meiner Berufstätigkeit.

Kurzbiografie

- Jahrgang 64
- Studium FH Nürnberg (BWL), Dipl. Werbebetriebswirt BAW, QM-Manager und Auditor cert.
- Ehrenamtlich tätig in sozialen und kulturellen Bereichen
- Freier Künstler und Autor
- Freier Berater und Trainer für Kommunikation, Marketing, QM
- Aktuelles Initiativprojekt: www.kein-allein.de

Thomas von A-Z

Autor, Bier, Cat, Der Club, Energie, Freiheit, Glaube, Humor, Individualität, Jugend, Kunst, Leben, Musik, Natur, Otter, Poesie, aQuamarin, Reisen, Sonne, Tiere, Ulme, Vw Cabrio, Wandern, niXisnormaal, Yanktonai, Zutrauen

WOUSDMIFINDSD

Beim Club, in Nürnberg,
in Franken, in der Pfalz,
in Kirrweiler, Maikammer
und St. Martin, ...
... dort,
wo andere Urlaub machen ...

... on Tour ...
... manchmal mit Gitarre, manchmal ohne,
aber immer mit Freude, Lust und Leidenschaft ...
HE HO LET´S GO ...

... auf Twitter ... und ... im www ...

... oder direkt
für Anregungen, Kritik und Lob ...
thomas.helgerth@keinallein.com

Zeitfracht Medien GmbH
Ferdinand-Jühlke-Straße 7
99095 Erfurt, Deutschland
produktsicherheit@kolibri360.de